HEYNE BÜCHER

SCIENCE FICTION

Herausgegeben
von Wolfgang Jeschke

Von Robert A. Heinlein erschienen in der Reihe
HEYNE SCIENCE FICTION & FANTASY:

Weltraum-Mollusken erobern die Erde (06/3043)
Bewohner der Milchstraße (06/3054)
Die lange Reise (06/3101)
Revolte auf Luna (06/3132)
Ein Mann in einer fremden Welt (06/3170)
Die Straße des Ruhms (06/3179)
Farmer im All (06/3184)
Die Zeit der Hexenmeister (06/3220)
Die Entführung in die Zukunft (06/3229)
Unternehmen Alptraum (06/3251)
Utopia 2300 (06/3262)
Der Mann, der den Mond verkaufte (06/3270)
Welten (06/3277)
Nächste Station: Morgen (06/3285)
Abenteuer im Sternenreich (06/3336)
Das geschenkte Leben (06/3358)
Die Leben des Lazarus Long (06/3481)
Die Reise in die Zukunft (06/3535)
Der Rote Planet (06/3608)
Die Zahl des Tiers (06/3796)
Die Invasion der Wurmgesichter (06/3862)
Tunnel zu den Sternen (06/3883)
Zwischen den Planeten (06/3896)
Ein Doppelleben im Kosmos (06/3922)
Die sechste Kolonne (06/3927)
Weltraumkadetten (06/3981)
Freitag (06/4030)
Von Stern zu Stern (06/4046)

ROBERT A. HEINLEIN

VON STERN ZU STERN

Science Fiction-Roman

WILHELM HEYNE VERLAG
MÜNCHEN

HEYNE-BUCH Nr. 06/4046
im Wilhelm Heyne Verlag, München

Titel der amerikanischen Originalausgabe
TIME FOR THE STARS
Deutsche Übersetzung von Heinz Nagel
Das Umschlagbild schuf John Harris

Redaktion: Rainer Michael Rahn

Printed in Germany 1984
Umschlaggestaltung: Atelier Ingrid Schütz, München
Satz: Schaber, Wels/Österreich
Druck und Bindung: Elsnerdruck, Berlin

ISBN 3-453-30989-8

Inhalt

I Die Akademie für Langzeitforschung

Wenn man ihren Biografen glauben darf, dann hatten die Lieblingskinder der Vorsehung für ihr zukünftiges Leben stets bis ins letzte Detail gehende Pläne. Napoleon überlegte sich bereits als barfüßiger Junge in Korsika, wie er einmal Frankreich beherrschen würde, ebenso Alexander der Große, und Einstein murmelte schon in der Wiege mathematische Formeln vor sich hin.

Mag sein. Ich für meinen Teil habe mich einfach so durchgeschlagen.

In einem alten Buch, das meinem Urgroßvater Lucas gehörte, sah ich einmal die Karikatur eines Mannes im Abendanzug, der über eine Skischanze ging und mit dem Ausdruck schockierten Unglaubens sagte: »Wie bin ich nur hier raufgekommen?«

Ich weiß, wie ihm zumute war. Wie bin ich denn hier heraufgekommen?

Ich war nicht einmal geplant. Die steuerfreie Quote für unsere Familie betrug drei Kinder, und dann kamen mein Bruder Pat und ich in einer riesigen Sparpackung an. Wir waren für alle eine Überraschung, besonders für meine Eltern, meine drei Schwestern und die Steuerbehörde. Ich kann mich nicht daran erinnern, selbst überrascht gewesen zu sein, aber meine frühesten Erinnerungen sind ein unbestimmtes Gefühl, nicht ganz willkommen zu sein, obwohl Dad und Mom und Faith, Hope und Charity uns durchaus ordentlich behandelten.

Vielleicht hat Dad die Krise nicht richtig angepackt. Viele Familien verschaffen sich durch Tausch mit einer anderen

Familie eine zusätzliche Kinderquote, und dann gibt es auch andere Möglichkeiten, besonders wenn die Steuerfreigrenze schon mit lauter Jungs oder lauter Mädchen erfüllt ist. Aber Dad war stur und beharrte darauf, daß das Gesetz verfassungswidrig, ungerecht, diskriminierend und gegen die öffentliche Moral sei, und im übrigen auch dem Willen Gottes widerspreche. Er konnte eine ganze Liste wichtiger Leute herunterleiern, die jeweils jüngste Kinder von großen Familien waren, angefangen bei Benjamin Franklin bis zum ersten Gouverneur des Planeten Pluto. Und anschließend forderte er immer seinen jeweiligen Gesprächspartner auf, ihm doch gefälligst zu sagen, wo die Menschheit wohl jetzt ohne sie wäre, worauf Mutter gewöhnlich ein paar besänftigende Worte sagte.

Wahrscheinlich hatte Dad recht, da er schließlich fast alles studiert hatte, selbst sein eigenes Gewerbe, nämlich Mikromechanik – aber ganz besonders hatte er sich mit Geschichte befaßt. Er wollte uns nach seinen zwei Helden aus der amerikanischen Geschichte benennen, wohingegen Mutter uns die Namen ihrer Lieblingskünstler zugedacht hatte. Das trug mir den Namen Thomas Paine Leonardo da Vinci Bartlett ein, während mein Zwillingsbruder Patrick Henry Michelangelo Bartlett wurde. Dad nannte uns Tom und Pat und Mutter Leo und Michel und unsere Schwestern nannten uns Nutzlos und Doppelt-Nutzlos. Dad gewann am Ende, indem er stur blieb.

Dad war stur. Er hätte die jährliche Kopfsteuer für uns bezahlen, sich um eine Sieben-Personen-Wohnung bewerben und sich in das Unvermeidliche fügen können. Dann hätte er eine Neueinstufung verlangen können. Statt dessen verlangte er jedes Jahr für uns Zwillinge Steuerfreiheit, was am Ende unweigerlich dazu führte, daß er unsere Kopfsteuer bezahlte und auf den Scheck den Stempel »Unter Protest bezahlt!« setzte, und wir Sieben in einer Fünf-Personen-Wohnung lebten. Als Pat und ich noch klein waren, schliefen wir in selbstgemachten Kinderbetten im Badezimmer, was ganz bestimmt für niemanden sonderlich bequem war. Als wir dann größer waren, schliefen wir auf der Wohnzimmercouch, was für alle unbequem war, insbesondere für unsere Schwestern, die feststellten, daß dies ihr gesellschaftliches Leben behinderte.

Dad hätte all das lösen können, indem er sich um die Familienauswanderung zum Mars oder zur Venus oder den Jupitermonden beworben hätte, und er brachte dieses Thema auch immer wieder zur Sprache. Aber genau damit schaffte er es, Mom noch sturer zu machen, als er war. Ich weiß nicht, was ihr bei dem Gedanken an den großen Sprung Angst machte, weil sie jedesmal bloß den Mund zusammenkniff und keine Antwort gab. Dad wies dann darauf hin, daß die Auswanderungsanträge von Großfamilien bevorzugt bearbeitet wurden, und daß die Kopfsteuer sogar dazu diente, außerirdische Kolonien zu unterstützen, und was eigentlich dagegenspräche, Nutzen aus dem Geld zu ziehen, das man uns auf so gemeine Weise abnahm? Ganz zu schweigen, daß unsere Kinder auf die Weise in Freiheit und mit viel Spielraum aufwachsen würden, draußen, wo nicht hinter jedem produktiven Arbeiter ein Bürokrat stand und sich neue Regeln und Einschränkungen ausdachte? Ob jemand darauf eine Antwort hätte?

Mutter antwortete nie, und wir emigrierten nie.

Geld war bei uns immer knapp. Zwei zusätzliche Münder, zusätzliche Steuer und keine Familienhilfe für die zwei zusätzlichen Esser bewirkten, daß das Gesetz für stabilisierte Familieneinkommen ebenso schlecht paßte, wie die Kleider, die Mom aus Dads abgetragenen Anzügen für uns schneiderte. Es kam verdammt selten vor, daß wir uns so wie andere Leute unser Abendessen einfach am Computerterminal wählen konnten, und Dad brachte sogar immer die Reste seines Mittagessens mit nach Hause, die er nicht gegessen hatte. Mom fing sofort wieder zu arbeiten an, als wir Zwillinge im Kindergarten waren, aber der einzige Haushaltsroboter, den wir hatten, war ein veraltetes Modell

›Morris Garage‹ *Mutters Helfer,* dem dauernd Röhren ausbrannten, und bei dem die Programmierung fast so lange dauerte, wie die Arbeit selbst. Pat und ich machten uns mit Spülwasser und Waschmitteln vertraut – zumindest ich; Pat bestand gewöhnlich darauf, das Sterilisieren zu übernehmen, oder er hatte gerade einen verletzten Daumen oder irgend etwas.

Dad redete gern über die ideellen Vorteile, die es mit sich brachte, wenn man arm war – weil man dabei lernte, auf eigenen Füßen zu stehen, seinen Charakter aufbaute, und all das. Als ich schließlich alt genug war, um das richtig zu verstehen, war ich auch alt genug, um mir zu wünschen, daß diese Vorteile nicht so ideeller Natur sein möchten. Aber wenn ich heute zurückdenke, muß ich zugeben, daß das, was er sagte, vielleicht doch etwas für sich hatte. Jedenfalls hatten wir Spaß. Pat und ich züchteten im Lieferschrank Hamster, und Mom hatte nie etwas dagegen einzuwenden. Als wir das Badezimmer in ein Chemielabor verwandelten, machten die Mädchen zwar unfreundliche Bemerkungen, aber als Dad schließlich unangenehm wurde, redeten sie ihm das wieder aus und hängten anschließend ihre Wäsche woanders auf, und später stellte sich Mom zwischen uns und den Hausmeister, als wir Säure in den Ausguß schütteten und damit der Installation etwas zu nahe traten.

Das einzige Mal, daß ich mich erinnere, daß Mom einmal unangenehm wurde, war, als ihr Bruder, Onkel Steve, vom Mars zurückkam und uns ein paar Kanalwürmer gab, die wir großziehen und mit Profit verkaufen wollten. Aber als Dad in der Dusche auf einen trat (wir hatten unsere Pläne nicht mit ihm besprochen), brachte sie uns dazu, sie dem Zoo zu stiften, mit Ausnahme des einen, auf den Dad getreten war und der nicht mehr zu gebrauchen war. Kurz nach dem brannten wir von zu Hause durch, um uns zur Raummarine zu melden – Onkel Steve war Ballistiksergeant – und als es nichts nützte, daß wir unser Alter falsch angaben und sie uns zurückholten, verzichtete Mom nicht nur darauf, uns einen Vortrag zu halten, sondern hatte sogar, während wir weg waren, unsere Schlangen und unsere Seidenwürmer gefüttert.

Oh, ich denke, daß wir wirklich glücklich waren. So etwas merkt man immer erst später. Pat und ich standen einander sehr nahe und machten alles gemeinsam, aber eines möchte ich hier klarstellen: wenn man ein Zwilling ist, dann ist das keineswegs der Damon-und-Phintias-Traum, den einem die Schnulzenschreiber immer gerne einreden möchten. Man ist dem anderen Menschen sehr nahe, mit dem man geboren wird, mit dem man ein Zimmer teilt, mit dem man ißt, mit dem man spielt, mit dem man arbeitet, und ohne den man, soweit man sich erinnern kann und den Zeugenaussagen nach sogar noch weiter zurück, ganz selten überhaupt etwas tut. Sehr nahe ist man sich da; man ist für einander fast unentbehrlich – aber daß man ihn liebt, dazu führt es nicht notwendigerweise.

Ich möchte das deshalb klarstellen, weil man, seit Zwillinge plötzlich so wichtig geworden sind, eine ganze Menge Unsinn darüber geredet hat. Ich bin ich; ich bin nicht mein Bruder Pat. Ich konnte uns beide immer unterscheiden, selbst wenn andere Leute das nicht konnten. Er ist der Rechtshänder, ich der Linkshänder. Und von meiner Warte aus betrachtet, bin ich derjenige, der immer das kleinere Stück Kuchen bekam. Ich kann mich an Zeiten erinnern, als er es fertigbrachte, sich beide Stücke zu verschaffen, indem er einfach schneller war. Ich will das nicht verallgemeinern; ich denke da an einen ganz bestimmten weißen Kuchen mit Schokoladeglasur, und daran, wie er die Dinge so durcheinanderbrachte, daß er auch mein Stück bekam, weil Mom und Dad dachten, er sei wir beide, obwohl ich protestierte. Nachtisch kann der Höhepunkt des Tages sein, wenn man acht ist, und das waren wir damals.

Ich beklage mich nicht über diese Dinge ... obwohl ich selbst heute noch, nach all den Jahren, von finsterem Zorn erfüllt bin, wenn ich mich daran erinnere, wie ich bestraft wurde, weil Dad und Mom dachten, *ich* sei derjenige, der versuchte, sich mit einem Trick zwei Portionen Nachtisch zu verschaffen. Aber ich versuche nur, der Wahrheit die Ehre zu geben. Dr. Devereaux hat gesagt, ich sollte alles aufschreiben, und dort beginnen, wo es darum geht, wie man sich als Zwilling fühlt. Sie sind nicht etwa ein Zwilling, oder? Vielleicht sind Sie einer. Aber die Chancen stehen vierundvierzig zu eins, daß Sie keiner sind. Nicht einmal ein zweieiiger, wohingegen Pat und ich eineiige, identische Zwillinge sind. Und das ist viermal so unwahrscheinlich.

Es heißt, ein Zwilling sei stets zurückgeblieben – aber das glaube ich nicht. Pat und ich glichen einander immer so, wie zwei Schuhe in einem Paar. Die wenigen Male, wo wir irgendwelche Unterschiede zeigten, war ich einen Zentimeter größer oder ein Pfund schwerer, und dann glich sich das wieder aus. Wir bekamen gleich gute Noten auf der Schule; wir bekamen gleichzeitig unsere Zähne. Aber er hatte etwas mehr Reichweite als ich, etwas, was die Psychologen die ›Hackordnung‹ nennen. Aber das war so subtil, daß man es unmöglich definieren konnte und andere Leute es gar nicht merkten. Soweit ich weiß, fing es mit nichts Besonderem an und entwickelte sich zu einem Schema, das keiner von uns beiden hätte brechen können, selbst wenn er es gewollt hätte.

Wenn die Schwester, die uns nach unserer Geburt aufhob, mich zuerst aufgehoben hätte, dann wäre *ich* vielleicht derjenige gewesen, der das größere Stück Kuchen abbekam. Aber vielleicht hat sie das auch getan – ich *weiß* einfach nicht, wie das Ganze anfing.

Aber ich glaube nicht, daß es so schlecht ist, ein Zwilling zu sein, selbst wenn man den kürzeren gezogen hat. Im großen und ganzen ist es sogar sehr gut. Man begibt sich mitten in eine Schar von Fremden hinein und hat Angst und ist scheu – und da ist der Zwillingsbruder, nur ein paar Schritte entfernt, und plötzlich ist man nicht mehr alleine. Oder jemand haut einem eins auf die Fresse, und während man noch groggy ist, hat sein Zwillingsbruder dem Kerl eine geschmiert, und der Kampf ist für einen selbst entschieden. Man versaut eine Prüfung, und der Zwillingsbruder hat die seine auch versaut, und man ist nicht alleine.

Aber glauben Sie nur ja nicht, wenn man Zwilling ist, dann wäre das so, als hätte man einen sehr engen und loyalen Freund. So ist es überhaupt nicht, und man steht sich viel näher.

Pat und ich hatten unseren ersten Kontakt mit der Akademie für Langzeitforschung, als dieser Mr. Geeking in unserem Haus auftauchte. Ich konnte mich gar nicht mit ihm anfreunden. Dad mochte ihn auch nicht und hätte ihn am liebsten wieder hinauskomplimentiert, aber da saß er bereits und hatte eine Tasse Kaffee vor sich stehen, weil Mutters Vorstellungen von Gastfreundschaft sehr festgefügt waren.

Also durfte dieser Geeking-Typ sagen, was er von uns wollte. Er sagte, er sei ein Außendienstvertreter von ›Genetische Ermittlungen‹.

»Was ist das?« fragte Dad scharf.

»›Genetische Ermittlungen‹ ist eine wissenschaftliche Agentur, Mr. Bartlett. Bei dem gegenwärtigen Projekt handelt es sich um das Sammeln von Daten bezüglich Zwillingen. Das Projekt liegt im Interesse der Öffentlichkeit, und wir hoffen, daß Sie uns unterstützen werden.«

Dad atmete tief und stellte sein imaginäres Rednerpult auf, das er stets bereit hatte. »Mischt sich die Regierung schon wieder wo ein. Ich bin ein anständiger Bürger; ich zahle meine Rechnungen und den Unterhalt für meine Familie. Meine Jungs sind ganz genau wie andere Jungs, und ich bin es leid, mir mit anzusehen, was die Regierung ihnen gegenüber für eine Haltung einnimmt. Ich werde nicht zulassen, daß man an ihnen herumgrabscht und sie untersucht, bloß um irgendeinen Bürokraten zu befriedigen. Alles, was wir verlangen, ist, daß man uns alleine läßt – und daß die Regierung sich zu der offenkundigen Tatsache bekennt, daß meine Jungs ein ebenso großes Recht darauf haben, Luft zu atmen und Platz zu beanspruchen wie jeder andere!«

Dad war nicht dumm, er hatte sich bloß sein automatisches Reaktionsschema in bezug auf Pat und mich zurechtgelegt, das ebenso selbsttätig ablief wie das Knurren eines Hundes, den man zu oft getreten hat. Mr. Geeking versuchte, ihn zu besänftigen, aber es war nicht möglich, Dad zu unterbrechen, wenn er selbst das Band aufgelegt hatte. »Sie können ja dem Ministerium für Bevölkerungskontrolle sagen, daß ich mit Ihrer ›Genetischen Ermittlung‹ nichts zu tun haben will. Was wollen die denn herausfinden? Wie man die Leute daran hindert, daß sie Zwillinge bekommen, etwa? Was stimmt denn an Zwillingen nicht? Wo wäre Rom denn ohne Romulus und Remus geblieben? – Darauf möchte ich gern eine Antwort! Mister, wissen Sie, wie viele ...«

»*Bitte,* Mr. Bartlett, ich komme nicht von der Regierung.«

»Was? Nun, warum haben Sie das denn nicht gleich gesagt? Von wem kommen Sie denn?«

»›Genetische Ermittlung‹ ist eine Unterabteilung der Akademie für Langzeitforschung.« Ich spürte Pats plötzlich erwachtes Interesse. Alle haben schon von der Akademie für Langzeitforschung gehört, aber zufälligerweise hatten Pat und ich gerade eine Klassenarbeit über gemeinnützige Unternehmungen geschrieben und die Akademie für Langzeitforschung als Beispiel abgehandelt.

Wir hatten Interesse an der Zielsetzung der Akademie für Langzeitforschung bekommen. Auf dem Wappen der Stiftung steht: ›Brot auf den Wellen‹, und das Motto ihrer Gründungsurkunde beginnt folgendermaßen: ›Dem Wohlergehen unserer Nachkommen gewidmet.‹ Anschließend findet man in der Gründungsurkunde eine ganze Menge Nebel, wie Rechtsanwälte ihn erzeugen, aber so wie die Direktoren ihren Auftrag ausgelegt haben, so hat dieser darin bestanden, Geld für einzig und allein solche Dinge auszugeben, um die sich keine Regierung und keine andere Firma kümmern wollte. Dabei reichte es nicht aus, wenn ein vorgeschlagenes Projekt in wissenschaftlicher oder gesellschaftlicher Hinsicht interessant war; es mußte darüber hinaus so schrecklich teuer sein, daß niemand anderer sich damit befassen wollte. Und die zu erhoffenden Resultate mußten so weit in der Zukunft liegen, daß man das Projekt weder dem Steuerzahler noch irgendwelchen Aktionären zumuten konnte. Um die Flamme der Begeisterung in den Aufsichtsräten der ALF zum Auflodern zu bringen, mußte man etwas vorschlagen, das wenigstens eine Milliarde kostete, und wahrscheinlich in den nächsten zehn Generationen überhaupt keine Ergebnisse bringen würde, wenn überhaupt … Etwas wie Wetterkontrolle (daran arbeiten sie) oder etwa die Frage, was aus einem Schoß wird, wenn man aufsteht.

Das Komische ist, daß Brot, das man auf die Wellen wirft, um das siebenhundertfache vermehrt zurückkommt; die verrücktesten Projekte haben der ALF geradezu peinliche Geldbeträge eingebracht – ›peinlich‹ für eine gemeinnützige Unternehmung, heißt das. Man braucht sich bloß die Weltraumfahrt anzusehen: vor ein paar hundert Jahren schien sie geradezu maßgeschneidert für die ALF, weil sie phantastisch viel Geld kostete und gemessen an den Investitionen überhaupt keine vernünftigen Resultate erwarten ließ. Es gab eine Zeit, als die Regierungen aus militärischen Gründen daran arbeiteten, aber der Bayreuther Vertrag von 1980 machte selbst dem ein Ende.

Also schaltete sich die Akademie für Langzeitforschung ein und begann damit, vergnügt Geld zu verschwenden. Das geschah zu einer Zeit, als die Gesellschaft unglücklicherweise ein paar Millionen mit dem Thompson Massekonverter verdient hatte, obwohl sie damit gerechnet hatten, wenigstens ein Jahrhundert lang mit reiner Grundlagenforschung verbringen zu müssen. Da sie keine Dividende ausschütten konnten (keine Aktionäre), mußten sie das Geld irgendwie los werden, und die Weltraumfahrt schien damals das geeignete Rattenloch zu sein, in das man das Geld hineinschütten konnte.

Selbst die Kinder wissen, was daraus geworden ist: Ortegas Fackel hat die Weltraumfahrt innerhalb des Sonnensystems billig, schnell und einfach gemacht, und der Einbahnschirm hat die Kolonisierung der Planeten praktisch und profitabel gemacht; die ALF konnte gar nicht schnell genug wieder aussteigen, um zu verhindern, daß sie wieder einen Haufen Geld machte.

All das habe ich nicht etwa an jenem Abend gedacht; die ALF war nur zufälligerweise etwas, worüber Pat und ich mehr wußten als die meisten Absolventen der Oberschule ... Allem Anschein nach auch mehr als Dad, denn er brummte bloß und antwortete: »Die Akademie für Langzeitforschung, wie? Da wäre es mir ja fast so lieb, wenn Sie von der Regierung kämen. Wenn solche Albernheiten richtig besteuert würden, brauchte die Regierung aus ihren Bürgern keine Kopfsteuern herauszuquetschen.«

Das war nicht fair, keine ›Flachkurvenbeziehung‹, wie man das in Mathematischer-Empirik-für-Anfänger nennt. Mr. McKeefe hatte uns die Aufgabe gestellt, den Einfluß – falls es solchen gab – der ALF auf die Technologie-Wachstumskurve abzuschätzen; entweder hätte ich in dem Kurs durchfallen müssen, oder die ALF hatte dafür gesorgt, daß die Kurve nicht zu Anfang des 21. Jahrhunderts abflachte – ich meine das ›kulturelle Erbe‹, die Ansammlung von Wissen und Wohlstand, die uns daran hindert, Wilde zu sein, hatte infolge der Steuerprivilegien solcher gemeinnütziger Forschungsgesellschaften erheblich zugenommen. Das ist nicht etwa eine Meinung, die ich mir einfach erträumt habe; es gibt Zahlen, um sie zu beweisen. Was wäre denn passiert, wenn die Stammesältesten Ugh gezwungen hätten, mit dem Rest des Stammes auf die Jagd zu gehen, statt zu Hause zu bleiben und das erste Rad zu schnitzen, so lang die Idee noch frisch in seinem Kopf war?

Mr. Geeking antwortete darauf: »Ich kann keine Diskussionen über die Zweckmäßigkeit solcher Dinge führen, Mr. Bartlett. Ich bin nur ein Angestellter.«

»Dessen Gehalt von mir bezahlt wird. Indirekt und gegen meinen Willen, aber trotzdem bezahlt.«

Ich wollte mich in die Auseinandersetzung einschalten, aber ich spürte, wie Pat sich zurückhielt. Das hatte nichts zu besagen; Mr. Geeking zuckte die Achseln und meinte: »Wenn dem so ist, dann danke ich Ihnen vielmals. Aber ich bin wirklich nur hierhergekommen, um Ihre Zwillinge zu bitten, sich ein paar Tests zu unterziehen und einige Fragen zu beantworten. Die Tests sind harmlos, und die Ergebnisse werden vertraulich behandelt werden.«

»Was wollen Sie denn in Erfahrung bringen?«

Ich glaube, daß Mr. Geeking die Wahrheit sagte, als er antwortete: »Das weiß ich nicht. Ich bin nur ein Mitarbeiter im Außendienst; ich leite das Projekt nicht.«

Jetzt schaltete Pat sich ein. »Ich verstehe nicht, weshalb wir ablehnen sollten, Dad. Haben Sie die Tests bei sich, Mr. Geeking.«

»Hör mal, Patrick ...«

»Schon gut, Dad. Zeigen Sie die Tests, Mr. Geeking.«

»Äh, das hatten wir eigentlich nicht so vor. Das Projekt hat im TransLunar-Gebäude Büros eingerichtet. Die Tests nehmen etwa einen halben Tag in Anspruch.«

»Das ist ja mitten in der Innenstadt, und dann ein halber Tag ... was zahlen Sie?«

»Wie bitte? Die Versuchspersonen werden gebeten, ihre Zeit im Interesse der Wissenschaft zur Verfügung zu stellen.«

Pat schüttelte den Kopf. »Tut mir leid, Mr. Geeking. In der Woche sind Prüfungen ... Und außerdem haben mein Bruder und ich auch Halbtagsjobs.«

Ich hielt mich ruhig. Die Prüfungen waren vorbei, mit Ausnahme von Geschichtsanalyse, und das hat nichts mit Mathe zu tun, nur mit Statistik und pseudospatialer Kalkulation, und ist daher nicht schwierig. Und das Chemielabor, in dem wir arbeiteten, war wegen der Prüfungen geschlossen. Ich war sicher, daß Dad all das nicht wußte, sonst hätte er dazwischen geredet; Dad kann auf die leiseste Andeutung hin alle seine Vorurteile in den Wind schlagen und stur wie ein römischer Richter werden.

Pat stand auf, also stand ich auch auf. Mr. Geeking blieb sitzen. »Es läßt sich einrichten«, sagte er mit gleichmäßiger Stimme.

Pat knöpfte ihm soviel Geld ab, wie wir im ganzen Monat im Labor für das Flaschenwaschen bekommen, und das für die Arbeit eines einzigen Nachmittags – und erhöhte dann seine Forderung, als uns klargemacht wurde, daß wir die Tests gemeinsam würden ablegen müssen (als ob wir uns auf irgend etwas anderes eingelassen hätten). Mr. Geeking zahlte, ohne mit der Wimper zu zucken, in bar und im voraus.

II Der natürliche Logarithmus von zwei

Ich hatte in meinem ganzen Leben noch nie so viele Zwillinge gesehen wie am darauffolgenden Mittwochnachmittag im vierzigsten Stockwerk des TransLunar-Gebäudes. Ich mag es nicht, wenn um mich herum Zwillinge sind, ich habe da immer das Gefühl, doppelt zu sehen. Und jetzt sagen Sie bloß nicht, ich sei inkonsequent; die Zwillinge, zu denen ich gehöre, habe ich *nie* zusammen gesehen – nur Pat.

Pat empfand genauso; wir hatten uns nie mit anderen Zwillingen angefreundet. Er sah sich um und stieß einen Pfiff aus. »Tom, hast du je so viele Ersatzteile gesehen?«

»Nie.«

»Wenn ich hier das Sagen hätte, würde ich die Hälfte von ihnen erschießen.« Er hatte nicht so laut gesprochen, um jemanden damit zu beleidigen; Pat und ich benutzten eine Art Gefängnishofflüstern, das sonst keiner hören konnte, obwohl wir nie Schwierigkeiten hatten, einander zu verstehen. »Deprimierend, nicht wahr?«

Dann pfiff er leise durch die Zähne, und ich sah dorthin, wo er hinsah. Natürlich Zwillinge, aber in diesem Fall Zwillinge von der Art, wo einmal gut und zweimal besser ist. Es waren rothaarige Schwestern, jünger als wir, aber nicht zu jung – sechzehn vielleicht. Und so kuschelig wie Angorakätzchen. Diese Schwestern hatten auf uns die gleiche Wirkung wie Licht auf eine Motte. Pat flüsterte mir zu: »Tom, wir sind es denen einfach schuldig, daß wir ihnen ein wenig Zeit widmen«, und strebte auf sie zu, ich dicht hinter ihm her. Sie trugen unechte Schottenkostüme, grüne Karos, die ihr Haar wie Sonnwendfeuer lodern ließen. Und auf uns wirkten sie so hübsch wie der erste Schnee.

Und ebenso eisig. Pat hatte seine Eröffnungsansprache gerade zur Hälfte hinter sich gebracht, als ihm die Worte wegblieben und er den Mund hielt; sie starrten durch ihn hindurch. Ich merkte, daß ich rot wurde. Das Einzige, was den ganzen Zwischenfall wenigstens eine Spur weniger peinlich machte, war ein Lautsprecher, der plötzlich zu dröhnen anfing:

»Achtung bitte! Sie werden aufgefordert, sich an der Türe einzufinden, die die Initialen Ihres Familiennamens trägt.« Also gingen wir zu Türe A bis D, und die rothaarigen Schwestern strebten dem anderen Ende des Alphabets zu, ohne uns auch nur eines Blickes gewürdigt zu haben. Als wir uns in die Schlange einreihten, murmelte Pat: »Hab ich Speisereste am Kinn? Oder haben die vielleicht ein Gelübde abgelegt, alte Jungfern zu werden?«

»Wahrscheinlich beides«, antwortete ich. »Außerdem sind mir Blonde ohnehin lieber.« Das stimmte, denn Maudie war eine Blondine. Pat und ich waren seit etwa einem Jahr regelmäßig mit Maudie Kauric ausgegangen – mit ihr gegangen, könnte man das nennen, obwohl es in meinem Fall gewöhnlich nur bedeutete, daß ich mich mit Maudies Freundin Hedda Staley begnügen mußte, deren Vorstellung von einer spritzigen Konversation darin bestand, mich zu fragen, ob ich nicht auch fand, daß Maudie das netteste Ding sei, das es je gegeben hätte. Da dies den Tatsachen entsprach und keiner Antwort bedurfte, war unsere Konversation nicht gerade hinreißend.

»Nun, mir auch«, pflichtete Pat mir bei, ohne zu sagen, welche Blondine – Maudie war das einzige Thema, das zwischen uns einigermaßen schweigsam abgehandelt wurde. »Aber ich habe das nie zu eng gesehen.« Er zuckte die Achseln und fügte vergnügt hinzu: »Und im übrigen gibt es ja andere Möglichkeiten.«

Die gab es ganz sicher, denn von den Hunderten von

Zwillingen, die sich hier eingefunden hatten, waren vielleicht ein Drittel in unserer Altersstufe, und die Hälfte von ihnen, soweit ich das ohne Zählen feststellen konnte, gehörten dem Geschlecht an, das aus einer Menschenmenge ein gesellschaftliches Ereignis macht. Aber keine entsprachen dem hohen Standard der Rothaarigen, und so begann ich, mir die Menge als Ganzes anzusehen.

Das älteste Paar, das ich sah, zwei erwachsene Männer, schien nicht viel älter als Anfang der Dreißig zu sein, und ich sah einen Satz kleiner Mädchen um die zwölf – sie hatten ihre Mutter im Schlepptau. Aber die meisten von ihnen waren in Rufweite der Zwanzig. Ich hatte daraus den Schluß gezogen, daß ›Genetische Ermittlungen‹ seine Proben nach Altersgruppen entnahm, als ich feststellte, daß wir uns an der Spitze der Schlange befanden, und ein Angestellter sagte: »Namen, bitte.«

Die nächsten zwei Stunden reichte man uns von einem Datensammler zum nächsten weiter. Man nahm unsere Fingerabdrücke ab und Blutproben. Wir mußten auf Hunderte alberner Fragen, die man nicht mit ›ja‹ oder ›nein‹ beantworten konnte, mit ›ja‹ oder ›nein‹ antworten. Die Untersuchung war gründlich und umfaßte all den üblichen, sorgfältig geplanten Unsinn, der dafür sorgte, daß jemand mit nackten Füßen auf einem kalten Boden stehen mußte, der für bloße menschliche Haut um fünf Grad zu kalt war, und man ihn dauernd betastete und ihm unhöfliche, sehr persönliche Fragen stellte.

Ich langweilte mich gründlich, und als Pat mir zuflüsterte, daß wir eigentlich dem Arzt die Kleider ausziehen und *ihn* in den Bauch pieksen und die Schwester dazu bringen sollten, aufzuschreiben, wie *ihm* das gefiel, amüsierte mich das nicht einmal. Mein einzig angenehmer Gedanke war, daß Pat denen eine ganze Menge Unsinn erzählt hatte. Dann durften wir uns wieder anziehen und wurden in einen Raum geführt, wo eine ziemlich hübsche Frau hinter einem Schreibtisch saß. Sie hatte ein Sichtgerät vor sich auf dem

Tisch und betrachtete zwei Persönlichkeitsprofile, die auf dem Bildschirm übereinander angeordnet waren. Sie glichen sich fast bis aufs Haar, und ich versuchte mit einem schnellen Blick herauszufinden, wo das nicht der Fall war. Aber ich konnte Pats Profil nicht von dem meinen unterscheiden, und außerdem bin ich kein mathematischer Psychologe.

Sie lächelte und sagte: »Setzt euch, Jungs. Ich bin Doktor Arnault.« Sie hob die Profile und eine Anzahl Lochkarten in die Höhe und fügte hinzu: »Perfekte spiegelbildliche Zwillinge bis zur Dextrokardie. Sollte interessant sein.«

Pat versuchte, einen Blick auf die Papiere zu werfen. »Was für einen IQ haben wir denn diesmal, Doktor?«

»Das ist jetzt nicht wichtig.« Sie legte die Papiere auf den Tisch, deckte sie zu und griff sich dann ein Spiel Karten. »Habt ihr das schon einmal gemacht?«

Natürlich hatten wir das. Schließlich waren das die klassischen Rhine-Testkarten mit all den Krakeln und Sternen und so weiter. Jede Psychologieklasse auf der Oberschule hat sie, und wenn einer ein hohes Punktergebnis herausbekommt, dann bedeutet das fast immer, daß irgendein Schlaumeier sich wieder mal eine Methode ausgedacht hat, um den Lehrer reinzulegen. Pat hatte sich auch eine einfache Schummelmethode ausgedacht, bis uns dann unser Lehrer, zu müde, um sich zu ärgern, einfach aufteilte und uns die Tests mit anderen Leuten machen ließ – worauf unsere Ergebnisse auf die Größenordnung der Standardfehler zurückfielen. Also wußte ich bereits, daß Pat und ich keine ESP*-Freaks waren, und die Rhine-Karten waren somit auch wieder nur ein langweiliger Test. Aber ich konnte fühlen, daß Pat anfing, aufmerksam zu werden. »Halt die Ohren offen, Kleiner«, hörte ich ihn flüstern, »dann machen wir das interessant.« Dr. Arnault hörte ihn natürlich nicht.

---

* ESP – Extrasensory Perception – anomale Fähigkeit der Sinneswahrnehmung (z. B. Hellsehen)

Ich wußte nicht recht, ob wir sollten, aber das wußte ich – wenn er es fertigbrachte, mir Signale zu geben, würde ich es nicht fertigbringen, die Ergebnisse zu verfälschen. Aber die Sorge hätte ich mir sparen können; Dr. Arnault führte Pat hinaus und kam ohne ihn zurück. Sie hatte eine Mikrofonverbindung zu dem anderen Testraum, aber es gab keine Möglichkeit, über dieses Mikro zu flüstern; es war nur dann in Betrieb, wenn sie es einschaltete.

Sie fing sofort an. »Erste Testreihe in zwanzig Sekunden, Mabel«, sagte sie in das Mikro, schaltete es ab und wandte sich mir zu. »Sieh dir die Karten an, wenn ich sie umlege«, sagte sie. »Streng dich dabei nicht an, du brauchst sie nur anzusehen.«

Also sah ich mir die Karten an. Das ging mit einzelnen Variationen vielleicht eine Stunde lang so. Manchmal sollte ich der Empfänger sein, manchmal der Sender. Soweit das mich betraf, passierte überhaupt nichts, denn die sagten uns unsere Ergebnisse nicht.

Schließlich sah Dr. Arnault auf das Trefferblatt und sagte: »Tom, ich würde dir jetzt gerne eine leichte Injektion verabreichen. Es tut nicht weh, und vergeht wieder, ehe du nach Hause gehst. Einverstanden?«

»Was für eine Injektion?« sagte ich argwöhnisch.

»Keine Angst, etwas ganz Harmloses. Ich möchte es dir nicht sagen, sonst könntest du unbewußt die Reaktion zeigen, die du erwartet hast.«

»Äh, was sagt denn mein Bruder? Kriegt der auch eine?«

»Kümmere dich bitte jetzt nicht darum. Ich habe dich gefragt.«

Ich zögerte immer noch. Dad hielt nicht viel von Injektionen und dergleichen, wenn sie nicht notwendig waren; er hatte ein ziemliches Theater gemacht, bis wir an dem Enzephalitisprogramm teilnehmen durften. »Sind Sie Ärztin?«

»Nein, ich habe in Physik promoviert. Warum?«

»Woher wissen Sie dann, daß die Spritze harmlos ist?«

Sie biß sich auf die Lippen und antwortete dann: »Wenn es dir lieber ist, dann lasse ich einen Doktor der Medizin kommen.«

»Äh, nein, ich denke, das wird nicht notwendig sein.« Jetzt erinnerte ich mich an etwas, das Dad über die Schlafkrankheitsspritzen gesagt hatte, und fügte hinzu: »Hat die Akademie für Langzeitforschung eine Haftpflichtversicherung dafür abgeschlossen?«

»Was? Nun, ich denke doch. Ja, ganz bestimmt.« Sie sah mich an und meinte dann: »Tom, wie kommt es eigentlich, daß ein Junge in deinem Alter so mißtrauisch ist?«

»Hm? Warum fragen Sie mich das? Sie sind doch die Psychologin, Ma'am. Außerdem«, fügte ich hinzu, »wenn Sie auf so vielen Reißnägeln gesessen wären wie ich, wären Sie bestimmt auch mißtrauisch.«

»Hmmm ... Schon gut. Ich habe jahrelang studiert und weiß immer noch nicht, was das für eine junge Generation wird. Nun, bist du also mit der Injektion einverstanden?«

»Äh, ich nehme sie – nachdem die ALF versichert ist. Schreiben Sie einfach auf, was Sie mir geben und unterschreiben Sie.«

Auf ihren Wangen tauchten zwei hellrote Flecken auf. Aber sie nahm ein Blatt Papier, schrieb darauf, faltete es, steckte es in einen Umschlag und klebte ihn zu. »Steck das in deine Tasche«, sagte sie etwas gereizt. »Schau es dir nicht an, bis das Experiment vorbei ist. Und jetzt mach den linken Unterarm frei.«

Als sie mir die Spritze verpaßte, sagte sie mit zuckersüßer Stimme: »Das wird jetzt ein wenig stechen. Hoffe ich.«

Das tat es.

Sie schaltete sämtliche Lichter mit Ausnahme der Projektionslampe in dem Sichtgerät aus. »Fühlst du dich bequem?«

»Sicher.«

»Es tut mir leid, wenn ich etwas gereizt war. Ich möchte,

daß du ganz entspannt und bequem sitzt.« Sie trat neben mich und machte irgend etwas an dem Sessel, auf dem ich saß; der öffnete sich ganz sanft, bis ich praktisch wie auf einem Sofa lag. »Entspann dich und wehr dich nicht dagegen. Wenn du merkst, daß du schläfrig wirst, dann wundre dich nicht.« Sie setzte sich, und jetzt konnte ich nur noch ihr Gesicht im Widerschein des Sichtgerätes sehen. Sie war furchtbar hübsch, entschied ich, obwohl sie zu alt war, als daß das etwas zu bedeuten gehabt hätte ... wenigstens dreißig, vielleicht älter. Und nett war sie auch. Sie redete ein paar Minuten mit ihrer sanften Stimme auf mich ein, aber ich erinnere mich nicht genau, was sie sagte.

Dann muß ich eingeschlafen sein, denn gleich darauf war es stockfinster, und Pat war dicht neben mir, obwohl ich nicht bemerkt hatte, daß das Licht ausgegangen wäre, oder daß jemand die Türe aufgemacht hätte. Ich fing zu reden an, als ich ihn flüstern hörte:

»Tom, hast du jemals einen solch unsinnigen Hokuspokus erlebt?«

Ich flüsterte zurück. »Das erinnert mich an damals, als die uns in den Club der Kongo Kannibalen aufgenommen haben.«

»Nicht so laut, sonst merken die es.«

»Du bist derjenige, der zu laut redet. Und wen stört das schon? Jetzt stoßen wir den Kriegsschrei der Kannibalen aus und machen denen solche Angst, daß die aus den Schuhen kippen.«

»Später, später. Im Augenblick möchte meine Freundin Mabel, daß ich dir eine Reihe von Nummern durchgebe. Also sollen doch die zuerst ihren Spaß haben. Schließlich zahlen die dafür.«

»Okay.«

»Null Komma sechs neun drei eins.«

»Das ist der natürliche Logarithmus von zwei.«

»Was hast du denn gedacht? Mabels Telefonnummer? Halt die Klappe und hör zu. Wiederhol die Zahlen. Drei Komma eins vier eins fünf neun ...«

So ging das eine ganze Weile weiter. Einige Zahlen waren mir vertraut so wie die ersten zwei; die restlichen mögen willkürlich ausgesucht gewesen sein, oder vielleicht doch Mabels Telefonnummer, was weiß ich. Ich fing an, mich zu langweilen und dachte schon daran, doch den Kriegsruf auszustoßen, als Dr. Arnault leise sagte: »Ende der Testreihe. Bleibt jetzt beide ganz still und entspannt euch ein paar Minuten. Mabel, wir sehen uns im Datenvergleichsraum.« Ich hörte sie hinausgehen, also ließ ich die Idee mit dem Kriegsschrei fallen und entspannte mich. Das Wiederholen all der Zahlen im Dunkeln hatte mich ohnehin etwas benommen gemacht – und wie Onkel Steve sagt, soll man, wenn man eine Chance zum Ausruhen bekommt, das immer tun; vielleicht dauert es eine Ewigkeit, bis wieder eine kommt.

Dann hörte ich, wie die Türe wieder aufging und blinzelte, als es plötzlich hell wurde. Dr. Arnault sagte: »Das ist alles für heute, Tom ... Und vielen Dank. Wir möchten dich und deinen Bruder morgen um die gleiche Zeit wieder hier sehen.«

Ich blinzelte noch einmal und sah mich um. »Wo ist Pat? Was sagt er?«

»Der wartet draußen im Vorraum. Er hat mir gesagt, daß ihr morgen kommen könntet. Das geht doch, oder?«

»Äh, ich denke schon, wenn es ihm recht ist.« Ich kam mir wegen unseres Tricks ein wenig albern vor, also fügte ich hinzu. »Dr. Arnault? Tut mir leid, daß ich Sie geärgert habe.«

Sie tätschelte mir die Hand und lächelte. »Schon gut. Hast schon recht gehabt, vorsichtig zu sein. Und du hast deine Sache gut gemacht. Du solltest sehen, was für Verrückte wir da manchmal bekommen. Bis morgen.«

Pat wartete in dem großen Raum, wo wir die rothaarigen Mädchen gesehen hatten. Er schloß sich mir an, und wir gingen zum Fallschacht. »Ich hab das Honorar für morgen hochgetrieben«, flüsterte er mir selbstzufrieden zu.

»Wirklich? Pat, meinst du, daß wir das tun sollten? Ich meine, Spaß ist Spaß, aber wenn die je spitz kriegen, daß wir schummeln, dann sind sie bestimmt sauer. Am Ende müssen wir gar noch das zurückbezahlen, was die uns schon bezahlt haben.«

»Wie wollen die das denn anstellen? Man hat uns dafür bezahlt, daß wir hier erscheinen und Tests mitmachen. Das haben wir getan. Daß man bei den Tests nicht schummeln kann, dafür müssen schon die sorgen. Ich wüßte auch, wie man das macht.«

»Pat, du bist unehrlich *und* ein krummer Hund.« Ich dachte an Dr. Arnault ... eine nette Dame war das. »Ich denke, ich werd' morgen zu Hause bleiben.«

Das sagte ich gerade, als Pat in den Fallschacht trat. Er war auf dem ganzen Weg nach unten drei Meter unter mir und hatte vierzig Stockwerke Zeit, um sich eine Antwort auszudenken. Als ich neben ihm landete, antwortete er, indem er das Thema wechselte. »Haben die dir eine Spritze verpaßt?«

»Ja.«

»Hast du daran gedacht, dir eine Haftungserklärung unterschreiben zu lassen, oder hast du das verpennt?«

»Nun, in gewissem Sinne«. Ich griff in die Tasche nach dem Umschlag, den ich vergessen hatte. »Ich habe Dr. Arnault aufschreiben lassen, was sie uns gegeben hat.«

Pat griff nach dem Umschlag. »Entschuldige, Maestro. Bei meinem Verstand und deinem Glück haben wir die genau, wo wir sie haben wollen.« Er schickte sich an, den Umschlag zu öffnen. »Ich wette, es war Neopenthothal – oder sonst ein Barbiturat.«

Ich nahm ihm den Umschlag weg. »Der gehört mir.«

»Nun, dann mach ihn doch auf«, antwortete er. »Und halte hier nicht den Verkehr auf. Ich möchte sehen, was uns die für eine Traumdroge verpaßt haben.«

Wir hatten die Fußgängeretage erreicht, und das, was er vorschlug, war durchaus vernünftig. Ehe ich den Umschlag öffnete, führte ich uns über die Wechselstreifen auf die schnelle Westbahn und trat hinter einen Windschutz. Während ich das Papier auseinanderfaltete, las Pat über meine Schulter:

»›Langzeit und so weiter und so weiter – Injektionen für Versuchspersonen 7L435 & 36 T. P. Bartlett & P. H. Bartlett (identische Zwillinge) – jeweils ein Zehntel ccm destilliertes Wasser mit normalem Salzzusatz‹, gezeichnet ›Doris Arnault, Dr. rer. nat., im Auftrag der Akademie.‹ Tom, die haben uns reingelegt!«

Ich starrte das Papier an und versuchte das, was ich erlebt hatte, mit dem in Einklang zu bringen, was auf dem Papier stand. Pat fügte hoffnungsvoll hinzu: »Oder ist das der Schwindel? Hat man uns etwas anderes injiziert und die wollten das nicht zugeben?«

»Nein«, sagte ich langsam. Ich war überzeugt, daß Dr. Arnault nicht ›Wasser‹ hingeschrieben und uns tatsächlich eine der Schlafdrogen verpaßt hätte – sie war nicht der Typ für so etwas. »Pat, die haben uns nicht unter Drogen gesetzt ... die haben uns *hypnotisiert*.«

Er schüttelte den Kopf. »Unmöglich. Selbst wenn man einräumt, daß man mich hypnotisieren könnte, dann würde das bei dir nicht gehen. Da ist nichts zu hypnotisieren. Und ich bin nicht hypnotisiert worden, Genosse. Keine kreisenden Lichter, keine Handbewegungen – nein, zum Kuckuck, mein Mädchen Mabel hat mir nicht einmal in die Augen gesehen. Sie hat mir bloß die Spritze verpaßt und gesagt, ich sollte ganz ruhig sein und warten, bis es wirkt.«

»Sei nicht kindisch, Pat. Die Lichter und das Zeug ist für Dummköpfe. Mir ist egal, ob du das Hypnotismus oder bloß Propaganda nennst. Die haben uns Spritzen gegeben und gesagt, wir sollten schläfrig sein – also sind wir eingeschlafen.«

»Also war ich schläfrig! Jedenfalls war das nicht ganz das, was Mabel getan hat. Sie hat mir gesagt, ich sollte nicht schlafen, oder wenn ich einschlafen würde, dann aufwachen, wenn sie mich rufen würde. Und als sie dann dich hereingebracht haben, hat sie ...«

»Augenblick mal. Du meinst, als sie dich in das Zimmer zurückbrachten, in dem ich war ...«

»Nein, das meine ich ganz und gar nicht. Nachdem die dich hereingebracht hatten, gab Mabel mir diese Liste mit Zahlen und ich hab sie dir vorgelesen ...«

»Augenblick mal«, sagte ich. »Pat, du bringst da etwas durcheinander. Wie konntest du sie denn in der völligen Finsternis *lesen*? Sie muß sie dir vorgelesen haben. Ich meine ...« Ich verstummte, weil ich merkte, daß ich selber durcheinandergeriet. Nun, sie hätte sie ihm aus einem anderen Zimmer vorlesen können. »Hattest du Kopfhörer um?«

»Was hat das denn damit zu tun? Außerdem war es nicht stockdunkel, nicht nachdem sie dich hereingebracht hatten. Sie hat mir die Zahlen auf einem Brett gezeigt, das eine eigene Beleuchtung hatte, und die war hell genug, daß ich die Zahlen und ihre Hände sehen konnte.«

»Pat, jetzt würde ich mir wirklich wünschen, daß du mit dem Unsinn aufhörst. Hypnotisiert oder nicht, ich war niemals so weggetreten, daß ich nicht alles bemerkt hätte, was um mich herum vorging. Man hat mich nie irgendwohin gebracht. Wahrscheinlich haben die dich reingerollt, ohne dich dabei zu wecken. Und das Zimmer, in dem wir waren, war stockfinster, da war keine Spur von Licht.«

Pat antwortete nicht gleich, und das paßte gar nicht zu ihm. Am Ende meinte er: »Tom, bist du ganz sicher?«

»Sicher bin ich sicher!«

Er seufzte. »Ich sag das ungern, weil ich weiß, was du jetzt sagen wirst. Aber was soll man denn tun, wenn keine von den Theorien mehr paßt, die man hat?«

»Hm? Ist das ein Quiz? Man wirft sie weg und probiert es mit einer neuen. Grundlagen der Methodologie, erstes Semester.«

»Okay, dann probier's mal mit der: Tom, mein Junge, reiß dich zusammen – wir sind *Gedanken*leser.«

Ich probierte die Theorie aus und sie gefiel mir nicht. »Pat, bloß weil du nicht alles erklären kannst, reicht das noch lange nicht, um so zu reden wie die fetten, alten Frauen, die zu Wahrsagerinnen gehen. Ich gebe zu, wir sind etwas durcheinander, ob es nun Drogen oder Hypnose war. Aber wir können unmöglich gegenseitig unsere Gedanken gelesen haben, sonst hätten wir das doch schon seit Jahren getan. Wir hätten es bemerkt.«

»Nicht unbedingt. In deinem Verstand spielt sich ohnehin nie besonders viel ab, warum hätte ich es also bemerken sollen?«

»Aber es ist doch logisch ...«

»Was ist der natürliche Logarithmus von zwei?«

»›Null Komma sechs neun drei eins‹ hast du gesagt, obwohl ich mit vierstelligen Tafeln nicht sehr viel anfangen kann. Was hat das damit zu tun?«

»Ich hab' vier Stellen angegeben, weil sie es mir so gesagt hat. Erinnerst du dich daran, was sie gesagt hat, bevor ich dir diese Nummer durchgegeben habe?«

»Hm? Wer?«

»Mabel. Dr. Mabel Lichtenstein. Was hat sie denn gesagt?«

»Niemand hat etwas gesagt.«

»Tom, mein seniler Symbiot, sie hat mir gesagt, was ich tun soll, nämlich dir die Nummern vorlesen. Sie hat mir das mit einer klaren, durchdringenden Sopranstimme gesagt. Hast du sie nicht gehört?«

»Nein.«

»Dann warst du nicht im selben Zimmer. Du warst nicht in Hörweite, obwohl ich einen Eid darauf abgelegt hätte, daß die dich neben mich geschoben hatten. Ich *wußte*, daß du da warst. Aber das warst du nicht. Also war es Telepathie.«

Ich war verwirrt, konfus. Ich fühlte mich nicht telepathisch; aber Hunger hatte ich.

»Ich auch«, pflichtete Pat mir bei. »Steigen wir also an

der Berkeley Station aus und kaufen uns sodann ein Sandwich.«

Ich folgte ihm von dem Laufband herunter und fühlte mich nicht mehr ganz so hungrig und noch konfuser. Pat hatte auf eine Bemerkung geantwortet, die ich nicht gemacht hatte.

III Projekt Lebensraum

Obwohl man mir gesagt hat, ich sollte mir Zeit lassen und alles berichten, geht das nicht. Ich hatte jetzt schon tagelang keine Zeit mehr, hier weiterzumachen, aber selbst wenn ich keine Arbeit hätte, könnte ich immer noch nicht ›alles berichten‹, weil man *mehr* als einen Tag dazu braucht, um das niederzuschreiben, was an einem Tag passiert. Je mehr man sich anstrengt, desto weiter bleibt man zurück. Also versuche ich es jetzt gar nicht mehr und konzentriere mich auf das Wichtigste.

Außerdem weiß ja schließlich jeder, worum es beim Projekt Lebensraum geht.

Mom und Dad gegenüber erwähnten wir von diesem ersten Tag gar nichts. Man kann Eltern solche Dinge nicht zumuten; die werden sofort nervös und fangen an, Befehle zu erlassen. Wir sagten ihnen bloß, daß die Tests noch einen Tag dauern würden und daß uns niemand die Ergebnisse gesagt hatte.

Dr. Arnault schien nicht überrascht, als wir ihr sagten, wir wüßten Bescheid, selbst als ich damit herausplatzte, daß wir gedacht hätten, wir hätten geschummelt, was wir aber allem Anschein nach gar nicht getan hatten. Sie nickte bloß und sagte, es sei notwendig gewesen, uns glauben zu machen, alles sei ganz normal, selbst wenn auf beiden Seiten ein wenig geschwindelt werden mußte. »Ich hatte den Vorteil, daß mir eure Persönlichkeitsanalysen zur Verfügung standen«, fügte sie hinzu. »Manchmal muß man in der Psychologie Umwege machen, um zur Wahrheit zu gelangen.«

»Heute versuchen wir es auf einem direkteren Weg«, fuhr

sie fort. »Wir werden euch zwei Rücken an Rücken unterbringen, aber so nahe beieinander, daß ihr ohne Zweifel hören könnt, was ihr sagt. Aber ich werde einen Schallschutzschirm benutzen, um euch von Zeit zu Zeit ganz oder teilweise voneinander zu isolieren, ohne daß ihr das jeweils wißt.«

Das zweitemal war es viel schwieriger. Natürlich versuchten wir es, und natürlich schafften wir es nicht. Aber Dr. Arnault war geduldig und ebenso auch Dr. Lichtenstein – Pats ›Dr. Mabel‹. Sie zog es vor, daß man sie Dr. Mabel nannte; sie war klein und pummelig und jünger als Dr. Arnault und so nett wie ein weibliches Wesen nur sein kann, das wie ein Sofakissen aussieht. Erst viel später fanden wir heraus, daß sie die Chefin des Untersuchungsteams und obendrein weltberühmt war. ›Nettes, kicherndes Mädchen‹ war ihre Nummer, um gewöhnliche Leute, so wie Pat und mich, zu beruhigen. Ich schätze, das ist wieder einmal ein Beweis, daß man nicht auf die Packung achten, sondern das Kleingedruckte lesen soll.

Also kicherte sie, und Dr. Arnault blickte ernst, und wir konnten nicht sagen, ob wir nun Gedanken lesen konnten oder nicht. Ich konnte Toms Flüstern hören – die hatten uns gesagt, wir sollten ruhig flüstern – und er konnte mich flüstern hören, und manchmal blieb seine Stimme einfach weg. Ich war sicher, daß da nichts lief, nichts Telepathisches, meine ich, denn Pat und ich hatten auf die Weise immer schon in der Schule miteinander geflüstert, ohne daß man uns dabei erwischt hatte.

Schließlich kicherte Dr. Mabel ziemlich albern und sagte: »Ich schätze, das reicht für heute. Glauben Sie nicht auch, Doktor?«

Dr. Arnault pflichtete ihr bei, und Pat und ich setzten uns auf und starrten einander an. Dann sagte ich: »Ich schätze, das gestern war eine Panne. Vermutlich haben wir Sie enttäuscht.«

Dr. Mabel sah uns an wie ein erschrecktes Kätzchen.

Dr. Arnault antwortete ernst: »Ich weiß nicht, was du erwartet hast, Tom. Aber in der letzten Stunde warst du während jedem Testlauf völlig von deinem Bruder abgeschirmt. Keiner von euch beiden konnte den anderen hören.«

»Aber ich *habe* ihn doch gehört.«

»Sicher hast du das. Aber nicht mit den Ohren. Wir haben auf jeder Seite der Schallbarrieren Tonbandaufnahmen gemacht. Vielleicht sollten wir sie teilweise abspielen.«

Dr. Mabel kicherte. »Das ist eine gute Idee.« Also spielten sie die Aufnahmen ab. Es fing mit allen vier Stimmen an, während die uns sagten, was sie von uns wollten. Und dann war nur noch mein Flüstern und das von Pat zu hören, wie wir mit verteilten Rollen die *Komödie der Irrungen* lasen. Wahrscheinlich hatten sie Parabolmikrofone auf uns gerichtet, denn unser Flüstern klang wie ein Wirbelsturm.

Dann war von Pat plötzlich nichts mehr zu hören. Aber meine Stimme fuhr fort ... antwortete einem völligen Schweigen.

Wir unterzeichneten einen Forschungsvertrag mit der Akademie, und Dad zeichnete ihn nach einer kleinen Auseinandersetzung gegen. Er war der Ansicht, Gedankenlesen war Unfug, und wir sagten nichts dagegen, denn worauf es ankam, war, daß Geld so knapp wie eh und je war, und wir für den Job wesentlich mehr bekamen als für jeden Aushilfsjob, den wir sonst je gehabt hatten, soviel um sicherzustellen, daß wir uns ins College einschreiben konnten, selbst wenn die Stipendien nicht kommen sollten.

Aber ehe der Sommer vorbei war, erklärten die uns, welche Verbindung zwischen ›Genetische Ermittlungen‹ und ›Projekt Lebensraum‹ bestand. Das stand nun auf einem völlig anderen Blatt – vom Standpunkt unserer Eltern aus betrachtet, auf einem, mit dem sie gar nichts zu tun haben wollten.

Aber schon lange vorher konnten Pat und ich ebenso leicht telepathieren, wie wir reden konnten, und ebenso genau, ohne daß es dazu besonderer Vorkehrungen bedurfte, und auf jede Distanz. Vermutlich hatte wir das schon jahrelang getan, ohne es zu wissen – tatsächlich machte Dr. Arnault, ohne daß wir es wußten, eine Tonbandaufnahme unserer Gefängnishofstimmen (wir versuchten da gar nicht zu telepathieren, einfach nur eine ganz gewöhnliche Unterhaltung) und bewies, daß keiner von uns das aufgenommene Flüstern verstehen konnte, wenn wir so leise redeten, daß andere Leute es nicht hören konnten.

Sie sagte uns, theoretisch sei es durchaus möglich, daß alle Menschen potentiell telepathisch veranlagt waren, aber es hätte sich als schwierig erwiesen, das zu demonstrieren, nur mit identischen Zwillingen nicht – und auch da nur bei etwa zehn Prozent. »Die Gründe kennen wir nicht, aber denkt einmal an die Analogie mit abgestimmten Radioschwingkreisen.«

»Gehirnwellen?« fragte ich.

»Du solltest die Analogie nicht zu weit treiben. Es kann sich nicht um die Gehirnwellen handeln, die wir mit Enzephalographen aufnehmen, sonst würden wir inzwischen schon lange Telepathieverstärker im Kaufhaus kaufen können. Und das menschliche Gehirn ist kein Radio. Aber was immer es auch ist, zwei Personen aus demselben Ei haben eine unendlich größere Chance, ›abgestimmt‹ zu sein als das bei zwei Nichtzwillingen der Fall ist. Ich kann eure Gedanken nicht lesen, und ihr die meinen nicht, und wahrscheinlich wird das auch nie der Fall sein. In der ganzen Geschichte der Psychologie sind nur ganz wenige Fälle von Leuten bekannt, die dem Anschein nach in der Lage waren, sich auf praktisch jeden ›abzustimmen‹. Und die meisten dieser Fälle sind nicht besonders gut dokumentiert.«

Pat grinste und zwinkerte Dr. Mabel zu. »Dann sind wir also zwei Mißgeburten.«

Sie riß die Augen ganz weit auf und wollte antworten, aber Dr. Arnault kam ihr zuvor. »Überhaupt nicht, Pat. Bei euch ist es normal. Aber wir haben auch Teams im Projekt, die nicht eineiige Zwillinge sind. Ein paar Ehepaare, ein paar ganz gewöhnliche Geschwister, und einige Paare, die durch unsere Forschungsarbeiten zusammengeführt wurden. Das sind die Ausnahmen. Wenn wir herausfinden könnten, wie *die* es machen, dann wären wir vielleicht imstande, die Bedingungen so zu gestalten, daß jeder es kann.«

Dr. Mabel schauderte. »Was für eine schreckliche Vorstellung! Wo doch jetzt schon nur mehr so wenig einem ganz allein gehört.«

Ich wiederholte das für Maudie (von Pat einige Male unterbrochen und korrigiert), weil die Medien herausgebracht hatten, was sich bei ›Genetische Ermittlungen‹ abspielte. Das trug uns ›Gedankenlesern‹ natürlich eine Menge alberner Publicity ein und führte natürlich auch zu ein paar dümmlichen Fragen von Hedda Staley. Maudie begann sich zu fragen, ob ein Mädchen da wohl Geheimnisse haben konnte? Natürlich konnte sie das, ich hätte ihre Gedanken nicht einmal mit einem Durchsuchungsbefehl lesen können, und Pat auch nicht. Sie hätte uns das geglaubt, wenn Hedda sich nicht eingemischt hätte. Beinahe hätte sie es geschafft, unsere Freundschaft mit Maudie platzen zu lassen, aber am Ende hängten wir sie ab und gingen künftig nur mehr mit Maudie aus, bis Pat weggeschickt wurde.

Aber das geschah erst, als der Sommer fast um war, nachdem sie uns Projekt Lebensraum erklärt hatten.

Etwa eine Woche bevor unser Vertrag auslaufen sollte, versammelten sie alle Zwillinge, um zu uns zu sprechen. An jenem ersten Tag waren wir Hunderte gewesen, Dutzende am zweiten, aber als der Sommer zu Ende ging, reichten wir gerade noch aus, einen großen Konferenzraum zu füllen. Die rothaarigen Mädchen gehörten zu den Überlebenden, aber Pat und ich saßen nicht neben ihnen, obwohl da Platz war; sie legten immer noch diese Eiszapfenhaltung an den Tag, und waren so ichbezogen wie Austern. Wir übrigen waren unterdessen alte Freunde geworden.

Man stellte uns einen Mr. Howard als Vertreter der Akademie vor. Er verzapfte den üblichen Unfug, daß er glücklich sei, uns kennenzulernen und die Ehre sehr zu schätzen wüßte und all das. Pat sagte zu mir: ›*Halt deine Geldbörse fest, Tom, der Bursche hat etwas zu verkaufen.*‹ Jetzt, wo wir wußten, was wir taten, redeten Pat und ich noch viel häufiger als früher in Gegenwart anderer. Auf das Flüstern verzichteten wir, da wir uns gegenseitig bewiesen hatten, daß wir das Flüstern gar nicht hören konnten. Aber wir bildeten die Worte immerhin lautlos, da das die Verständigung unterstützte. Zu Anfang des Sommers hatten wir versucht, ohne Worte auszukommen und direkt Gedanken zu lesen, aber das klappte nicht. Oh, ich konnte mich bei Pat anhängen, aber das alberne, zusammenhanglose Brodeln, das sich anstelle von Gedanken in seinem Bewußtsein abspielte, war konfus und ärgerlich und vermutlich ebenso sinnlos als würde man versuchen, sich in den Träumen eines anderen Menschen zurechtzufinden. Also lernte ich, nicht zu lauschen, sofern er nicht zu mir ›sprach‹, und er machte es genauso. Wenn wir das taten, dann gebrauchten wir Worte und Sätze so wie alle anderen auch. Nichts von dem phantastischen, unmöglichen, populären Unsinn, daß man sofort den Bewußtseinsinhalt eines anderen Menschen erfassen könnte; wir ›redeten‹ einfach.

Eines hatte mich immer gestört, nämlich daß Pats telepathische ›Stimme‹ genauso wie seine echte klang. So lange ich nicht wußte, was er tat, hatte mir das nichts ausgemacht, aber seit ich einmal erkannt hatte, daß diese ›Laute‹ keine Laute waren, störte es mich. Ich begann mich zu fragen, ob ich wohl noch ganz bei Trost wäre, und konnte ihn eine Woche lang nicht ›hören‹ – psychosomatische telepathische Taubheit, wie Dr. Arnault das nannte.

Sie rückte mir das alles wieder zurecht, indem sie mir erklärte, was ›hören‹ eigentlich ist. Man hört nämlich nicht mit den Ohren, sondern mit dem Gehirn, man sieht nicht mit den Augen, man sieht mit dem Gehirn. Wenn man etwas berührt, dann findet die Empfindung nicht in den Fingern, sondern im Kopf statt. Die Augen, Ohren und Finger sind nur Datensammler – das Gehirn ist es, das aus einem Chaos von Daten Ordnung abstrahiert und dem Ganzen eine Bedeutung verleiht. »Ein Baby sieht zunächst gar nichts«, sagte sie. »Ihr braucht nur einem in die Augen zu sehen, dann könnt ihr das erkennen. Seine Augen funktionieren, aber sein Gehirn hat das Sehen noch nicht gelernt. Sobald freilich das Gehirn gelernt hat, diesen Abstrahierungsvorgang ›Sehen‹ und ›Hören‹ aufzufassen, bleibt ihm diese Angewohnheit. Wie würdest du denn erwarten, daß du das, was dein Zwillingsbruder dir auf telepathischem Wege sagt, ›hörst‹? Als kleine Glöckchen, die anschlagen, oder als tanzende Lichter? Ganz und gar nicht. Du erwartest Worte, dein Gehirn ›hört‹ Worte; das ist ein Prozeß, den es gewöhnt ist und mit dem es umgehen kann.«

Von da an störte es mich nicht mehr. Ich konnte Pats Stimme deutlicher hören als die des Redners, der zu uns sprach. Ohne Zweifel gab es rings um uns fünfzig weitere Konversationen, aber ich konnte außer Pat niemanden hören. Und es war offenkundig, daß der Sprecher auch niemanden hören konnte (und daß er nicht viel über Telepathie wußte), denn er fuhr fort:

»Vielleicht lesen viele von den reizenden Leuten in diesem Saal« – (und das mit einem Lächeln, das einen krank machte) – »in dem Augenblick meine Gedanken. Ich hoffe, daß es nicht so ist, oder wenn doch, daß Sie mir dann zuhören werden, bis ich gesagt habe, was ich zu sagen habe.«

»Was habe ich dir gesagt?« warf Pat dazwischen. *»Daß du mir ja nichts unterschreibst, so lange ich es mir nicht angesehen habe.«*

(»Halt den Mund«), sagte ich zu ihm. (»Ich will zuhören.«) Früher klang seine Stimme wie ein Flüstern, jetzt war sie so, daß sie echte Geräusche übertönte.

Mr. Howard fuhr fort. »Vielleicht haben Sie sich gefragt, weshalb die Akademie für Langzeitforschung dieses Forschungsvorhaben unterstützt hat. Die Akademie ist stets an allem interessiert, was das Maß des menschlichen Wissens erweitern kann. Aber es gibt einen viel wichtigeren Grund, einen in höchstem Maße wichtigen Grund. Und eine Zielsetzung, für die Sie selbst in hohem Maße wichtig sein können.«

»Siehst du? Daß du mir dein Wechselgeld zählst.«

(»Sei still, Pat.«)

»Lassen Sie mich«, fuhr Mr. Howard fort, »aus der Gründungsurkunde der Akademie für Langzeitforschung zitieren: ›Dem Wohlergehen unserer Nachkommen gewidmet.‹« Er machte eine dramatische Pause – ich nehme an, daß das die Absicht war. »Meine Damen und Herren, was ist das Wichtigste für unsere Nachkommen?«

»Vorfahren!« antwortete Pat prompt. Eine Sekunde lang dachte ich, er hätte seine Stimmbänder gebraucht. Aber keiner sonst bemerkte es.

»Darauf kann es nur eine Antwort geben – Lebensraum! Raum, um zu wachsen, Raum, um Familien aufzuziehen, Felder mit fruchtbarem Getreide, Platz für Parks und Schulen und Häuser. Wir haben auf diesem Planeten über fünf Milliarden menschliche Seelen; vor mehr als einem Jahrhundert war er schon von der Hälfte dieser Zahl so überfüllt, daß vielen der Hungertod drohte. Und doch gibt es heute nachmittag eine Viertelmillion mehr Menschen als es um dieselbe Stunde gestern gab – neunzig Millionen Menschen mehr jedes Jahr. Nur mit monumentalen Anstrengungen und mit Maßnahmen der Bevölkerungskontrolle, die täglich schwieriger werden, haben wir den globalen Hunger bis jetzt verhindern können. Wir haben in der Sahara ein Meer gebaut, wir haben die Gletscher Grönlands abgeschmolzen, wir haben die winddurchwehten Steppen bewässert, und doch brauchen Jahr für Jahr mehr und mehr Menschen immer mehr Raum.«

Ich halte nicht viel von großen Reden, und das hier war kalter Kaffee. Gerade Pat und ich wußten Bescheid; wir waren die Kätzchen, die man hätte ersäufen sollen; unser alter Herr zahlte jedes Jahr für unsere schiere Existenz Strafe.

»Seit einem Jahrhundert verfügen wir jetzt über interplanetarischen Raumverkehr, die Menschheit hat sich im ganzen Sonnensystem ausgebreitet. Man würde meinen, daß neun Planeten für eine Rasse ausreichen müßten, die für einen einzigen zu fruchtbar ist. Und doch wissen Sie alle, daß dies nicht der Fall war. Von den Töchtern von Vater Sol ist nur die schöne Terra wahrhaft für den Menschen geeignet.«

»Ich wette, der schreibt Werbeslogans.«

(»Aber armselige«), stimmte ich zu.

»Wir haben die anderen kolonisiert, aber nur unter immensen Kosten. Als die wackeren Holländer das Meer zurückdrängten, haben sie sich nicht so harten und schier hoffnungslosen Aufgaben gegenüber gesehen wie die Kolonisten von Mars und Venus und Ganymed. Was die Menschheit braucht und haben muß, sind nicht diese gefrorenen oder glühendheißen oder luftlosen Überreste der Schöpfung. Wir brauchen mehr Planeten wie diesen hier, auf dem wir stehen, sanftmütige Planeten. Und es *gibt* mehr, viel mehr!« Er hob die Hände zur Decke und blickte auf. »Dutzende gibt es, Hunderte, Tausende, Planeten ohne Zahl ... dort draußen. Meine Damen und Herrn, *es ist Zeit für die Sterne!«*

»Jetzt kommt's«, sagte Pat leise. *»Paß auf!«*

(»Pat, worauf, zum Teufel, will der hinaus?«)

»Das ist ein Immobilienmakler.«

Pat lag damit gar nicht so falsch, aber ich werde jedenfalls den Rest von Mr. Howards Rede nicht zitieren. Der Mann war gar nicht so übel, wenn man ihn einmal näher kennenlernte, aber er gehörte zu den Leuten, die sich am Klang der eigenen Stimme berauschen, also werde ich zusammenfassen. Er erinnerte uns daran, daß das Fackelschiff *Avant-Garde* vor sechs Jahren den Flug nach Proxima Centauri angetreten hatte. Pat und ich wußten das nicht nur aus den Nachrichten, sondern auch weil Mutters Bruder, Onkel Steve, sich dafür gemeldet hatte. Er war nicht zum Zuge gekommen, aber eine Weile brachte es uns einiges Prestige ein, mit jemandem verwandt zu sein, der auf der Liste stand – ich schätze, wir vermittelten auf der Schule den Eindruck, Onkel Steve hätte sein Ticket praktisch in der Tasche.

Niemand hatte etwas von der *Avant-Garde* gehört, und es war ebenso gut möglich, daß sie in fünfzehnhundertzwanzig Jahren zurückkamen, wie es möglich war, daß man nie wieder etwas von ihr hörte. Der Grund, weshalb wir nichts von ihr gehört hatten, wie Mr. Howard erklärte und wie jedermann weiß, war der, daß man von einem Lichtjahre entfernten Schiff, das sich knapp unter Lichtgeschwindigkeit bewegt, keine Funkmitteilungen sendet. Selbst wenn man annahm, daß ein Schiff über eine Energieversorgung verfügte, die ausreicht, um Funkbotschaften zu einem Lichtjahre entfernten Planeten zu jagen (was vielleicht in irgendeinem kosmischen Sinne nicht unmöglich sein kann, aber nach den Möglichkeiten heutiger Ingenieurkunst sicherlich unmöglich ist) – dann müßte man sich trotzdem fragen, welchen Nutzen eigentlich Nachrichten bringen, die sich eine Spur schneller bewegen als das Schiff, das sie aussendet? Die *Avant-Garde* würde fast ebenso schnell zu Hause sein wie jeder Bericht, den sie senden konnte, selbst über Funk.

Irgendein Quatschkopf fragte nach Botenraketen. Mr. Howard schickte einen schmerzerfüllten Blick zur Decke und versuchte, darauf Antwort zu geben, aber ich hörte nicht zu. Wenn Funk nicht schnell genug ist, wie kann dann eine Botenrakete schneller sein? Ich wette, daß Dr. Einstein in seinem Grab rotierte.

Mr. Howard hastete weiter, ehe es weitere alberne Unterbrechungen gab. Die Akademie für Langzeitforschung beabsichtigte, ein Dutzend weiterer Sternenschiffe nach allen Richtungen auszusenden, um Sonnensysteme vom Sol-Typ nach Planeten vom Terra-Typ abzusuchen, Planeten für die Kolonisierung. Die Schiffe würden möglicherweise lange unterwegs sein, denn jedes von ihnen würde mehr als ein Sonnensystem erforschen.

»Und dies, meine Damen und Herren, ist der Punkt, wo Sie von ungeheurer Wichtigkeit für dieses große Projekt sind – denn *Sie* werden die Medien sein, mit welchen die Kapitäne jener Schiffe das, was sie gefunden haben, zurückmelden!«

Selbst Pat blieb stumm.

Dann stand plötzlich ganz hinten im Saal ein Mann auf. Er war einer der ältesten Zwillinge unter uns; er und sein Bruder waren etwa fünfunddreißig. »Entschuldigen Sie, Mr. Howard, aber darf ich eine Frage stellen?«

»Aber sicher.«

»Ich bin Gregory Graham, das hier ist mein Bruder Grant Graham. Wir sind Physiker. Nun behaupten wir nicht, Fachleute für kosmische Phänomene zu sein, aber wir wissen einiges über die Kommunikationstheorie. Wenn wir einmal davon ausgehen, daß die Telepathie über interstellare Distanzen funktioniert – ich glaube das nicht, aber ich habe auch keinen Beweis dagegen – selbst wenn man das einräumt, dann kann ich nicht einsehen, wo uns das hilft. Telepathie, Licht, Radiowellen, ja sogar Schwerkraft, sind alle auf die Geschwindigkeit des Lichts beschränkt. Das liegt in der Natur des Universums, die Lichtgeschwindigkeit ist eine absolute Grenze für jegliche Kommunikation. Jede andere Betrachtungsweise unterliegt dem alten philosophischen Widerspruch des Handelns-auf-Distanz. Es ist gerade noch möglich, Telepathie einzusetzen, um Erkenntnisse zu melden und dann das Schiff zu neuer Forschungsfahrt aufbrechen zu lassen – aber trotzdem würde die Mitteilung Jahre brauchen, um zurückzukommen. Die Kommunikation zwischen einem Sternenschiff und der Erde, selbst per Telepathie ist völlig unmöglich, widerspricht den bekannten Gesetzen der Physik.« Er blickte um sich, als wollte er um Entschuldigung für das bitten, was er gesagt hatte, und setzte sich.

Ich dachte, daß Graham ihn damit auf die Matte gelegt hatte. Pat und ich hatten gute Noten in Physik, und was

Graham gesagt hatte, stimmte, so stand es im Buch. Aber Howard schien das nicht zu stören. »Ich will einen Experten darauf antworten lassen. Dr. Lichtenstein? Würden Sie bitte ...«

Dr. Mabel stand auf, wurde rot, kicherte, blickte verwirrt und sagte: »Es tut mir schrecklich leid, Mr. Graham, aber Telepathie ist ganz und gar nicht so.« Sie kicherte wieder und sagte: »Ich sollte das eigentlich nicht sagen, da Sie ja Telepathen sind und nicht ich, aber die Telepathie kümmert sich nicht im geringsten um die Lichtgeschwindigkeit.«

»Aber das *muß* sie. Die Gesetze der Physik ...«

»Ach du liebe Güte! Haben wir Ihnen denn einen Eindruck vermittelt, daß Telepathie etwas Physikalisches ist?« Sie rang die Hände. »Das ist sie nämlich sehr wahrscheinlich nicht.«

»Alles ist physikalisch. Damit schließe ich natürlich ›physiologisch‹ mit ein.«

»Wirklich? Tun Sie das? Oh, ich wünschte, ich könnte da sicher sein ... Physik ist mir immer viel zu hoch gewesen. Aber ich weiß nicht, wie Sie so sicher sein können, daß Telepathie etwas Physikalisches ist. Wir haben sie jedenfalls bisher noch mit keinem Instrument aufzeichnen können. Du liebe Güte, wir wissen nicht einmal, welche Beziehung zwischen dem Bewußtsein und der Materie besteht. Ist das Bewußtsein etwas Physikalisches? Ich weiß nur eines ganz bestimmt – nämlich, daß ich es *nicht* weiß. Aber wir wissen, daß Telepathie schneller ist als das Licht, das haben wir nämlich gemessen.«

Pat saß plötzlich kerzengerade da. *»Bleib hier, Kleiner. Ich denke, wir bleiben auch noch zur zweiten Vorstellung.«*

Graham wirkte völlig benommen. Und Dr. Mabel fügte hastig hinzu. »Das war nicht ich, das war Dr. Abernathy.«

»*Horatio* Abernathy?« wollte Graham wissen.

»Ja, so heißt er mit Vornamen, obwohl ich nie gewagt hätte, ihn mit Vornamen anzusprechen. Er ist ziemlich wichtig.«

»Bloß ein Nobelpreisträger«, sagte Graham finster, »in allgemeiner Feldtheorie. Weiter. Was hat er festgestellt?«

»Nun. Wir haben diesen einen Zwilling zum Ganymed geschickt – so schrecklich weit weg. Und dann haben wir gleichzeitig Nachrichten mit Funk und Telepathie geschickt, wobei der Zwilling auf Ganymed über Funk sprach, während er direkt – telepathisch meine ich – mit seinem Zwilling in Buenos Aires sprach. Die telepathische Nachricht ist der Funknachricht immer um etwa vierzig Minuten zuvorgekommen. Das wäre doch richtig, oder? Sie können sich die genauen Zahlen in meinem Büro ansehen.«

Graham schaffte es, seinen Mund zuzuklappen. »Wann ist das geschehen? Warum ist das nicht an die Öffentlichkeit gelangt? Wer hat es geheimgehalten? Das ist die wichtigste Sache seit dem Michelson-Morley-Experiment – das ist ja ungeheuerlich!«

Dr. Mabel wirkte erregt, und Mr. Howard schaltete sich besänftigend ein. »Niemand hat Wissen unterdrückt, Mr. Graham, und Dr. Abernathy arbeitet gerade an einem Artikel für die *Physical Review.* Ich gebe allerdings zu, daß die Akademie ihn gebeten hat, vorher nichts bekanntzugeben, um uns die Zeit zu lassen, mit höchster Priorität an einem anderen Projekt – dem, das Sie als ›Genetische Ermittlungen‹ kennen – weiterzuarbeiten. Wir waren der Ansicht, daß wir ein Recht darauf hatten, potentielle Telepathenteams ausfindig zu machen, und zu versuchen, sie unter Vertrag zu nehmen, ehe jedes psychologische Laboratorium – und jeder ehrgeizige Showmaster – den Versuch machte, uns zuvorzukommen. Dr. Abernathy war dazu bereit – er hält nicht viel von übereilten Veröffentlichungen.«

»Falls Ihnen dabei wohler ist, Mr. Graham«, sagte Dr. Mabel ruhig, »die Telepathie kümmert sich auch nicht um das Gesetz des umgekehrten Quadrats. Die Signalstärke war nach einer Dreiviertel Milliarde Kilometer ebenso kräftig wie die der Telepathenpaare, die in nebeneinanderliegenden Räumen untergebracht waren.«

Graham ließ sich schwer auf seinen Stuhl sinken. »Ich weiß nicht, ob ich mich dabei wohler fühle oder nicht. Das wirft alles um, was ich je geglaubt habe.«

Die Unterbrechung durch die Graham-Brüder hatte einiges erklärt, uns aber von der Zielsetzung der Versammlung abgelenkt, die nämlich darin bestand, daß Mr. Howard uns die Idee verkaufte, daß wir uns zum Astronautendienst meldeten. Mir brauchte er das nicht zu verkaufen. Ich denke, daß so ziemlich jeder Junge in den Weltraum hinaus will; Pat und ich waren zu Hause durchgebrannt, um uns zur Raummarine zu melden – und hier ging es noch um viel mehr als bloß eine Stelle auf dem nächsten Schiff zum Mars oder zur Venus; dies hier bedeutete die Erforschung der Sterne.

Die Sterne!

»Wir haben Sie davon informiert, ehe Ihre Forschungsverträge auslaufen«, meinte Mr. Howard, »damit Sie Zeit haben, darüber nachzudenken, und damit wir Zeit haben, Ihnen die Bedingungen und die Vorteile zu erklären.«

Mir war egal, worin die Vorteile bestanden. Wenn sie mich dazu eingeladen hätten, hinten einen Schlitten anzuhängen, hätte ich ja gesagt, ohne mir den Kopf über Fackelbrenner oder Raumanzüge oder sonst etwas zu zerbrechen.

»Beide Mitglieder eines jeden Telepathenteams werden in gleicher Weise versorgt werden«, versicherte er uns. »Das sternseitige Teammitglied wird gut bezahlt werden und in einem hochmodernen Fackelschiff gute Arbeitsbedingungen vorfinden. Und dies in einer Mannschaft, die nach psychologischer Kompatibilität und bester Ausbildung ausgewählt ist; das erdseitige Teammitglied wird in bezug auf seine finanzielle Zukunft und sein körperliches Wohlergehen ausgesorgt haben.« Er lächelte. »Ganz sicher hinsichtlich des körperlichen Wohlergehens, denn es ist notwendig, daß der oder die Betreffende so lange am Leben und bei guter Gesundheit erhalten wird, als die Wissenschaft dazu imstande ist. Ich sage nicht zuviel, wenn ich behaupte, daß Sie mit Ihrer Unterschrift unter diesen Vertrag Ihr Leben um dreißig Jahre verlängern.«

Plötzlich war mir klar, weshalb die Zwillinge, die sie den Tests unterzogen hatten, alles junge Leute gewesen waren. Der Zwilling, der zu den Sternen hinausflog, würde nicht sehr altern, nicht bei Lichtgeschwindigkeit, selbst wenn er ein Jahrhundert lang wegblieb, würde ihm das nicht so lang vorkommen; aber der Zwilling, der zurückblieb, würde älter werden. Sie würden ihn verhätscheln müssen wie einen König, ihn am Leben erhalten – oder ihr ›Radio‹ würde zu funktionieren aufhören.

Pat sagte: *»Milchstraße ahoi, ich komme!«*

Aber Mr. Howard redete immer noch. »Wir möchten, daß Sie sich das sorgfältig überlegen. Es ist dies die wichtigste Entscheidung, die Sie je treffen können. Auf den Schultern von Ihnen – und anderen Telepathen in anderen Städten rings um den Erdball, alles zusammen nur ein winziger Bruchteil von einem Prozent der Menschheit – auf Ihren wenigen Schultern ruht die Hoffnung der ganzen Menschheit. Überlegen Sie also gründlich und sorgfältig, und geben Sie uns eine Chance, Ihnen alles zu erklären, was Sie vielleicht beunruhigen mag. Handeln Sie nicht vorschnell.«

Die rothaarigen Zwillinge standen auf und gingen hinaus, die Nasen hoch in der Luft. Sie brauchten nicht zu sprechen, um allen klarzumachen, daß sie mit etwas, das so wenig ladylike war, nichts zu tun haben wollten, etwas das so primitiv und vordergründig war wie die Erforschung des Weltraums. In dem Schweigen, das ihren Auszug begleitete, sagte Pat zu mir: *»Da ziehen sie hin, die Pioniermütter. Das ist der Geist, der Amerika entdeckt hat.«* Als sie an uns vorbeikamen, stieß er ein lautes, unanständiges Geräusch aus – und plötzlich begriff ich, daß er nicht telepathierte, als nämlich die rothaarigen Mädchen den Bruchteil einer Sekunde lang erstarrten und dann ihre Schritte beschleunigten. Ein etwas verlegenes Lachen war zu hören, und dann fuhr

Mr. Howard schnell fort, als wäre nichts geschehen, während ich Pat Vorwürfe machte.

Mr. Howard bat uns, morgen um die übliche Zeit zurückzukommen, Vertreter der Akademie würden dann Einzelheiten erklären. Er lud uns ein, unsere Anwälte mitzubringen oder (diejenigen von uns, die noch nicht volljährig waren, und das traf auf mehr als die Hälfte zu) unsere Eltern und deren Anwälte.

Pat sprudelte vor Begeisterung, während mein Enthusiasmus etwas zurückgegangen war. In der Mitte von Mr. Howards Rede war mir plötzlich ein Licht aufgegangen: Einer von uns würde zurückbleiben müssen, und ich wußte – ebenso sicher wie Brot immer mit der Butterseite nach unten fällt – wer das sein würde. Mögliche dreißig Jahre mehr in meinem Leben waren für mich kein Anreiz. Was nützten einem schon dreißig zusätzliche Jahre, wenn man in Watte verpackt ist? Für den Zwilling, der zurückblieb, würde es keine Raumfahrt geben, nicht einmal innerhalb des Sonnensystems. Und dabei war ich noch nicht einmal auf dem Mond gewesen.

Ich versuchte, Pat aus seiner Begeisterung zu reißen, und machte ihm klar, daß ich überhaupt nicht daran dachte, diesmal das kleinere Stück Kuchen ohne Gegenwehr zu nehmen.

»Hör zu, Pat, ich will mit dir darum losen, oder eine Münze werfen.«

»Was? Wovon redest du denn?«

»Du weißt, wovon ich rede!«

Aber er tat es dann mit einer Handbewegung ab. Grinste. »Du machst dir zuviel Gedanken, Tom. Die werden sich ihre Teams suchen und auswählen, wie sie sie haben wollen. Wir haben da nichts zu sagen.«

Ich wußte, daß er entschlossen war, zu den Sternen zu fliegen, und wußte, daß ich verlieren würde.

IV Ein halber Laib Brot

Unsere Eltern reagierten erwartungsgemäß – laut und erregt. Eine Konferenz in unserer Familie klang immer wie ein Zoo zur Futterzeit, aber diese hier setzte neue Marken. Zusätzlich zu Pat und meiner Wenigkeit, Faith, Hope und Charity und unseren Eltern nahmen Faiths ziemlich neuer Ehemann, Frank Dubois, und Hopes nagelneuer Verlobter, Lothar Sembrich, teil. Die zwei letztgenannten zählten nicht. Mir schienen sie beide Beispiele für die Verrenkungen zu sein, denen sich ein Mädchen unterzieht, um einen Ehemann zu bekommen, aber immerhin nahmen sie Platz ein und leisteten gelegentlich Gesprächsbeiträge, die zu noch größerer Verwirrung führten. Aber dann war da auch noch Mutters Bruder, Onkel Steve, zugegen, der gerade Urlaub auf der Erde hatte.

Onkel Steves Anwesenheit war es, die Pat dazu veranlaßte, das Thema auf den Tisch zu bringen, anstatt abzuwarten und sich Dad und Mom jeweils einzeln vorzunehmen. Beide betrachteten Onkel Steve als störenden Einfluß, waren aber stolz auf ihn; einer seiner seltenen Besuche war stets ein Feiertag.

Mr. Howard hatte uns einen Mustervertrag mit nach Hause gegeben, damit wir ihn uns gründlicher ansehen konnten. Nach dem Abendessen meinte Pat: »Übrigens, Dad, die Akademie hat uns heute einen neuen Vertrag angeboten, einen langfristigen diesmal.« Er nahm ihn aus der Tasche, gab ihn aber nicht aus der Hand.

»Ihr habt ihnen ja sicher gesagt, daß eure Schule bald wieder anfängt?«

»Sicher haben wir das gesagt. Aber die haben darauf bestanden, daß wir den Vertrag mit nach Hause nehmen und ihn unseren Eltern zeigen. Okay, wir haben ja gleich gewußt, was ihr sagen würdet.« Pat schickte sich an, den Vertrag wieder in die Tasche zu stecken.

Ich sagte, so daß keiner es hören konnte, zu Pat: (»Was soll der Quatsch? Jetzt hast du ihn dazu gebracht, daß er ›nein‹ sagt, und jetzt kann er nicht mehr zurück.«)

»Nein, das hat er noch nicht«, antwortete Pat über unsere Privatleitung. *»Hör auf, mir dreinzureden.«*

Dad hatte bereits die Hand ausgestreckt. »Zeig mal. Man sollte nie Entscheidungen treffen, ohne alle Fakten zu kennen.«

Pat ließ sich Zeit. »Nun, ein Stipendium springt schon dabei heraus«, räumte er ein. »Aber Tom und ich würden nicht zusammen zur Schule gehen, so wie wir das bisher immer getan haben.«

»Das muß nicht unbedingt etwas Schlechtes sein. Ihr beide seid zu abhängig voneinander. Eines Tages müßt ihr der kalten, grausamen Welt alleine ins Auge sehen. Und wenn ihr auf unterschiedliche Schulen geht, so könnte das ein ganz guter Anfang sein.«

Pat streckte ihm den Vertrag hin, so daß die zweite Seite oben war. »Das ist Paragraph zehn.«

Dad las den Paragraphen zehn zuerst, so wie Pat das wollte, und seine Augenbrauen hoben sich. In Paragraph zehn stand, daß Erstgenannter, das war die ALF, den Zweitgenannten in jeder Schule seiner Wahl unterbringen würde und alle Kosten für die Dauer des Vertrages oder nach seiner Wahl auch auf kürzere Zeit übernehmen würde. Ebenfalls verpflichtete sie sich, dasselbe für den Drittgenannten nach Beendigung der aktiven Auftragsperiode zu übernehmen, zusätzlich schulische Ausbildung während der aktiven Periode – alles eine sehr komplizierte Formulierung, die besagte, daß die Akademie demjenigen, der zu Hause blieb, jetzt die Schule bezahlen würde, und dem, der zu den Sternen flog, nach seiner Rückkehr. Alles das zusätzlich zu unseren Gehältern, siehe Paragraph sieben.

Also wandte Dad sich Paragraph sieben zu, und seine Augenbrauen schoben sich in die Höhe, während seine Pfeife ausging. Er sah Pat an. »Verstehe ich das richtig, daß die die Absicht haben, euch beide ohne jede Erfahrung zu ›Kommunikationstechnikern Klasse zehn‹ zu ernennen?«

Onkel Steve richtete sich auf und hätte beinahe seinen Stuhl umgeworfen. »Bruce, sagtest du ›Klasse zehn‹?«

»So steht es hier.«

»ALF-Tarif?«

»Ja. Ich weiß nicht, wieviel das ist, aber ich glaube, daß die normalerweise ausgebildetes Personal in Klasse drei einstellen.«

Onkel Steve pfiff durch die Zähne. »Ich würde dir ungern sagen, wieviel Geld das ist – aber der oberste Elektronenjongleur auf Pluto hat Klasse zehn ... und er hat zwanzig Jahre und einen Doktortitel gebraucht, um soweit zu kommen.« Onkel Steve sah uns an. »Raus mit der Sprache, Schiffskollegen, wo haben sie die Leiche vergraben? Ist das Bestechungsgeld?« Pat gab keine Antwort. Onkel Steve wandte sich zu Dad und sagte: »Du kannst es dir sparen, das Kleingedruckte durchzulesen. Bruce – laß die Jungs einfach unterschreiben. Jeder von beiden wird mehr verdienen als du und ich zusammengenommen. Mit dem Heiligen Nikolaus soll man sich nicht streiten.«

Aber Dad war bereits dabei, das Kleingedruckte zu lesen. Von Unterparagraph eins a bis zu den Klauseln mit den Konventionalstrafen. Das Ganze war in Rechtsanwaltssprache geschrieben, aber es lief darauf hinaus, daß wir als Mannschaftsmitglieder für eine Reise auf einem ALF-Schiff eingestellt wurden, mit der Einschränkung, daß einer von uns seinen Dienst auf der Erde verrichten mußte. Es gab noch eine ganze Menge Klauseln, mit denen festgenagelt wurde, daß der, der erdseits blieb, sich nicht herauswinden konnte, aber das war auch alles, worauf es hinauslief.

Der Vertrag führte nicht aus, wohin die Reise gehen oder wie lange die Fahrt dauern würde.

Dad legte schließlich den Vertrag hin, und Charity schnappte ihn sich. Dad nahm ihn ihr weg und reichte ihn Mutter. Dann sagte er: »Jungs, dieser Vertrag sieht so günstig aus, daß ich den Verdacht habe, daß da irgendwo ein Haken ist. Morgen früh werde ich mir Richter Holland schnappen und ihn bitten, ihn einmal mit mir durchzugehen. Aber wenn ich richtig gelesen habe, werden euch all diese Vergünstigungen – und ein außergewöhnliches Gehalt – angeboten unter der Voraussetzung, daß einer von euch eine Reise auf der *Lewis und Clark* macht.«

Onkel Steve sagte ganz plötzlich: »Die *Lewis und Clark,* Bruce?«

»Die *Lewis und Clark,* oder ein noch zu benennendes Schwesterschiff. Warum? Kennst du das Schiff, Steve?«

Onkel Steve setzte sein Pokergesicht auf und antwortete: »Ich bin nie in ihr gewesen. Neues Schiff, soweit mir bekannt ist. Gut ausgestattet.«

»Das freut mich zu hören.« Dad sah Mom an. »Nun, Molly?«

Mutter gab keine Antwort. Sie war damit beschäftigt, den Vertrag zu lesen, und wurde immer weißer im Gesicht. Onkel Steve fing meinen Blick auf und schüttelte den Kopf ganz leicht. Ich sagte zu Pat: (»Onkel Steve hat den Haken entdeckt.«)

»Er wird nichts sagen.«

Endlich blickte Mutter auf und sagte mit hoher Stimme zu Dad: »Ich nehme an, du wirst zustimmen?« Ihre Stimme klang so, als wäre sie krank. Sie legte den Vertrag hin, und Charity grabschte wieder danach, grade als Hope von der anderen Seite danach grabschte. Am Ende hielt ihn unser Schwager Frank Dubois in der Hand, während alle anderen über seine Schultern mitlasen.

»Nun, meine Liebe«, sagte Dad mit milder Stimme, »vergiß nicht, daß die Jungs größer werden. Ich würde die Familie gerne für immer zusammenhalten – aber das kann nicht so sein, und das weißt du auch.«

»Bruce, du hast versprochen, daß sie nicht in den Weltraum fliegen würden.«

Ihr Bruder warf ihr einen Blick zu – seine Brust war mit Ordensbändern bedeckt, die er im Weltraum gewonnen hatte. Aber Dad fuhr mit derselben milden Stimme fort: »Nicht ganz, meine Liebe. Ich habe dir versprochen, daß ich nicht zustimmen würde, wenn sie sich als Minderjährige zu den Friedensstreitkräften melden; ich möchte, daß sie die Schule abschließen, und ich wollte nicht, daß du dich ärgerst. Aber das ist eine andere Sache ... Und wenn wir ablehnen, dann dauert es nicht mehr lange, bis sie sich nach eigener Entscheidung melden können, ob es uns nun paßt oder nicht.«

Mutter drehte sich zu Onkel Steve herum und sagte bitter: »Steven, die Idee hast du ihnen in den Kopf gesetzt.«

Er setzte eine ärgerliche Miene auf und antwortete dann ebenso sanft wie Dad. »Beruhige dich, Schwester. Ich war gar nicht da; mir kannst du das nicht anhängen. Außerdem setzt man Jungs keine Ideen in den Kopf – die lassen sie selbst wachsen.«

Frank Dubois räusperte sich und sagte laut: »Da das offenbar eine Familienkonferenz ist, würdet ihr sicher gerne meine Meinung hören.«

Ich sagte, nur zu Pat: (»Niemand hat ihn um seine Meinung gefragt, den Blödmann!«)

Pat antwortete: *»Laß ihn reden. Vielleicht ist er unsere Geheimwaffe.«*

»Wenn euch die Meinung eines erfahrenen Geschäftsmannes interessiert, dann ist dieser sogenannte Vertrag entweder ein Witz oder so lächerlich, daß man ihn nur mit Verachtung strafen kann. Ich glaube zu verstehen, daß die Zwillinge angeblich infolge eines Geburtsfehlers irgendein besonderes Talent haben – obwohl ich davon noch nichts entdeckt habe –, aber die Vorstellung, daß ihnen mehr bezahlt wird, als ein Mann in reifen Jahren bekommt – nun, das ist einfach nicht die richtige Methode, um junge Leute zu erziehen. Wenn sie meine Söhne wären, würde ich das verbieten. Natürlich sind sie das nicht ...«

»Nein, das sind sie nicht«, pflichtete Daddy bei.

Frank sah ihn scharf an. »War das Sarkasmus, Vater Bartlett? Ich versuche nur zu helfen. Aber wie ich dir schon neulich sagte, wenn die Zwillinge auf eine gute Handelsschule gehen und hart arbeiten, dann würde ich für sie in der Bäkkerei einen Platz finden. Wenn sie sich bemühen, gibt es wirklich keinen Grund für sie, es nicht soweit zu bringen wie ich.« Frank war ein Juniorpartner seines Vaters in einer automatisierten Bäckerei; er schaffte es immer, die Leute wissen zu lassen, wieviel Geld er verdiente. »Aber was diese unsinnige Vorstellung angeht, in den Weltraum zu fliegen, so habe ich immer schon gesagt, daß ein Mann, wenn er etwas aus sich machen will, zu Hause bleiben und arbeiten sollte. Entschuldige, Steve.«

Onkel Steve sagte hölzern: »Ich würde dich gern entschuldigen.«

»Hm?«

»Vergiß es, vergiß es. Du hältst dich aus dem Weltraum raus, und ich verspreche, daß ich niemals Brot backen werde. Übrigens, du hast Mehl am Ärmel.«

Frank blickte hastig an sich herunter. Faith bürstete über sein Jackett und sagte: »Aber das ist ja nur Puder.«

»Natürlich ist es das«, gab Frank ihr recht und bürstete selbst daran. »Du solltest wissen, Steve, daß ich gewöhnlich viel zu beschäftigt bin, um in die Fabrik hinunterzugehen. Ich komme kaum aus dem Büro raus.«

»Das habe ich schon vermutet.«

Frank kam zu dem Schluß, daß er und Faith noch eine andere Verabredung hatten und dafür schon ziemlich spät dran waren. Er stand deshalb auf, um zu gehen, aber Dad hielt sie auf. »Frank, was hast du da gesagt? Daß meine Boys Mißgeburten wären?«

»Was? So etwas habe ich nie gesagt.«

»Das freut mich zu hören.«

Sie verließen das Haus bei etwas lastendem Schweigen, nur daß Pat stumm, aber laut, den *Marsch der Gladiatoren* vor sich hinsummte. *»Jetzt haben wir gewonnen, Kleiner.«*

Mir schien das auch so – aber Pat mußte natürlich wieder übertreiben. Er griff nach dem Vertrag. »Dann bist du einverstanden, Dad?«

»Hmm ... ich möchte noch den Rat von Richter Holland einholen – und damit spreche ich nicht für deine Mutter.« Das beunruhigte uns nicht; Mom würde sich nicht widersetzen, wenn Dad zustimmte, besonders nicht, wo doch Onkel Steve da war. »Aber du könntest sagen, daß die Angelegenheit nicht abgelehnt worden ist.« Er runzelte die Stirn. »Übrigens, hier wird keinerlei zeitliche Begrenzung erwähnt.«

Jetzt half uns Onkel Steve. »Das ist bei Handelsschiffen so üblich, Bruce ... und formell ist das eines. Man verpflichtet sich für die Reise, Heimatplanet bis Heimatplanet.«

»Äh, ja wahrscheinlich. Aber haben die euch nicht wenigstens ungefähr gesagt, wie lange es dauert, Jungs?«

Ich hörte Pat stöhnen: *»Jetzt haben wir's ... was sagen wir ihnen denn, Tom?«* Dad wartete und Onkel Steve sah uns an.

Schließlich sagte Onkel Steve. »Ihr solltet jetzt besser mit der Sprache rausrücken, Jungs. Vielleicht hätte ich erwähnen sollen, daß ich mich selbst um einen Einsatz auf einem dieser Schiffe bemühe – mit besonderer Freigabe und so. Ich weiß also Bescheid.«

Pat murmelte etwas, und Dad sagte scharf: »Raus mit der Sprache, Sohn.«

»Die haben uns gesagt, die Reise würde wahrscheinlich ... etwa ein Jahrhundert dauern.«

Mom wurde ohnmächtig, Onkel Steve fing sie auf, alle rannten mit kalten Kompressen herum und traten sich gegenseitig auf die Füße, und wir waren alle sehr erregt. Als sie schließlich wieder auf den Beinen war, sagte Onkel Steve zu Dad: »Bruce? Ich geh jetzt mit den Jungs weg und kaufe ihnen einen schönen großen Eisbecher, damit ihr sie auf eine Weile los seid. Heute abend werdet ihr ja doch nicht reden wollen.«

Dad pflichtete ihm geistesabwesend bei, daß das eine gute Idee wäre. Ich schätze, daß Dad uns alle lieb hatte. Trotzdem – wenn es hart auf hart ging, zählte für ihn nur Mutter. Onkel Steve nahm uns in ein Lokal mit, wo er etwas kriegen konnte, das seinem Geschmack besser entsprach als ein Eisbecher, legte dann aber sein Veto ein, als Pat versuchte, Bier zu bestellen. »Jetzt versuch bloß nicht anzugeben, junger Mann. Mich bringst du nicht dahin, daß ich den Kindern meiner Schwester Alkohol servieren lasse.«

»Bier schadet aber doch nichts.«

»So? Ich bin immer noch auf der Suche nach dem Typ, der mir gesagt hat, daß kein Alkohol drinnen sei. Den schlag ich dann nämlich mit einem Bierseidel zu Brei. Still jetzt.« Also bestellten wir uns unsere Eisbecher, und er trank eine schreckliche Mixtur, die er einen Martianischen Shandi nannte, und dann redeten wir über Projekt Lebensraum. Er wußte mehr darüber als wir, obwohl bis zur Stunde noch keine Pressenotiz herausgegangen war. Ich schätze, das lag daran, daß man ihn dem Büro des Stabschefs zugewiesen hatte, aber er sagte nichts.

Schließlich meinte Pat mit besorgter Miene: »Sieh mal, Onkel Steve, haben wir denn die geringste Chance, daß die uns lassen? Oder sollten Tom und ich es einfach vergessen?«

»Was? Natürlich werden die euch lassen.«

»Hm? Heute abend hat es aber nicht so ausgesehen. Wie ich Dad kenne, würde der uns lieber die Haut abziehen und Teppiche daraus machen, als Mom unglücklich zu sehen.«

»Ganz bestimmt. Übrigens gar keine so schlechte Idee.

Aber glaubt mir, Jungs, das ist im Kasten ... Wenn ihr nur die richtigen Argumente gebraucht.«

»Und die wären?«

»Hm ... Jungs, seit ich im Stab bin, habe ich mit einer ganzen Menge von den großen Bonzen zu tun gehabt. Wenn man selbst recht hat und ein General unrecht, dann gibt es nur eine Methode, ihn dazu zu bringen, daß er es sich anders überlegt. Nämlich die, daß man den Mund hält und nicht mit ihm argumentiert. Man läßt die Fakten für sich sprechen und gibt ihm Zeit, sich einen logischen Grund auszudenken, weshalb er seine Meinung ändern will.«

Pat sah nicht so aus, als wäre er überzeugt, und so fuhr Onkel Steve fort. »Glaubt mir ruhig. Euer Paps ist ein vernünftiger Mann, was man zwar von eurer Mutter nicht sagen kann, aber sie würde sich lieber selbst weh tun lassen, als jemand, den sie liebt, unglücklich zu machen. Dieser Vertrag bringt nur Vorteile für euch, und deshalb können sie nicht nein sagen – vorausgesetzt, ihr laßt ihnen die Zeit, um sich an die Idee zu gewöhnen. Aber wenn ihr bohrt und auf ihnen herumhackt und so argumentiert, wie ihr es gewöhnlich tut, dann schafft ihr es, daß die sich gegen euch zusammentun.«

»Hm? Aber das mache ich doch nicht, ich gebrauche doch nur logische ...«

»Hör schon auf, das macht mich müde. Du warst so ziemlich das widerlichste Ekel, das ich je erlebt habe ... und Tom, du warst auch nicht besser. Und die Jahre haben euch nicht liebenswerter gemacht, bloß eure Technik ist besser geworden. Und jetzt wird euch etwas gratis angeboten, für das ich meinen rechten Arm geben würde. Ich sollte zur Seite treten und zulassen, daß ihr das verpatzt. Aber das werde ich nicht. Haltet hübsch die Klappe, spielt das Ganze cool, und ihr habt es geschafft. Wenn ihr dagegen eure übliche, ekelhafte Taktik einsetzt, dann verliert ihr.«

Von den meisten Leuten hätten wir uns solche Reden nicht gefallen lassen. Bei jedem anderen hätte Pat mir das

Zeichen gegeben, und dann hätte er ihn oben angepackt und ich unten. Aber mit einem Mann, der den Ceres-Orden trägt, argumentiert man nicht auf die Weise, dem hört man zu. Pat murmelte nicht einmal etwas darüber.

Also sprachen wir über Projekt Lebensraum selbst. Zwölf Schiffe sollten uns von Sol in etwa auf den Achsen eines Dodekaeders ausstrahlen – aber nur ungefähr, da die Mission eines jeden Schiffes nicht die sein würde, ein Raumvolumen abzusuchen, sondern so viele Sterne vom Sol-Typ zu besuchen, als in der kürzesten Zeit möglich war. Onkel Steve erklärte uns, wie sie für jedes Schiff eine ›Minimax‹-Suchkurve ausgearbeitet hätten, aber das verstand ich nicht. Da ging es um mathematische Begriffe, die wir nicht studiert hatten. Nicht daß es viel zu besagen hatte; jedes Schiff sollte so viel Zeit wie möglich mit Forschungsaufgaben und so wenig Zeit wie möglich mit den eigentlichen Sprüngen verbringen.

Aber Pat mußte einfach immer wieder darauf zurückkommen, wie man das Ganze wohl unseren Eltern verkaufen könnte. »Onkel Steve? Einmal angenommen, du hast recht, daß wir das locker angehen müssen – ich wüßte da ein Argument, das die vielleicht hören sollten. Vielleicht könntest du ihnen das klarmachen?«

»Hm?«

»Nun, wenn ein halber Laib Brot besser ist als gar keiner, dann ist denen vielleicht noch gar nicht klar geworden, daß auf dieser Weise einer von uns zu Hause bleibt.« Ich fing einen Satz von dem, was Pat hatte sagen wollen, auf, das war nämlich nicht gewesen ›einer von uns bleibt zu Hause‹, sondern ›Tom bleibt zu Hause‹. Ich wollte Einwände erheben, ließ es dann aber bleiben. Er hatte es nicht gesagt. Pat fuhr fort: »Die wissen, daß wir in den Weltraum wollen. Wenn sie uns das hier nicht erlauben, werden wir es eben ein andermal tun. Wenn wir uns zu deiner Einheit melden, würden wir vielleicht auf Urlaub nach Hause kommen – aber nicht oft. Wenn wir auswandern, könnten wir ebensogut tot sein; nur sehr wenige Emigranten verdienen genug, um sich eine Reise zurück zur Erde leisten zu können, jedenfalls nicht, solange ihre Eltern noch am Leben sind. Wenn die uns also jetzt zu Hause festhalten, dann werden die uns wahrscheinlich, sobald wir volljährig sind, nie wiedersehen. Aber wenn sie zustimmen, dann bleibt nicht nur einer zu Hause, sondern sie haben darüber hinaus auch noch mit dem anderen dauernd Verbindung – darin liegt doch der ganze Witz, daß die uns Telepathenpaare einsetzen.« Pat sah Onkel Steve erwartungsvoll an. »Sollten wir nicht darauf hinweisen? Oder würdest du ihnen die Idee beibiegen?«

Onkel Steve gab nicht gleich Antwort, obwohl ich in der Logik keinen Fehler erkennen konnte. Zwei minus zwei – da bleibt null, aber wenn man eins von zwei wegnimmt, bleibt eins.

Schließlich antwortete er langsam: »Pat, kriegst du es eigentlich wirklich nicht in deinen dicken Schädel, daß du einmal Ruhe geben mußt?«

»Ich kann an meiner Logik keinen Fehler erkennen.«

»Seit wann hat man denn jemals eine emotionale Auseinandersetzung mit Logik gewonnen? Du hättest lesen sollen, wie König Salomon vorgeschlagen hat, das Baby in zwei Stücke zu teilen.« Er nahm einen Schluck aus dem Glas und wischte sich den Mund. »Was ich euch jetzt sagen werde, ist streng vertraulich. Wußtet ihr, daß die Planetenliga in Betracht gezogen hat, diese Schiffe als Kriegsschiffe in Dienst zu stellen?«

»Hm? Warum? Mr. Howard hat nicht gesagt ...«

»Seid leise. Projekt Lebensraum ist von ungeheurer Wichtigkeit für das Friedensministerium. Wenn man einmal alles in Betracht zieht, dann gehen Kriege immer auf Bevölkerungsdruck zurück, gleichgültig, was für andere Faktoren sonst noch dazukommen.«

»Aber wir haben den Krieg doch abgeschafft.«

»Ja, haben wir. Also werden Leute wie ich dafür bezahlt,

Buschfeuer auszutreten, ehe sie den ganzen Wald verbrennen. Jungs, wenn ich euch den Rest auch noch erzähle, dann *müßt* ihr das für euch behalten, jetzt und für alle Zeit.«

Ich mag Geheimnisse nicht. Lieber habe ich Schulden. Geheimnisse kann man nicht zurückzahlen. Trotzdem gaben wir ihm das Versprechen.

»Okay. Ich habe die Voranschläge gesehen, die das Friedensministerium auf Bitten der ALF für dieses Projekt aufgestellt hat. Als die *Avant-Garde* ausgeschickt wurde, haben die ihr eine Chance von eins zu zehn für die Rückkehr gegeben. Wir haben jetzt bessere Geräte; diesmal liegen die Chancen pro besuchtes Planetensystem bei eins zu sechs. Jedes Schiff besucht auf der geplanten Tour durchschnittlich sechs Sterne – also hat jedes Schiff *eine* Chance von sechsunddreißig, daß es zurückkommt. Für zwölf Schiffe bedeutet das die Chance eins zu drei, daß vielleicht *ein* Schiff zurückkommt. Und zu dem Zeitpunkt werdet ihr Mißgeburten eingesetzt.«

»Du sollst uns nicht ›Mißgeburten‹ nennen!« Das sagten wir beide gleichzeitig.

»›Mißgeburten‹«, wiederholte er, »und alle sind verdammt froh, daß es euch Mißgeburten gibt, weil das Ganze ohne euch unmöglich ist. Schiffe und Mannschaften kann man ersetzen – Schiffe sind nur Geld, und Leute wie mich mit mehr Neugierde als Verstand findet man auch immer, um die Schiffe zu bemannen. Aber wenn die Schiffe auch ersetzbar sind, so ist doch das Wissen, das sie sammeln werden, nicht ersetzbar. Niemand ganz oben erwartet, daß diese Schiffe zurückkommen – aber wir *müssen* diese Planeten vom Erdtyp ausmachen. Die Menschheit braucht sie. Und dazu dient ihr Jungs; um Meldung zu machen. Dann hat es nichts mehr zu besagen, ob diese Schiffe zurückkommen oder nicht – wobei letzteres wahrscheinlicher ist.«

»Ich habe keine Angst«, sagte ich mit fester Stimme.

Pat sah mich an und wandte dann den Blick ab. Ich hatte nicht telepathiert, aber ich hatte ihm klar gesagt, daß die Angelegenheit noch nicht erledigt war, daß noch nicht feststand, welcher von uns beiden gehen würde. Onkel Steve sah mich ernst an und sagte: »Das habe ich auch nicht erwartet, in deinem Alter. Ich habe auch keine; ich lebe seit meinem neunzehnten Lebensjahr auf geborgte Zeit. Inzwischen bin ich von meinem eigenen Glück überzeugt, daß ich sicher bin, daß, wenn ein Schiff zurückkommt, es das meine sein wird. Aber begreifst du, weshalb es albern sein würde, deiner Mutter gegenüber das Argument zu benutzen, daß ein halber Satz Zwillinge besser ist als keiner? Emotionell stimmt dein Argument einfach nicht. Du solltest die Parabel vom verlorenen Schaf lesen. Du willst deiner Mutter klarmachen, daß einer von euch zu Hause sicher sein wird, und das fixiert ihr Bewußtsein nur darauf, daß der andere *nicht* sicher und *nicht* zu Hause ist. Wenn euer Vater versucht, sie zu beruhigen, wird er vermutlich über diese Fakten stolpern – denn sie sind nicht geheim, nicht die Fakten, auf die die Statistiker ihre Vorhersagen aufgebaut haben; lediglich in der Werbung für dieses Projekt werden die positiven Dinge betont und die negativen heruntergespielt werden.«

»Onkel Steve«, wandte Pat ein, »ich verstehe nicht, wie die sicher sein können, daß die meisten der Schiffe nicht zurückkommen werden.«

»Das können sie auch nicht. Aber das sind einfach optimistische Annahmen, die auf der Erfahrung fußen, die die Menschheit bisher mit der Erforschung fremder Orte gesammelt hat. Es ist einfach so: Man kann immer wieder recht haben, aber wenn es darum geht, fremde Orte zu erforschen, dann ist die erste falsche Vermutung, die du machst, oft zugleich deine letzte. Du bist tot. Hast du dir je die Zahlen bezüglich dieses einen winzigen Systems angesehen? Forschung ist wie Russisches Roulette; man kann gewinnen und gewinnen, aber wenn man weitermacht, dann bringt das einen ganz sicher um. Macht also eure Eltern nicht in dieser Phase der Angelegenheit verrückt. *Mir* macht es nichts aus – ein Mann hat ein Recht darauf, so zu sterben, wie er will; das ist eines der Rechte, worauf sie noch keine Steuern gesetzt haben. Aber es hat wirklich wenig Sinn, die Aufmerksamkeit auf die Tatsache zu lenken, daß einer von euch beiden nicht zurückkommen wird.«

V Der Zweitgenannte

Onkel Steve hatte recht gehabt, daß sie nachgeben würden; Pat fuhr drei Wochen später zum Ausbildungskurs.

Ich weiß immer noch nicht, wie es kam, daß Pat derjenige welcher wurde. Wir knobelten nie darum, es kam auch nie zu einer Auseinandersetzung, und ich stimmte nie zu. Aber Pat fuhr.

Ich versuchte einige Male, es mit ihm zu klären, aber er hielt mich immer hin, sagte mir, ich sollte mir den Kopf nicht zerbrechen und abwarten, um zu sehen, wie sich alles entwickelte, und plötzlich war es soweit, daß alle es für selbstverständlich hielten, daß Pat ging und ich bleiben würde. Vielleicht hätte ich an dem Tag, an dem wir den Vertrag unterschrieben, auf einer Klärung bestehen müssen, als Pat sich nämlich zurückhielt und mich als ersten unterschreiben ließ und mich auf diese Weise auf dem Papier als den Zweitgenannten festlegte, der zu Hause bleiben würde, anstelle des Drittgenannten, der die Reise machen würde. Aber damals schien es nicht der Mühe wert, sich darüber auseinanderzusetzen, da die zwei durch Vereinbarung der drei Vertragspartner austauschbar waren. Pat wies mich unmittelbar vor der Unterschriftsleistung darauf hin; das Wichtige war, daß der Vertrag unterzeichnet wurde, so lange unsere Eltern stillhielten – um *ihre* Unterschriften zu bekommen.

Ob Pat damals schon versucht hat, mich hereinzulegen? Wenn ja, so habe ich ihn jedenfalls nicht dabei ertappt, wie er seine Gedanken formulierte. Umgekehrt hätte ich dasselbe mit ihm versucht, wenn ich daran gedacht hätte? Ich weiß nicht, ich weiß es einfach nicht. Jedenfalls wurde mir langsam bewußt, daß die Sache erledigt war. Die Familie sah es so, und die Leute von der ALF auch. Also sagte ich Pat, daß es *nicht* erledigt sei. Er zuckte bloß die Achseln und erinnerte mich daran, daß das Ganze ja nicht von ihm ausging. Vielleicht könnte ich sie dazu bringen, daß sie es sich anders überlegten. Falls es mich nicht störte, damit das Boot ins Schwanken zu bringen.

Das wollte ich nicht. Wir wußten nicht, daß die ALF lieber niedergekniet wäre und geweint hätte, als sich irgendein junges, gesundes Telepathenpaar entgehen zu lassen; wir dachten, daß sie genügend Auswahl hätten. Ich dachte, wenn ich Ärger machen würde, könnten sie den Vertrag zerreißen, wozu sie gegen Zahlung einer kleinen Konventionalstrafe bis zum D-Tag berechtigt waren.

Statt dessen nahm ich Dad beiseite und redete mit ihm. Das zeigt, wie verzweifelt ich war. Weder Pat noch ich gingen je alleine zu unseren Eltern, um sich über den anderen zu beklagen. Mir war nicht wohl dabei, und ich stotterte und stammelte und hatte Schwierigkeiten, Dad klarzumachen, weshalb ich mir beschwindelt vorkam.

Dad blickte besorgt und sagte: »Tom, ich dachte, du und dein Bruder hättet das unter euch ausgemacht?«

»Das ist es ja, was ich dir zu erklären versuche! Das haben wir nicht.«

»Was erwartest du jetzt von mir?«

»Nun, ich möchte, daß du ihn dazu bringst, daß er fair ist. Wir sollten darum knobeln oder losen oder so etwas. Oder du könntest es für uns tun und dafür sorgen, daß es fair und anständig läuft. Würdest du das?«

Dad kümmerte sich um seine Pfeife, wie er das immer tut, wenn er einen hinhalten will. Schließlich sagte er: »Tom, ich weiß nicht, wie du dich da herauswinden kannst, jetzt, wo alles geklärt ist. Es sei denn, du willst, daß ich den Vertrag breche? Leicht wäre das nicht, aber das kann ich.«

»Aber ich brauche doch den Vertrag nicht zu brechen. Ich

möchte ja nur die gleiche Chance. Wenn ich verliere, dann bin ich still. Wenn ich gewinne, dann ändert das gar nichts – nur daß ich dann gehe und Pat bleibt.«

»Hmm ...« Dad pfaffte an seiner Pfeife und blickte nachdenklich. »Tom, hast du dir in letzter Zeit einmal deine Mutter angesehen?«

Das hatte ich, aber ich hatte nicht viel mit ihr geredet. Sie bewegte sich wie in Trance und wirkte traurig und verletzt. »Warum?«

»Ich kann ihr das nicht antun. Sie macht jetzt schon die Agonie durch, deinen Bruder zu verlieren; ich kann ihr das nicht deinetwegen noch einmal antun. Das könnte sie nicht ertragen.«

Ich wußte, daß sie sich nicht wohl fühlte, aber ich konnte nicht einsehen, was für einen Unterschied es machen würde, wenn wir tauschten. »Du willst doch nicht etwa andeuten, daß Mom es so haben will? Daß sie es lieber hätte, daß Pat geht und nicht ich!«

»Nein. Eure Mutter liebt euch beide gleich.«

»Dann wäre es doch dasselbe für sie.«

»Nein, das wäre es nicht. Sie leidet jetzt darunter, einen ihrer Söhne zu verlieren. Wenn ihr jetzt tauschen würdet, dann müßte sie das gleiche noch einmal für ihren anderen Sohn durchmachen. Das wäre nicht fair.« Er klopfte seine Pfeife im Aschenbecher aus, was dasselbe war, als nach einer Sitzung mit dem Hammer des Vorsitzenden auf die Tischplatte zu schlagen. »Nein, Sohn, ich fürchte, ihr werdet euch einfach beide an eure Vereinbarung halten müssen.«

Es war hoffnungslos, also hielt ich den Mund. Indem Dad Moms Zustand hineinbrachte, war das dasselbe, als hätte er eine Trumpfkarte ausgespielt.

Pat fuhr vier Tage später in das Ausbildungszentrum. Ich sah ihn nicht mehr sehr oft, mit Ausnahme der Zeit, die wir im TransLunar-Gebäude verbrachten, weil er jeden Abend mit Maudie ausging und ich nicht mit eingeladen war. Er wies darauf hin, daß er sie ja schließlich nicht mehr sehen würde, wohingegen ich genügend Zeit haben würde – also verschwinde bitte. Ich hatte keine Einwände; für sich betrachtet, war es nicht nur fair, sondern ich wollte unter den gegebenen Umständen auch gar nicht mit von der Partie sein. Pat und ich waren in diesen letzten paar Tagen weiter voneinander entfernt als wir das je gewesen waren.

Unsere telepathischen Fähigkeiten beeinträchtigte es jedoch nicht. Worin auch immer dieses ›Abstimmen‹ bestehen mochte, wozu manche Leute imstande waren, es ging jedenfalls weiter, und wir konnten es ebensogut tun, wie wir reden konnten. Und es auch ebenso leicht abschalten. Wir brauchten uns nicht zu ›konzentrieren‹ oder ›unser Bewußtsein freimachen‹ oder sonst etwas von diesem orientalisch-mystischen Unsinn. Wenn wir ›reden‹ wollten, dann redeten wir.

Als Pat ging, kam ich mir verloren vor. Sicher, ich war mit ihm vier Stunden täglich in Verbindung, und auch sonst jederzeit, wenn ich ihn rufen wollte, aber man kann nicht ein ganzes Leben lang Dinge zu zweit tun, ohne außer Tritt zu geraten, wenn man sie plötzlich alleine tun muß. Ich hatte noch keine neuen Gewohnheiten. Ich ertappte mich immer wieder dabei, wie ich irgendwohin gehen wollte und dann an der Türe stehenblieb und mir den Kopf zerbrach, was ich eigentlich vergessen hatte. Nur Pat. Es ist mächtig einsam, irgendwohin ganz alleine zu gehen, wenn man es immer mit einem anderen getan hat. Außerdem war Mom aufgekratzt und vergnügt und zärtlich und richtig unerträglich, und mein Schlaf wurde dauernd unterbrochen. Das Ausbildungszentrum arbeitete nach Mitteleuropäischer Zeit, was bedeutete, daß ich und alle anderen Zwillinge, die zurückgeblieben waren, ganz gleich wo auf der Erde, unsere Übungsbotschaften auch auf Mitteleuropäische Zeit abstimmten. Pat pfiff jede Nacht um zwei Uhr in meinen Ohren, und dann arbeitete ich bis zur Morgendämmerung und versuchte, untertags den Schlaf nachzuholen.

Es war unbequem, aber notwendig, und ich wurde gut dafür bezahlt. Zum erstenmal in meinem Leben hatte ich eine Menge Geld. Und das galt für unsere ganze Familie, denn ich fing trotz Dads Einwendungen an, ein reichliches Kostgeld zu zahlen. Ich kaufte mir sogar eine Uhr (Pat hatte die unsere mitgenommen), ohne mir Gedanken um den Preis zu machen. Und wir redeten davon, in eine größere Wohnung zu ziehen.

Aber die ALF drängte sich immer mehr in mein Leben, und ich begann zu begreifen, daß der Vertrag viel mehr umfaßte als nur das Aufzeichnen von Nachrichten von meinem Zwilling. Das Geriatrieprogramm fing sofort an. ›Geriatrie‹ klingt komisch, wenn es um einen Menschen geht, der noch nicht einmal alt genug ist, um zu wählen, aber hier hatte es die Sonderbedeutung, mich so lange wie möglich leben zu lassen, indem man sofort mit mir begann. Was ich aß, war nicht länger alleine meine Entscheidung; ich mußte den Diätvorschriften folgen, die sie anordneten, das Sandwich zwischendurch war nicht länger erlaubt. Es gab eine lange Liste von ›besonders gefährlichen‹ Dingern, die ich nicht tun durfte. Sie gaben mir Spritzen für alles mögliche, von Papageienfieber bis zur Cholera, und dann mußte ich mich einer ärztlichen Untersuchung unterziehen, die so gründlich war, daß mir jede andere, die ich bisher erlebt hatte, wie bloßes Handauflegen vorkam.

Der einzige Trost war, daß Pat mir sagte, daß sie es mit ihm genauso trieben. Wir mochten in vieler Hinsicht nichts Besonderes sein, aber für die ALF waren wir unersetzliche Kommunikationsanlagen, also verpaßte man uns eine Behandlung wie einem hochwertigen Rennpferd oder einem Premierminister, jedenfalls etwas, das gewöhnlichen Leuten nie zuteil wird. Schrecklich lästig war das.

Die ersten acht oder zehn Tage nach Pats Abreise rief ich Maudie nicht an; ich hatte ihr gegenüber ein ungutes Gefühl. Schließlich rief sie mich an und fragte mich, ob ich böse auf sie wäre oder ob sie etwa unter Quarantäne stünde?

Also verabredeten wir uns für den Abend. Besonders festlich war es nicht. Sie nannte mich ein paarmal ›Pat‹, was sie auch sonst gelegentlich tat und was mich nie gestört hatte, da Pat und ich daran gewöhnt waren, daß die Leute unsere Namen durcheinander brachten. Aber jetzt war es peinlich, weil Pats Geist wie ein Skelett über uns schwebte.

Als sie es zum zweitenmal tat, sagte ich verärgert: »Wenn du mit Pat reden willst, kann ich in einer halben Sekunde mit ihm eine Verbindung herstellen!«

»Was? Aber Tom!«

»Oh, ich weiß schon, daß es dir lieber wäre, wenn ich Pat wäre! Wenn du glaubst, daß es mir Spaß macht, nur zweite Wahl zu sein, dann überleg dir das einmal.«

Die Tränen traten ihr in die Augen, und ich schämte mich und wurde noch komplizierter. Also kam es zu einem erbitterten Streit, und dann sagte ich ihr, wie man mich beschwindelt hatte.

Ihre Reaktion war anders als die, die ich erwartet hätte. Anstelle mir ihr Mitgefühl auszudrücken, sagte sie: »O Tom, Tom! Begreifst du denn nicht, daß das nicht Pat dir angetan hat? Du hast es dir selbst angetan.«

»Hm?«

»Das ist nicht seine Schuld; das ist deine eigene. Mich hat das immer so aufgeregt, wie du dich von ihm hast herumschubsen lassen. Du *mochtest* es, daß er dich herumschubste. Du hast ja den Wunsch, ein Versager zu sein.«

Ich war so verärgert, daß es mir schwerfiel, ihr zu antworten. »Wovon redest du denn? Mir klingt das wie billige Lehrbuchpsychologie. Jetzt wirst du mir gleich noch sagen, ich hätte einen ›Todeswunsch‹.«

Sie wischte sich die Tränen weg. »Nein. Vielleicht hat den Pat. Er hat sich immer darüber lustig gemacht, aber ich weiß trotzdem, wie gefährlich es ist. Ich weiß, daß wir ihn nicht wiedersehen werden.«

Darauf mußte ich etwas herumkauen. »Versuchst du damit zu sagen«, meinte ich dann sehr langsam, »ich hätte zugelassen, daß Pat mich austrickst, weil ich Angst hatte?«

»Was? Aber Tom, so etwas habe ich doch nie gesagt.«

»Du klangst aber so.« Dann wußte ich, warum es so klang. Vielleicht hatte ich wirklich Angst. Vielleicht hatte ich mich gerade genug bemüht, um Pat gewinnen zu lassen ... weil ich wußte, was demjenigen zustoßen würde, der die Reise antrat.

Vielleicht war ich ein Feigling.

Wir versöhnten uns wieder, und der Abend schien schon befriedigend zu enden. Als ich sie nach Hause brachte, überlegte ich, ob ich versuchen sollte, ihr einen Gute-Nacht-Kuß zu geben – das hatte ich nie getan, so wie Pat und ich uns dauernd in den Haaren lagen. Ich glaube auch, daß sie es von mir erwartet hat ... als Pat plötzlich pfiff.

»Hey! Bist du wach, Kumpel?«

(»Sicher«,) antwortete ich kurz angebunden. (»Aber ich bin beschäftigt.«)

»Wie beschäftigt? Bist du mit meinem Mädchen aus?«

(»Wie kommst du darauf?«)

»Das bist du doch, oder? Habe ich mir schon gedacht. Wie läuft's denn?«

(»Kümmere dich um deine Angelegenheiten!«)

»Sicher, sicher! Grüß sie nur von mir. Tag, Maudie!«

Maudie sagte: »Tom, was bist du denn plötzlich so abwesend?«

Ich antwortete: »Oh, das ist nur Pat. Er sagt, ich soll dich grüßen.«

»Oh ... nun, grüß ihn von mir.«

Das tat ich. Pat schmunzelte. *»Gib ihr einen Gute-Nacht-Kuß für mich.«*

Also tat ich es nicht, weder für ihn, noch für mich.

Aber am nächsten Tag rief ich sie wieder an, und von da an gingen wir regelmäßig miteinander aus. Soweit es Maudie betraf, entwickelte sich alles sehr angenehm ... so angenehm, daß ich sogar darüber nachzudenken begann, daß

Collegestudenten manchmal heirateten, und daß ich es mir jetzt würde leisten können, falls es sich so entwickeln sollte. Oh, ich war nicht so sicher, daß ich mich so jung festlegen wollte, aber es ist mächtig einsam, wenn man alleine ist, wenn man immer jemanden bei sich gehabt hat.

Und dann brachten sie Pat auf einer Trage nach Hause.

Tatsächlich war es ein Fahrzeug vom Rettungsdienst, das speziell gechartert wurde. Der Idiot hatte sich weggeschlichen und versucht, Ski zu laufen, wovon er etwa ebensoviel verstand wie ich vom Perlentauchen. Es war gar kein besonders schwieriger Sturz, praktisch fiel er über die eigenen Füße. Aber da war er nun, lang ausgestreckt auf einer Bahre, bewegungsunfähig von der Hüfte abwärts, und die Beine nicht mehr zu gebrauchen. Man hätte ihn in ein Krankenhaus bringen müssen, aber er verlangte, nach Hause gebracht zu werden, und Mom wollte, daß er nach Hause kam, also bestand Dad darauf. Er lag schließlich in dem Zimmer, das Faith freigemacht hatte, und ich mußte wieder auf der Couch schlafen.

Der ganze Haushalt war durcheinander, schlimmer als damals, als Pat weggegangen war. Dad warf Frank Dubois fast aus dem Hause, als Frank sagte, jetzt, wo dieser Unsinn von wegen Weltraumfahrt vom Tisch sei, sei er immer noch bereit, Pat einen Job zu geben, falls er einen Buchhaltungskurs nehmen würde, da ein Buchhalter ja vom Rollstuhl aus arbeiten könnte. Ich weiß nicht; vielleicht hatte Frank gute Absichten, aber manchmal glaube ich, daß man ›gute Absichten‹ zum Kapitalverbrechen erklären sollte.

Aber was mich wirklich durcheinander brachte, war, wie Mutter es aufnahm. Sie war voll Tränen und Mitgefühl und konnte gar nicht genug für Pat tun. Sie verbrachte Stunden damit, ihm die Beine zu reiben, bis sie kurz vor dem Zusammenbruch stand. Aber ich konnte sehen, selbst wenn Dad das nicht konnte, daß sie unheimlich glücklich war – sie hatte ihr ›Baby‹ zurückbekommen. Oh, die Tränen waren nicht gespielt ... aber Frauen scheinen imstande zu sein, zur gleichen Zeit zu weinen und glücklich zu sein.

Wir alle wußten, daß der ›Raumfahrtunsinn‹ vom Tisch war, aber wir redeten nicht darüber, nicht einmal Pat und ich; während er auf dem Rücken lag und hilflos war und sich ohne Zweifel noch schlimmer fühlte als ich, war wirklich nicht die richtige Zeit, ihm Vorwürfe zu machen, daß er alles verpatzt und damit unsere Chancen zunichte gemacht hatte. Vielleicht war ich verbittert, aber dies war nicht die Zeit, ihn das wissen zu lassen. Mir war auf unangenehme Weise bewußt, daß die fetten Schecks von der ALF bald aufhören würden, und dann würde die Familie wieder knapp an Geld sein, wo wir es am dringendsten brauchten, und ich bereute die teure Uhr und das Geld, das ich verschwendet hatte, indem ich Maudie in Lokale führte, die wir uns nie hatten leisten können. Aber ich vermied es, darüber nachzudenken. Was für einen Sinn hatte es schon, über vergossene Milch zu weinen? Trotzdem fragte ich mich, was für einen Job ich wohl bekommen würde, anstatt aufs College zu gehen.

Ich war völlig unvorbereitet, als Mr. Howard auftauchte – ich hatte irgendwie damit gerechnet, daß ALF uns bis nach Pats Operation auf der Gehaltsliste behalten würde, obwohl sie den Unfall nicht verschuldet hatten und er darauf zurückzuführen war, daß Pat die Anweisungen nicht befolgt hatte. Aber bei dem Haufen Geld, den die hatten, dachte ich, sie würden vielleicht großzügig sein.

Aber Mr. Howard ging nicht einmal auf die Frage ein, ob die Akademie nun die Kosten für Pats Invalidität übernehmen oder nicht übernehmen würde. Er wollte lediglich wissen, wann ich so weit wäre, um mich im Ausbildungszentrum zu melden?

Ich war verwirrt und Mutter hysterisch und Dad zornig und Mr. Howard kühl. Wenn man ihn anhörte, hätte man denken können, daß überhaupt nichts geschehen war, jedenfalls nichts, was auch nur im geringsten den Gedanken aufkommen ließ, man würde uns aus unserem Vertrag entlassen. Der Zweitgenannte und der Drittgenannte waren austauschbar; da Pat nicht gehen konnte, würde natürlich ich an seine Stelle treten. Nichts war geschehen, was unsere Effizienz als Kommunikationsteam beeinträchtigte. Sicher, sie hatten uns angesichts des traurigen Unfalls einige Tage Zeit gelassen, um uns zu beruhigen, aber jetzt wollten sie wissen, ob ich mich nun sofort würde melden können? Die Zeit war knapp.

Dad wurde ganz rot im Gesicht. Ob sie seiner Familie nicht schon genug angetan hätten? Ob sie überhaupt keinen Anstand hätten? Irgendein Mitgefühl?

Mitten in der Auseinandersetzung, während ich versuchte, mich der neuen Situation anzupassen und mich fragte, was ich sagen sollte, rief Pat mich lautlos: *»Tom, komm her!«*

Ich entschuldigte mich und eilte zu ihm. Pat und ich hatten seit dem Unfall kaum miteinander telepathiert. Ein paarmal hatte er mich nachts gerufen, damit ich ihm ein Glas Wasser oder so etwas brachte, aber wir hatten nie richtig geredet, weder laut noch telepathisch. Da war einfach nur dieses schwarze, lastende Schweigen, das mich ausschloß. Ich wußte nicht, wie ich damit fertig werden sollte; es war das erstemal, daß einer von uns beiden ohne den anderen krank gewesen war. Aber als er rief, eilte ich zu ihm.

»Mach die Tür zu.«

Das tat ich. Er sah mich grimmig an. »Ich hab' dich erwischt, ehe du etwas versprochen hast, oder?«

»Mhm.«

»Geh hinüber und sag Dad, daß ich ihn sofort sprechen will. Sag Mom, ich würde sie bitten, mit Weinen aufzuhören, weil sie mich aufregt.« Er lächelte schief. »Sag Mr. Howard, er soll mich alleine mit meinen Eltern sprechen lassen. Und dann hau ab.«

»Hm?«

»Verschwinde, verabschiede dich nicht und sag nicht,

wohin du gehst. Wenn ich dich brauche, sag ich dir Bescheid. Wenn du hier herumhängst, dann nimmt dich Mutter in die Mangel und bringt dich dazu, alles mögliche zu versprechen.« Er sah mich finster an. »Du hast noch nie einen Funken Willenskraft gehabt.«

Ich ließ es ihm durchgehen; schließlich war er krank. »Hör zu, Pat, diesmal schaffst du es nicht – du hast alle gegen dich. Mutter wird durchsetzen, was sie will, und Dad ist so aufgekratzt, daß es mich wundert, daß er nicht schon mit den Fäusten auf Mr. Howard losgegangen ist.«

»Mit Mutter komm ich klar und mit Dad auch. Howard hätte wegbleiben sollen. Los jetzt, bring sie auseinander, und dann hau ab.«

»Also gut«, sagte ich unsicher. »Äh ... hör mal, Pat, ich bin dir wirklich dankbar.«

Er sah mich an, und seine Oberlippe kräuselte sich. »Du meinst, ich würde das für dich tun?«

»Nun, ich dachte ...«

»Als ob du je denken würdest ... und ich habe tagelang nichts anderes getan. Wenn ich schon ein Krüppel sein muß, meinst du dann etwa, daß ich mein ganzes Leben in einer öffentlichen Pflegestation verbringen will? Oder hier, mit Mutter die ganze Zeit um mich herum, mit Dad, der an den Pennies knausert, und den Mädchen, denen es bei meinem Anblick übel wird? Nicht Patrick! Wenn ich schon so sein muß, will ich das Beste von allem haben. Schwestern, die hüpfen, wenn ich auch nur den Finger hebe, und Tanzmädchen, um mich zu unterhalten – und du wirst dafür sorgen, daß die ALF dafür bezahlt. Wir können unseren Vertrag einhalten, und das werden wir auch. Oh, ich weiß, daß du nicht gehen willst, aber jetzt *mußt* du.«

»Ich? Du bringst das ja alles durcheinander. Du hast mich hinausgedrängt. Du ...«

»Okay, vergiß es. Du bist ganz wild darauf.« Er verpaßte mir einen Rippenstüber und grinste dann: »Also gehen wir beide – denn du wirst mich mitnehmen, jeden Schritt wirst du mich neben dir haben. Und jetzt hinaus mit dir, und sorg dafür, daß sie auseinandergehen.«

Zwei Tage später reiste ich ab. Als Pat Mom seinen Tiefschlag verpaßte, wehrte sie sich nicht einmal. Wenn es bedeutete, daß ich in den Weltraum hinausmußte, um das Geld zu beschaffen, damit ihr krankes Baby ordentlich versorgt wurde und alles bekam, was es wollte, dann war das schlimm genug, aber dann mußte es eben so sein. Sie sagte, wie weh es ihr täte, mich gehen zu lassen, aber ich wußte, daß es sie nicht belastete. Aber *mich* belastete es ziemlich ... ich fragte, wie es wohl gewesen wäre, wenn *ich* derjenige gewesen wäre, dem Pats Mißgeschick widerfahren war? Hätte sie Pat auch so einfach ziehen lassen, bloß damit *ich* alles bekam, was ich wollte? Aber ich beschloß, nicht mehr darüber nachzudenken; Eltern wissen wahrscheinlich nicht, daß sie ihre Lieblingskinder bevorzugen, selbst wenn sie es tun.

Dad schnappte sich mich für ein Gespräch von Mann zu Mann, ehe ich abreiste. Er druckste herum und entschuldigte sich die ganze Zeit, daß er alles mit mir hätte besprechen sollen ehe es so weit gekommen war, und das Ganze schien ihm noch peinlicher als mir, was gar nicht so leicht war. Als er gar nicht mehr weiter wußte, ließ ich ihn wissen, daß ich auf einem unserer Kurse auf der Oberschule das meiste von dem mitbekommen hatte, was er mir klarzumachen versuchte. (Was ich ihm nicht sagte, war, daß der Kurs eine ziemliche Enttäuschung gewesen war.) Jetzt leuchteten seine Augen wieder, und er meinte: »Nun, Sohn, deine Mutter und ich haben versucht, dir beizubringen, was recht und was unrecht ist. Vergiß nie, daß du ein Bartlett bist, dann wirst du auch nicht zu viele Fehler machen. Und was diese andere Sache betrifft, nun, wenn du dich immer frägst, ob ein Mädchen von der Art ist, daß du stolz sein würdest, sie nach Hause zu bringen und deiner Mutter vorzustellen, dann will ich schon zufrieden sein.«

Das versprach ich ihm – es kam mir in den Sinn, daß ich nicht viel Gelegenheit haben würde, in schlechte Gesellschaft zu geraten, nicht wo Psychologen jeden im Projekt Lebensraum praktisch sezierten. Die schlechten Äpfel würden überhaupt nicht in den Korb kommen. Wenn ich sehe, wie naiv Eltern sind, frage ich mich, wie es gekommen ist, daß die menschliche Rasse nicht schon ausgestorben ist. Trotzdem, es war rührend, und ich weiß wirklich zu schätzen, welche Qual er auf sich nahm, um für mich alles klar zu bekommen – Dad war immer ein anständiger Bursche und hat es gut gemeint.

Ich traf mich ein letztesmal mit Maudie, aber es war nichts Besonderes. Wir verbrachten die Zeit an Pats Bett. Sie gab mir einen Lebewohl-Kuß – Pat forderte sie dazu auf. Na schön.

VI Fackelschiff ›Lewis und Clark‹

Ich war nur zwei Tage in der Schweiz. Ich hatte gerade Gelegenheit, einen kurzen Blick auf den Zürichsee zu werfen, und das war auch schon alles; die Zeit drängte, und ich mußte versuchen, all die Dinge in mich aufzunehmen, die Pat wochenlang studiert hatte. Natürlich war das nicht möglich, also gaben sie mir Spulen mit Miniband, die ich nach Beginn der Reise studieren sollte.

Ich hatte einen Vorteil: Die Hilfssprache der Planetenliga war auf unserer High School als Kurs vorgeschrieben – PL-Sprache war die Arbeitssprache von Projekt Lebensraum. Ich kann nicht sagen, daß ich sie fließend beherrschte, als ich ankam, aber schwer zu erlernen ist sie nicht. Oh, es kommt einem ein wenig albern vor, ›gegeht‹ zu sagen, wenn man immer ›gegangen‹ gesagt hat, aber man gewöhnt sich daran, und die technischen Begriffe sind natürlich alle nach den internationalen Genfer Regeln aufgebaut und waren das auch immer.

Tatsächlich gab es, wie uns Projektoffizier Professor Brunn erklärte, gar nicht so viel, was ein telepathischer Kommunikator wissen mußte, ehe er an Bord ging; der Hauptzweck der Ausbildung hatte darin bestanden, die Mannschaften zusammenzubringen, sie zusammen essen und leben zu lassen, damit die Psychologen persönliche Reibungen feststellen konnten, die die Tests bisher nicht hatten erkennen lassen.

»An Ihnen gibt es keine Zweifel, junger Mann. Wir haben die Aufzeichnungen Ihres Bruders und wissen, wie nahe Ihre Testergebnisse den seinen kommen. Als Telepath müssen Sie ziemlich weit von den akzeptierten Standards abweichen, ehe wir einen von Ihnen disqualifizieren würden.«

»Wie bitte?«

»Verstehen Sie nicht? Wir können einen Kapitän wegen eines niedrigen Blutzuckerpegels vor dem Frühstück und einer daraus resultierenden Tendenz für Übellaunigkeit ablehnen. Die meisten Positionen können wir zwanzigmal besetzen und an ihnen herumrütteln, bis sie aufeinander abgestimmt sind wie ein Akrobatenteam. Aber bei Ihnen ist das anders. Sie sind so rar, daß wir Ihnen jegliche Exzentrizität durchgehen lassen müssen, die das Schiff nicht in Gefahr bringt. Mir würde es nichts ausmachen, wenn Sie an Astrologie glaubten – das tun Sie doch nicht etwa, oder?«

»Du liebe Güte, nein!« antwortete ich schockiert.

»Sehen Sie? Sie sind ein normaler, intelligenter junger Mann; also können wir Sie gebrauchen. Wenn es gar nicht anders ginge, würden wir sogar Ihren Zwillingsbruder nehmen, trotz der Tragebahre.«

Als ich nach Zürich kam, waren nur noch Telepathen übrig. Die Kapitäne und die Astrogations- und Fackelcrews waren bereits in den Schiffen, und anschließend die Spezialisten und die Leute vom Stab. Alle ›Müßiggänger‹ waren bereits an Bord, nur wir noch nicht. Und ich hatte kaum Zeit, mich mit meinen Gedankenleserkollegen bekannt zu machen.

Ein seltsamer Haufen waren die, und langsam begann ich zu begreifen, was Professor Brunn gemeint hatte, als er sagte, man würde uns Freaks gegenüber ein wenig großzügiger sein als den anderen gegenüber. Wir waren ein Dutzend – ich meine, nur für die *Lewis und Clark;* insgesamt waren wir hundertfünfzig für die zwölf Schiffe der Flotte, und das war so ziemlich jedes Telepathenpaar, das die ALF hatte unter Vertrag nehmen können. Ich fragte einen von ihnen, Bernhard van Houten, warum jedes Schiff so viele Telepathen mitnahm.

Er sah mich etwas bedauernd an. »Überleg doch, Tom.

Wenn eine Röhre in einem Radio ausbrennt, was machst du dann?«

»Nun, dann tausche ich sie eben aus.«

»Da hast du deine Antwort. Wir sind Ersatzteile. Wenn ein Mitglied eines Telepaars stirbt oder sonst etwas, dann ist dieses ›Radio‹ ausgebrannt, für immer erledigt. Also setzen sie einen anderen von uns ein. Die wollen sicher sein, daß wenigstens ein Telepaar auch am Ende der Reise noch funktioniert ... das hoffen die wenigstens.«

Ich hatte kaum Zeit, mir ihre Namen zu merken, ehe sie uns wegholten. Da waren ich und Bernhard van Houten, ein chinesisch-peruanisches Mädchen namens Mei-Ling Jones (nur daß sie es wie ›Choneß‹ aussprach), Rupert Hauptman, Anna Horoshen, Gloria Maria Antonita Docampo, Sam Rojas und Prudence Mathews. Sie waren alle mehr oder weniger gleichaltrig mit mir. Dann war da Dusty Rhodes, der aussah wie zwölf und behauptete, vierzehn zu sein. Ich fragte mich, wie die ALF es wohl angestellt hatte, seine Eltern zu überreden, ein solches Kind mitkommen zu lassen. Vielleicht haßten sie ihn; schwer konnte einem das sicher nicht fallen.

Dann waren da drei, die älter als die übrigen von uns waren: Miß Gamma Furtney, Cas Warner und Alfred McNeil. Miß Gamma war ein verrückter Typ, die Art von alter Jungfer, die niemals zugibt, älter als dreißig zu sein. Sie war unser Drilling. Die ALF hatte vier Satz Drillinge zusammengescharrt, die Gedankenleser waren und überredet werden konnten, mitzugehen; sie würden dazu eingesetzt werden, um die zwölf Schiffe in vier Dreiergruppen zusammenzuknüpfen, und dann konnte man die Gruppen mit vier Paar Zwillingen absichern.

Da Drillinge sechsundachtzigmal so rar wie Zwillinge sind, war es erstaunlich, daß sie genügend gefunden hatten, die telepathisch und zum Mitkommen bereit waren, ohne sich den Kopf darüber zu zerbrechen, ob sie nun verrückt waren oder nicht. Ich nehme an, daß die Damen Alpha, Beta und Gamma Furtney vom Einstein'schen Zeiteffekt angezogen wurden. Auf die Weise würden sie sich an all den Männern rächen können, die sie nicht geheiratet hatten, indem sie nicht älter wurden, während jene Männer an Altersschwäche starben.

Wir waren ein ›Eck‹-Schiff, und Cas Warner war unser seitlicher Zwilling, der uns über seinen Zwilling mit der *Vasco da Gama* verbinden würde, und damit Verbindung zwischen zwei Dreiergruppen herstellte. Andere Seitenzwillinge verbanden die anderen Ecken. Diejenigen, die von Schiff zu Schiff arbeiteten, brauchten nicht jung zu sein, da ihre Zwillinge (oder Drillinge) nicht auf der Erde zurückblieben, um dort älter zu werden, während ihre Brüder oder Schwestern infolge der Relativität jung blieben. Cas Warner war fünfundvierzig, ein netter, ruhiger Mann, dem es offenbar Spaß bereitete, mit uns jungen Leuten zu essen.

Der zwölfte war Mr. (»Nennt mich ›Onkel Alfred‹«) McNeil, und er war wirklich ein lieber alter Mensch. Er war ein Neger, und sein Alter war irgend etwas über fünfundsechzig (ich hatte keine Ahnung) und er hatte jene Art von gleichsam heilig wirkender Liebenswürdigkeit an sich, wie alte Leute sie sich zulegen, wenn sie nicht statt dessen säuerlich und ichbezogen werden ... Wenn man ihn ansah, hätte man wetten mögen, daß er so etwas wie ein Diakon in seiner Kirche war.

Ich wurde mit ihm näher bekannt, weil ich an meinem ersten Abend in Zürich schrecklich Heimweh hatte, und er es bemerkte und mich nach dem Abendessen auf sein Zimmer einlud und tröstete. Ich dachte, daß er einer der Psychologen der Stiftung sei, so wie Professor Brunn – aber das war nicht der Fall, er war selbst die Hälfte eines Telepaars ... und nicht einmal ein Seitenzwilling; sein Partner blieb auf der Erde.

Ich konnte es nicht glauben, bis er mir ein Bild von seinem Partner zeigte – ein kleines Mädchen mit munteren Augen und einem Pferdeschwanz – und ich es mir schließlich in meinen dicken Schädel bläute, daß wir es hier mit jener besonderer Rarität zu tun hatten, einem Telepathenpaar, das nicht aus Zwillingen bestand. Sie war Celestine Regina Johnson, seine Großnichte, nur daß er sie ›Sugar Pie‹ nannte, nachdem er mich dem Foto vorgestellt und ihr gesagt hatte, wer ich wäre.

Ich mußte es sofort Pat sagen, ohne daran zu denken, daß er ihm ja schon vorgestellt worden war.

Onkel Alfred war in Pension und war erster Spielgefährte seiner Großnichte gewesen, weil er mit seiner Nichte und deren Mann gelebt hatte. Er hatte dem Baby das Reden beigebracht. Als ihre Eltern beide bei einem Unfall ums Leben kamen, hatte er wieder zu arbeiten angefangen, um zu vermeiden, daß das Kind adoptiert wurde. »Und dann stellte ich fest, daß ich Sugar Pie im Auge behalten konnte, selbst wenn ich sie nicht sah. Sie war immer ein braves Baby, und das bedeutete, daß ich selbst dann auf sie aufpassen konnte, wenn ich unterwegs sein mußte. Ich wußte, daß das eine besondere Gabe war; ich reimte mir zusammen, daß der Herr in seiner unendlichen Barmherzigkeit mir das geschenkt hatte, was ich brauchte, um auf meine Kleine aufzupassen.«

Das einzige, das ihn beunruhigt hatte, war, daß er vielleicht nicht lange genug leben würde, oder noch schlimmer, nicht lange genug würde arbeiten können, um Sugar Pie großzuziehen und sie auf den richtigen Weg zu bringen. Dann hatte Projekt Lebensraum alles für ihn gelöst. Nein, es machte ihm nichts aus, nicht mit ihr zusammenzusein, er war ja gar nicht von ihr getrennt; er war jede Minute bei ihr.

Ich gewann den Eindruck, daß er sie tatsächlich sehen konnte, wollte ihn aber nicht danach fragen. Für ihn jedenfalls bedeuteten steinerne Mauern kein Gefängnis und Lichtjahre keine Trennung. Er wußte, daß die unendliche Barmherzigkeit, die dafür gesorgt hatte, daß sie so lang hatten zusammenbleiben dürfen, sie auch lange genug zusammenhalten würde, daß er die Aufgabe, die er sich vorgenommen hatte, auch würde zu Ende führen können. Was später geschah, lag ganz beim Herrn.

Ich hatte noch nie jemanden kennengelernt, der auf so stille, ruhige Art glücklich war. Ich hatte kein Heimweh mehr, bis ich ihn verließ und zu Bett ging. Also rief ich Pat und erzählte ihm, wie ich mit Onkel Alfred bekanntgeworden sei. Er sagte, sicher, Onkel Alf sei ein netter alter Knabe ... Und jetzt sollte ich gefälligst den Mund halten und mich schlafen legen, morgen stünde mir ein harter Tag bevor.

Dann flogen sie uns in den südlichen Pazifik, und wir verbrachten eine Nacht auf dem Canton Atoll, ehe wir an Bord gingen. Sie erlaubten nicht, daß wir in der Lagune schwammen, obwohl Sam eine Picknickparty für mich und Mei-Ling und Gloria veranstaltet hatte; Schwimmen war eine der unnötigen Gefahren. Statt dessen gingen wir früh zu Bett und wurden zwei Stunden vor Morgengrauen geweckt – eine widerwärtige Zeit, besonders wenn einem das Zeitgefühl dadurch durcheinandergekommen ist, daß man zu viele Zeitzonen zu schnell übersprungen hat. Ich begann mich zu fragen, was ich eigentlich hier verloren hätte.

Die *Lewis und Clark* befand sich ein paar hundert Kilometer östlich von unserem Standort in einem Bereich des Ozeans, der nicht gebraucht wurde. Ich hatte nie erkannt, wieviel Wasser dort war, bis ich einmal aus der Luft darauf herunterblickte – und auf die Weise sieht man auch nur einen kleinen Teil. Wenn die sich irgendeine Möglichkeit ausdenken könnten, all die Nässe ebenso gründlich auszunützen wie das Mississippital, dann würde keiner einen anderen Planeten brauchen.

Aus der Luft sah die *Lewis und Clark* wie ein Basketball aus, der im Wasser trieb; man konnte nicht sehen, daß sie in Wirklichkeit wie eine Rübe geformt war. Sie trieb mit der Fackel nach unten im Wasser; das halbkugelförmige Oberteil war alles, was man sehen konnte. Ich konnte nur einen kurzen Blick auf sie werfen, wie sie umgeben von Tauchfrachtern, die im Vergleich zu ihr winzig aussahen, da im Meer trieb, dann schwebte unser Bus über ihr und man sagte uns, wir sollten auf der Leiter aufpassen und nichts im Bus zurücklassen. Es kam mir in den Sinn, daß es wohl wenig Sinn haben würde, in einem solchen Fall einen Brief an das Fundbüro zu schreiben. Das war ein Gedanke, bei dem einem ganz kalt wurde ... ich schätze, ich war immer noch heimwehkrank, aber in erster Linie war ich aufgeregt.

Ich verlief mich ein paarmal und fand schließlich meine Kabine in dem Augenblick, als das Lautsprechersystem dröhnte: »Alle Mann auf Beschleunigungsphase vorbereiten. Müßiggänger anschnallen. Andruckstationen bitte melden. Vierzehn Minuten.« Der Mann, der die Durchsage machte, klang so selbstverständlich, daß er ebensogut hätte sagen können: »Bitte umsteigen in Birmingham.«

Die Kabine war groß genug, mit einer doppelten Garderobe und einem Schreibtisch und einem eingebauten Videorecorder, einem kleinen Waschtisch und zwei Klappbetten. Sie waren heruntergeklappt, was natürlich den verfügbaren Raum beeinträchtigte. Sonst war niemand in der Kabine, und so nahm ich mir eine der Liegen, legte mich hin und befestigte die drei Sicherheitsgurte. Ich war damit gerade fertig, als der Knirps Dusty Rhodes den Kopf hereinstreckte. »Hey! Du liegst auf meinem Bett!«

Ich schickte mich schon an, ihn zurechtzuweisen, entschied mich aber dann dafür, daß die Zeit unmittelbar vor dem Start nicht gerade für eine Auseinandersetzung geeignet war. »Wie du meinst«, antwortete ich, schnallte mich ab und legte mich auf die zweite Pritsche, wo ich mich erneut festschnallte.

Dusty blickte verstimmt; wahrscheinlich hätte er sich gerne mit mir gestritten. Statt auf die Liege zu klettern, die ich freigemacht hatte, schob er den Kopf zur Türe hinaus und sah sich um. Ich sagte: »Schnall dich jetzt besser an. Die haben das bereits durchgesagt.«

»Quatsch«, antwortete er, ohne sich umzuwenden. »Es ist

noch genügend Zeit. Ich sehe mal schnell im Kontrollraum nach.«

Ich wollte schon vorschlagen, daß er hinausgehen sollte, als ein Schiffsoffizier durchkam und die Räume überprüfte. »Rein mit dir, mein Junge«, sagte er schwungvoll mit einer keinen Unfug duldenden Stimme, so wie man einem Hund sagt, er solle gefälligst ›bei Fuß‹ kommen. Dusty klappte den Mund auf und dann gleich wieder zu und kletterte hinab.

Dann schnallte der Offizier ihn wie ein Baby an und zog die Schnallen so zurecht, daß Dusty sie nicht erreichen konnte. Selbst den Brustriemen schnallte er Dusty um die Arme.

Dann prüfte er meine Gurte. Ich hatte die Arme außerhalb, aber er sagte nur: »Laß die Arme während des Andrucks auf der Matratze«, und ging hinaus.

Eine Frauenstimme sagte: »Alle Spezialkommunikatoren Verbindung mit den Telepartnern aufnehmen.«

Ich war seit dem Aufwachen mit Pat immer wieder in Verbindung gewesen und hatte ihm die *Lewis und Clark* geschildert, als wir sie das erstemal zu Augen bekamen und dann auch von innen. Trotzdem sagte ich: (»Bist du da, Pat?«)

»Natürlich. Ich geh nicht weg. Was gibt's denn?«

(»Start in etwa zehn Minuten. Die haben uns gerade gesagt, wir sollten während des Andrucks mit unseren Partnern Verbindung halten.«)

»Das möchte ich dir auch geraten haben, sonst reiße ich dir die Ohren ab! Ich will mir nichts entgehen lassen.«

(»Okay, okay, dreh nicht gleich durch. Pat? Das ist nicht ganz so, wie ich das erwartet hatte.«)

»Hm? Wie?«

(»Ich weiß nicht. Wahrscheinlich habe ich Musikkapellen erwartet, Ansprachen und so etwas. Schließlich ist das hier ein großer Tag. Aber abgesehen von den Bildern, die die gestern abend auf Canton Atoll von uns gemacht haben, war da mehr los, als wir ins Pfadfinderlager zogen.«)

Pat gluckste. »*Wo ihr seid, würde eine Musikkapelle naß werden – ganz zu schweigen davon, daß sie sich mit Neutronen vollsaugen würden.*«

(»Sicher, sicher.«) Man brauchte mir nicht zu sagen, daß ein Fackelschiff für den Start Freiraum braucht. Selbst als man schließlich eine Methode ausgetüftelt hatte, um direkt von Erd-Null zu starten, statt von einer Raumstation, brauchten die Schiffe immer noch ein paar tausend Quadratkilometer Ozean – und dann hat sicher jeder schon einmal das unsinnige Geschwätz gehört, daß von der Strahlung das Klima verändert würde, und daß die Regierung gefälligst etwas dagegen tun sollte.

»*Außerdem gibt es eine ganze Menge Musikkapellen und Ansprachen. Wir sehen uns hier einen Ehrenwert J. Eierkopf an ... soll ich sie dir durchgeben?*«

(»Äh, kannst du dir sparen. Wer ist wir?«)

»*Wir alle. Faith und Frank sind gerade reingekommen.*«

Ich wollte mich gerade nach Maudie erkundigen, als eine neue Stimme über das Lautsprechersystem hereinkam. »Willkommen an Bord, Freunde. Hier spricht der Captain. Wir setzen uns mit bequemen drei G ab; trotzdem möchte ich Sie alle warnen – bitte liegen Sie ganz entspannt und lassen Sie die Arme auf Ihren Andruckliegen. Die dreifache Beschleunigung dauert nur sechs Minuten, dann dürfen Sie aufstehen. Wir starten in zweiter Position, unmittelbar nach der *Henry Hudson.*«

Ich wiederholte Pat, was der Captain sagte, praktisch genauso schnell, wie er es sagte. Das war eines der Dinge, die wir geübt hatten, während er im Ausbildungszentrum war: man ließ seine gelenkten Gedanken wie ein Echo von etwas klingen, was jemand anderer sagte, so daß ein Telepaar fast wie ein Mikrofon und ein Lautsprecher funktionierte. Ich vermute, daß er am anderen Ende dasselbe tat und die Worte des Kapitäns wiedergab, so daß die Familie sie den Bruchteil einer Sekunde nach mir hörte – wenn man Übung hat, ist das nicht schwierig.

Der Captain sagte: »Die *Henry* ist jetzt in der letzten Phase ... zehn Sekunden ... fünf Sekunden ... *jetzt*!«

Ich sah so etwas wie einen Hitzeblitz, obwohl ich mich in einem geschlossenen Raum befand. Ein paar Sekunden war über den Lautsprecher ein Geräusch zu hören wie ein Platzregen auf einer Fensterscheibe, weich und zischend und weit entfernt. Pat sagte: *»Junge!«*

(»Was ist denn, Pat?«)

»Die ist in die Höhe geschossen, als ob sie auf einer Biene gesessen wäre. Einfach ein Loch im Wasser und ein Nichts. Augenblick – jetzt schalten sie die Kamera von der Raumstation auf Luna um.«

(»Du hast eine bessere Sicht als ich. Ich kann nur hier die Decke meiner Kabine sehen.«)

Die Frauenstimme sagte: »Mr. Warner! Miß Furtney! Zwischenschiffstelepathen bitte aufzeichnen.«

Der Captain sagte: »Alles fertigmachen für Startandruck. Count-down beginnt«, und dann schaltete sich eine andere Stimme ein: »Sechzig Sekunden ... fünfundfünfzig ... fünfzig ... fünfundvierzig ... halten bei fünfundvierzig ... halten fünfundvierzig ... halten ... halten ...« – bis ich am liebsten geschrien hätte.

»Tom, was ist denn los?«

(»Wie soll ich das wissen?«)

»Vierzig ... fünfunddreißig ... dreißig ...«

»Tom, Mom möchte, daß ich dir sage, du sollst sehr vorsichtig sein.«

(»Was meint sie denn, daß ich tun kann? Ich liege bloß hier, angeschnallt.«)

»Ich weiß«, gluckste Pat. *»Halt dich hübsch am Pinsel fest, du Glückspilz. Die nehmen dir jetzt gleich die Leiter weg.«*

»Vier! ... Drei! ... Zwo ... EINS!«

Ich sah keinen Blitz, ich hörte nichts. Ich wurde nur sehr schwer, so wie auf dem Fußballplatz, wenn ein halbes Dutzend Spieler über einem liegen.

»Wo du warst, ist nichts als Dampf.«

Ich gab keine Antwort. Das Atmen bereitete mir Schwierigkeiten.

»Die haben die Kamera umgeschaltet. Die folgen euch jetzt mit einem Teleobjektiv. Tom, du solltest das sehen ... ihr seht aus wie eine Sonne. Das brennt das restliche Bild einfach aus dem Tank.«

(»Wie kann ich es sehen?«) fragte ich mürrisch. (»Ich bin schließlich drin.«)

»Du klingst so beengt. Bei dir alles in Ordnung?«

(»Du würdest auch beengt klingen, wenn die dir Sandsäcke auf die Brust gelegt hätten.«)

»Ist es schlimm?«

(»Gut ist es nicht. Aber schon in Ordnung, denke ich.«)

Pat ließ mich in Frieden und schilderte das, was er über den Fernseher mitbekam, recht ordentlich. Die *Richard E. Byrd* startete unmittelbar nach uns, noch bevor wir Fluchtgeschwindigkeit von der Erde erreicht hatten; er berichtete mir alles. Ich hatte ohnehin nichts zu sagen; sehen konnte ich nichts, und nach Schnattern war mir nicht zumute. Ich wollte mich einfach ruhig halten und mich elend fühlen.

Wahrscheinlich waren es wirklich nur sechs Minuten, aber mir kam es eher wie eine Stunde vor. Nach einer langen, langen Zeit, als ich zu dem Schluß gelangt war, daß das Steuer verklemmt war und wir unter Andruck bleiben würden, bis wir die Lichtgeschwindigkeit überschritten hatten, lockerte sich der Druck plötzlich, und ich kam mir leicht wie eine Schneeflocke vor. Wenn die Anschnallgurte nicht gewesen wären, dann wäre ich zur Decke geschwebt.

»Wir haben jetzt auf einhundertzehn Prozent reduziert«, sagte der Kapitän vergnügt. »Unsere Fahrtbeschleunigung wird höher sein, aber wir wollen den Neuen unter uns ein wenig Zeit lassen, um sich daran zu gewöhnen.« Jetzt änderte sich sein Tonfall, und er sagte geschäftsmäßig: »Alle Stationen nach Start sichern, Raumwachen aufstellen, dritter Abschnitt.«

Ich lockerte meine Gurte, setzte mich auf und stand dann

auf. Vielleicht waren wir zehn Prozent schwerer, aber es fühlte sich nicht so an; ich fühlte mich herrlich. Ich ging auf die Türe zu mit der Absicht, mich ein wenig besser umzusehen, als bei der Ankunft.

Dusty Rhodes schrie: »Hey! Komm her und schnall mich los! Dieser Idiot hat mich so angegurtet, daß ich nicht an die Schnallen kann.«

Ich drehte mich um und sah ihn an. »Sag ›bitte‹.«

Was Dusty darauf antwortete, war nicht ›bitte‹. Trotzdem ließ ich ihn los. Ich hätte ihn zwingen sollen, es zu sagen; das hätte vielleicht später einigen Ärger erspart.

VII 19900 Möglichkeiten

Das erste, was sich in der *L. C.* ereignete, ließ mich glauben, ich träumte – ich stieß auf Onkel Steve.

Ich ging den kreisförmigen Korridor entlang, der die Kabinen auf meinem Deck miteinander verband, und suchte nach einem bordeinwärts führenden Weg auf die Schiffsachse zu. Als ich um die Ecke bog, stieß ich mit jemandem zusammen. Ich sagte ›Entschuldigung‹ und wollte an ihm vorbeigehen, als der andere mich am Arm festhielt und mir auf die Schultern schlug. Ich blickte auf, und es war Onkel Steve, der grinste und mich anschrie: »Hi, Schiffsmaat! Willkommen an Bord!«

»Onkel Steve! Was machst *du* denn hier?«

»Sondereinsatz vom Generalstab ... Ich soll dafür sorgen, daß du keine Dummheiten machst.«

»Hm?«

Als er es mir dann erklärte, war es nicht mehr so geheimnisvoll. Onkel Steve hatte schon seit einem Monat gewußt, daß sein Antrag für eine Sondergenehmigung, um den Dienst in der ALF für Projekt Lebensraum aufzunehmen, gebilligt worden war; er hatte es der Familie nicht gesagt, aber die Zeit damit verbracht, einen Ringtausch in die Wege zu leiten, um auf das selbe Schiff zu kommen, auf dem Pat sein würde – oder wie es sich dann herausstellte, ich.

»Ich dachte, deine Mutter würde es vielleicht etwas leichter nehmen, wenn sie wußte, daß ich ihren Jungen im Auge behalten würde. Du kannst es ihr ja das nächstemal sagen, wenn du mit deinem Zwilling in Verbindung bist.«

»Ich werde es ihr jetzt gleich sagen«, antwortete ich und

stieß im Geist einen Schrei nach Pat aus. Ihn schien das nicht schrecklich zu interessieren; vermutlich begann seine Reaktion einzusetzen, und er ärgerte sich darüber, daß ich jetzt dort war, wo er hatte sein wollen. Aber Mutter war da, und er sagte, daß er es ihr sagen würde. »Okay, sie weiß es.«

Onkel Steve musterte mich eigenartig. »Ist es so einfach?«

Ich erklärte ihm, daß es so wie Reden sei ... ein wenig schneller vielleicht, wie man Worte eben schneller denken kann, als sie aussprechen, sobald man sich einmal daran gewöhnt hat. Aber er hielt mich auf. »Schon gut, du versuchst, einem blinden Mann Farbe zu erklären. Ich wollte nur, daß sie Bescheid weiß.«

»Nun, okay.« Dann bemerkte ich, daß er eine andere Uniform trug. Die Ordensbänder waren noch dieselben, und es war auch eine Uniform der ALF wie die meine, was mich nicht überraschte – aber seine Tressen waren verschwunden. »Onkel Steve ... du trägst ja die Rangabzeichen eines Majors!«

Er nickte. »Ein braver Junge aus dem Dorf, der es zu etwas gebracht hat. Harte Arbeit, ordentliches Leben und all das.«

»Mann, das ist fein!«

»Die haben mich mit meinem Rang in die Reserve versetzt, und mich wegen ausnehmend guter Papiere eins hochrücken lassen. Wenn ich beim Korps geblieben wäre, dann hätte ich mich bestenfalls als Schiffssergeant in den Ruhestand versetzen lassen können – im Frieden gibt es keine Beförderung. Aber das Projekt war auf der Suche nach bestimmten Männern, nicht bestimmten Rängen, und ich hatte zufällig gerade die richtige Anzahl von Händen und Füßen für den Job, den die frei hatten.«

»Und was ist das für ein Job, Onkel?«

»Kommandant der Schiffswache.«

»Hm? Was hast du denn zu bewachen?«

»Das ist eine gute Frage. Du kannst mich ja in ein oder

zwei Jahren fragen, dann kriegst du eine bessere Antwort. Tatsächlich wäre ›Kommandant des Landungstrupps‹ ein besserer Titel. Wenn wir einen brauchbar aussehenden Planeten entdecken – ›falls und wenn‹, meine ich – dann bin ich der Typ, der hinausdarf und sich die Landschaft ansieht und sich ein Urteil darüber bildet, ob die Eingeborenen freundlich sind, während ihr wertvollen Typen hübsch versorgt im Schiff bleibt.« Er sah auf sein Handgelenk. »Gehen wir futtern.«

Ich hatte keinen Hunger und wollte mich umsehen, aber Onkel Steve nahm mich fest am Arm und strebte auf die Messe zu. »Wenn du einmal ebenso lange wie ich Soldat warst, Junge, dann wirst du lernen, daß man immer dann schläft, wenn man Gelegenheit dazu bekommt, und daß es nie zu spät ist, sich an einer Essenschlange anzustellen.«

Es war tatsächlich eine Schlange im Cafeteria Stil. Die *L. C.* hatte keine Kellner oder sonstigen persönlichen Service irgendeiner Art, mit Ausnahme für den Kapitän und die Leute, die gerade Wache hatten. Wir stellten uns an, und ich erkannte plötzlich, daß ich doch Hunger hatte. Für diese Mahlzeit, und nur für diese, führte Onkel Steve mich an den Abteilungsleitertisch. »Ladies and Gentlemen, das ist mein Neffe mit den zwei Köpfen, Tom Bartlett. Er hat seinen anderen Kopf auf der Erde gelassen – er ist ein Zwilling aus einem Telepaar. Wenn er etwas tut, was er nicht tun sollte, dann möchte ich nichts davon hören, gebt ihm einfach eins auf die Nase.« Er sah zu mir herüber; ich fing an, rot zu werden. »Sag ›Tag‹, Sohn ... Oder wenn du nicht reden kannst, dann nicke einfach.«

Ich nickte und setzte mich. Ein süßes altes Mädchen mit der Art von Schoß, auf dem gern Babies sitzen, saß neben mir. Sie lächelte und sagte: »Freut mich, dich bei uns zu haben, Tom.« Ich erfuhr, daß sie die Chefökologin war. Sie hieß Dr. O'Toole – nur daß niemand sie so nannte – und war mit einem der Relativisten verheiratet.

Onkel Steve ging um den Tisch herum und zeigte mir,

wer wer war und was sie taten: der Chefingenieur, der Relativist (Onkel Steve nannte ihn ›Astrogator‹, so wie man die Stelle in einem gewöhnlichen Schiff bezeichnete), Chefplanetologe Harry Gates und der Stabxenologe und so weiter – ich konnte mir damals die Namen nicht alle merken – und Reservecaptain Urqhardt. Das Wort ›Reserve‹ entging mir zunächst und ich staunte darüber, wie jung er war. Aber Onkel Steve korrigierte mich: »Nein, nein! Er ist nicht *der* Captain. Er ist der Mann, der Captain sein wird, wenn sich herausstellt, daß wir einen Ersatz brauchen. Dir gegenüber sitzt der Arzt – aber laß dich davon nicht ins Bockshorn jagen; er macht sich nie selbst die Hände schmutzig. Dr. Devereaux ist der oberste Kopfklempner.«

Ich muß ziemlich dumm dreingeguckt haben, und Onkel Steve fuhr fort: »Du kapierst nicht? Psychiater. Doc Dev beobachtet jede Bewegung, die wir machen, und versucht zu entscheiden, wie schnell er mit der Zwangsjacke und einer Spritze sein muß. Stimmt's, Doc?«

Dr. Devereaux bestrich sich ein Brötchen mit Butter. »Im Prinzip schon, Major. Aber essen Sie ruhig zu Ende; wir holen Sie erst später ab.« Er war eine kleine, fette Kröte, so häßlich, wie das nur gerade möglich war, und durch nichts aus der Ruhe zu bringen. Er fuhr fort: »Ich hatte gerade einen Gedanken, der mich ziemlich beunruhigte, Major.«

»Ich dachte, Gedanken beunruhigten Sie nie?«

»Überlegen Sie doch. Da gibt man mir den Auftrag, komische Typen wie Sie bei Trost zu halten ... und dann vergessen die, mir jemanden zuzuteilen, der *mich* bei Trost hält. Was sollte ich da tun?«

»Hmmm ...« Onkel Steve schien zu überlegen. »Ich wußte gar nicht, daß man von Kopfklempnern erwartet, daß die selbst auch bei Trost sind.«

Dr. Deveraux nickte. »Jetzt haben Sie den Finger darauf gelegt. Es ist genau wie in Ihrem Beruf, Major. Es ist von Vorteil, wenn einer verrückt ist. Würde mir jemand bitte das Salz reichen.«

Onkel Steve hielt den Mund und tat, als wischte er sich Blut ab.

Ein Mann kam herein und setzte sich; Onkel Steve stellte mich vor und sagte: »Stabskommandant Frick, der Kommunikationsoffizier. Dein Chef.«

Commander Frick nickte und sagte: »Sind Sie nicht dritte Sektion, junger Mann?«

»Äh, ich weiß nicht, Sir.«

»Aber ich. Und Sie hätten es auch wissen müssen. Melden Sie sich im Kommunikationsbüro.«

»Äh, meinen Sie sofort, Sir?«

»Augenblicklich. Sie haben sich eine halbe Stunde verspätet.«

Ich sagte: »Entschuldigen Sie bitte«, und stand hastig auf, wobei ich mir albern vorkam. Ich blickte zu Onkel Steve hinüber, aber der sah nicht her; er schien es nicht gehört zu haben.

Das Kommunikationsbüro war zwei Decks weiter oben, unmittelbar unter dem Kontrollraum; ich fand es nicht gleich. Van Houten war dort und Mei-Ling und ein Mann, der Travers hieß und wachhabender Kommunikator war. Mei-Ling las von einem Stapel Papieren ab und blickte nicht auf. Ich wußte, daß sie telepathierte. Van sagte: »Wo, zum Kuckuck, hast du gesteckt? Ich habe Hunger.«

»Ich wußte nichts«, protestierte ich.

»Das solltest du aber.«

Er ging weg, und ich wandte mich zu Mr. Travers. »Was soll ich tun?«

Der fädelte gerade eine Rolle Band in einen Autotransmitter; er brachte das zu Ende, ehe er mir Antwort gab: »Nehmen Sie den Stapel Verkehr, wenn sie damit fertig ist, und tun Sie damit, was Sie eben damit tun. Nicht daß es wichtig wäre.«

»Sie meinen, ich soll das meinem Zwilling vorlesen?«

»Das habe ich doch gesagt.«

»Wollen Sie, daß er es aufzeichnet?«

»Verkehr wird immer aufgezeichnet. Haben die Ihnen denn gar nichts beigebracht?«

Ich überlegte, ob ich ihm erklären sollte, daß sie das wirklich nicht hatten, weil dazu keine Zeit gewesen war, und dann dachte ich, was soll's eigentlich? Wahrscheinlich glaubte er, daß ich Pat sei, und nahm an, ich hätte den ganzen Kurs gehabt. Ich nahm die Papiere, mit denen Mei-Ling fertig war und setzte mich.

Aber Travers redete noch weiter. »Ich weiß nicht, wozu Ihr Mißgeburten überhaupt jetzt hier seid. Man braucht Euch hier nicht, wir sind noch in Funkreichweite.«

Ich legte die Papiere hin und stand auf. »Nennen Sie uns nicht ›Mißgeburten‹.«

Er sah mich an und sagte: »Mann, sind Sie jetzt groß geworden. Setzen Sie sich hin und gehen Sie an die Arbeit.«

Wir waren etwa gleich groß, aber er war zehn Jahre älter und vielleicht dreißig Pfund schwerer. Vielleicht hätte ich es damit bewenden lassen, wenn wir alleine gewesen wären. Aber nicht in Anwesenheit von Mei-Ling. »Ich habe gesagt, Sie sollen uns nicht ›Mißgeburten‹ nennen. Das ist unhöflich.«

Er sah müde aus und keineswegs so, als würde ihn das amüsieren, aber er stand nicht auf. Ich entschied, daß er keine Auseinandersetzung wollte, und war erleichtert. »Schon gut, schon gut«, antwortete er. »Seien Sie nicht gleich beleidigt. Machen Sie sich jetzt an die Arbeit.«

Ich setzte mich und sah mir das Zeug an, das ich senden mußte. Dann rief ich Pat und sagte ihm, er sollte seinen Recorder einschalten; dies sei keine Übungsdurchsage.

Er antwortete: *»Ruf mich in einer halben Stunde noch einmal. Ich bin grad beim Abendessen.«*

(»Ich war beim Mittagessen, aber ich durfte auch nicht fertig essen. Hör jetzt auf, mich hinzuhalten, Pat. Schau dir den Vertrag an, den du unbedingt unterschreiben wolltest.«)

»Du warst genauso scharf drauf. Was ist denn, Kleiner? Jetzt schon kalte Füße?«

(»Vielleicht, vielleicht auch nicht. Ich hab das Gefühl, das wird alles andere als ein netter, kleiner Picknick-Ausflug werden. Aber eines habe ich schon gelernt; wenn der Captain nach einem Eimer Farbe schickt, will er einen vollen Eimer und keine Ausreden. Schalt jetzt deinen Recorder ein und halt dich bereit, Zahlen aufzunehmen.«)

Pat brummelte etwas, gab nach und verkündete dann nach einer kleinen Pause, er sei jetzt so weit. Die Pause war ganz bestimmt durch Mutter verursacht, die darauf bestand, daß er sein Abendessen zu Ende essen würde. *»Fertig.«*

Der Verkehr bestand fast ausschließlich aus Zahlen (den Start betreffend, nehme ich an) und Codes. Ich mußte Pat daher alles wiederholen lassen. Es war nicht schwer, aber langweilig. Die einzige Nachricht in Klartext war vom Captain, eine Bestellung Rosen, die an eine Mrs. Detweiler in Brisbane geschickt werden und von seinem ALF-Konto abgebucht werden sollte, und dazu eine Mitteilung: »Vielen Dank für ein wunderbares Abschiedsdinner.«

Sonst schickte niemand persönliche Nachrichten; ich nehme an, sie hatten auf der Erde keine losen Enden zurückgelassen.

Ich dachte daran, ein paar Rosen an Maudie zu schicken, aber ich wollte es nicht über Pat tun. Einen Augenblick lang dachte ich daran, es über Mei-Ling zu tun, dann erinnerte ich mich daran, daß ich zwar Geld auf der Bank hatte, aber Pat zu meinem Anwalt bestellt hatte; wenn ich sie bestellte, würde er die Rechnung genehmigen müssen. Ich beschloß, über keine Brücken zu gehen, die ich bereits hinter mir abgebrochen hatte.

Aus dem Leben an Bord der *L. C.* oder der *Elsie,* wie wir sie nannten, wurde bald eine bequeme Routine. Die Beschleunigung wurde um weitere fünfzehn Prozent gesteigert, was dazu führte, daß ich nun einundsiebzig Kilo wog; meine

Beine schmerzten, bis ich mich daran gewöhnte – aber das dauerte nicht lange; es hat Vorteile, wenn man zu den Dürren gehört. Wir Freaks hatte eine Wache von fünf, jeweils zu zweit – Miß Gamma und Cas Warner standen nicht auf unserer Liste, weil sie die Seitenverbindung zu anderen Schiffen aufrechterhielten. Anfänglich hatten wir eine Menge Freizeit, aber der Captain sorgte dafür, daß das bald aufhörte.

In dem Wissen, daß die ALF in Wirklichkeit nicht mit unserer Rückkehr rechnete, hatte ich nicht viel über die Klausel in unserem Vertrag nachgedacht, die Ausbildung während der Reise vorsah, mußte aber feststellen, daß der Captain keineswegs die Absicht hatte, das zu vergessen. Es gab Schule für alle, nicht nur für Telepathen, die noch in schulpflichtigem Alter waren. Er setzte Dr. Devereaux, Mrs. O'Toole und Mr. Krishnamurti als Schulausschuß ein, und bald wurden Kurse für praktisch alles angeboten, von Aktzeichnen bis zur Geschichte der Antike. Der Kapitän selbst hielt letzteren ab; es stellte sich heraus, daß er Sargon den Zweiten und Sokrates wie Brüder kannte.

Onkel Alfred versuchte, sich in sämtliche Kurse einzuschreiben, was unmöglich war, selbst wenn er nicht gegessen, geschlafen oder Wache gehalten hätte. Er hatte nie Zeit für all die schulische Ausbildung gehabt, die er sich gewünscht hatte, und jetzt endlich würde er sie bekommen. Selbst mein wirklicher Onkel Steve schrieb sich in ein paar Kurse ein. Allem Anschein nach zeigte ich Überraschung darüber, denn er meinte: »Schau, Tom, ich habe auf meiner ersten Reise festgestellt, daß der Weltraum nur dadurch erträglich wird, daß man etwas zu lernen hat und das dann auch tut. Früher habe ich Fernkurse genommen. Aber diese Blechbüchse enthält die beste Sammlung von wirklich intelligenten Leuten, die du wahrscheinlich je auf einem Haufen sehen wirst. Wenn du das nicht ausnutzt, bist du ein Idiot. Mama O'Tools Kochkurs, zum Beispiel: wo sonst findet man schon eine *Cordon-Bleu*-Absolventin, die bereit ist, dich ihre Kunst gratis zu lehren? Sag doch selbst!«

Ich wandte ein, daß für mich wohl nicht die Notwendigkeit bestehen würde, Nouvelle Cuisine zu beherrschen.

»Was hat das denn damit zu tun? Lernen ist nicht ein Mittel zum Zweck; es ist ein Zweck in sich. Schau dir doch Onkel Alf an. Der ist so vergnügt wie ein Junge mit einer neuen Steinschleuder. Und außerdem, wenn du dich nicht irgendwo einträgst, dann wird der alte Doc Devereaux irgendeine Möglichkeit finden, dich beschäftigt zu halten, und wenn es nur mit Zählen von Nieten wäre. Warum meinst du wohl, daß der Captain ihn zum Vorsitzenden des Erziehungsausschusses gemacht hat?«

»Daran hatte ich nicht gedacht.«

»Nun, dann tu es jetzt. Die größte Gefahr in der Weltraumfahrt ist es, Sargkoller zu kriegen. Man ist auf lange Zeit auf engem Raum eingesperrt, und draußen gibt es nichts als mächtig dünnes Vakuum. Keine Straßenlampen, keine Kegelbahnen. Drinnen sind dieselben alten Gesichter, und du fängst an, sie zu hassen. Also sorgt ein schlauer Kapitän dafür, daß du etwas hast, das dein Interesse wach hält und dich müde macht – und unserer ist der schlaueste, den du finden kannst, sonst wäre er nicht auf diesem Trip.«

Ich begann zu begreifen, daß es in der *Elsie* eine Menge Vorkehrungen dafür gab, daß wir gesund und einigermaßen glücklich blieben. Nicht nur Schule, sondern auch andere Dinge. Zum Beispiel die Anzahl der Leute, die wir an Bord hatten – beinahe zweihundert. Onkel Steve sagte mir, daß die *Elsie* mit etwa zehn Leuten als Schiff funktionieren konnte: ein Kapitän, drei Kontrolloffiziere, drei Ingenieuroffiziere, ein Kommunikator, ein Farmer, ein Koch. Und das ließ sich noch auf fünf reduzieren: zwei Kontrolloffiziere (einer als Kommandant), zwei für die Fackelwache und ein Farmer/Koch.

Warum dann zweihundert?

Zum einen war genügend Platz vorhanden. Die *Elsie* und die anderen Schiffe waren aus den gigantischen Frachtern umgebaut worden, die die ALF dazu einsetzt, um Pluto mit

Vorräten zu versorgen und um von dort spaltbares Material zur Erde zu transportieren. Zum zweiten brauchten sie einen großen wissenschaftlichen Stab, um die Planeten zu erforschen, die wir zu finden hofften. Zum dritten waren einige davon Ersatzteile, wie Reservecaptain Urqhardt und, nun, ich selbst. Einige von uns würden sterben oder getötet werden; aber das Schiff mußte seine Reise fortsetzen.

Aber das eigentlich Wichtige ist, wie ich feststellte, daß keine kleine, isolierte soziale Gruppe stabil sein kann. Dafür gibt es sogar eine besondere Mathematik mit empirischen Formeln und Symbolen für ›lateralen Druck‹ und ›Austauschvalenzen‹ und ›exogame Erleichterung‹. (Letzteres bedeutet einfach, daß die jungen Männer eines kleinen Dorfes sich ihre Frauen außerhalb des Dorfes suchen sollten.)

Oder betrachten Sie es so: Angenommen, Sie hätten da ein Ein-Mann-Raumschiff, das alleine einige Jahre kreuzen könnte. Nur ein Mann, der bereits auf eine bestimmte Art verrückt war, könnte ein solches Schiff betreiben – sonst würde er bald auf irgendeine andere Art durchdrehen und anfangen, die Schalter aus dem Armaturenbrett zu reißen. Oder nehmen Sie ein Zwei-Mann-Schiff: Wenn sie ein Paar einsetzen, das einander so mag wie Romeo und Julia, würde am Ende der Reise selbst Julia anfangen, Charaktereigenschaften einer schwarzen Witwe zu zeigen.

Drei ist ebenso schlimm, oder noch schlimmer, besonders, wenn sich zwei gegen einen zusammenrotten. Große Zahlen sind da viel sicherer. Selbst bei nur zweihundert Leuten gibt es genau 19900 Möglichkeiten, um aus ihnen Pärchen zu bilden, entweder als Freunde oder als Feinde – Sie sehen also, die sozialen Möglichkeiten schießen schnell in die Höhe, wenn man die Zahl vergrößert. Eine größere Gruppe bedeutet mehr Chancen, Freunde zu finden, und mehr Möglichkeiten, Leute zu meiden, die man nicht mag. An Bord eines Schiffes ist das schrecklich wichtig.

Neben den Wahlfächern hatten wir auch Pflichtfächer, die sich ›Schiffsausbildung‹ nannten – worunter der Kapitän verstand, daß jeder wenigstens einen Job lernen mußte, für den er sich nicht gemeldet hatte. Ich stand zwei Wachen im Dämpferraum, worauf Chefingenieur Roch schriftlich erklärte, daß seiner Ansicht nach nie ein Fackler aus mir werden würde, da ich einen angeborenen Mangel an Talent für Nuklearphysik an den Tag legte. Tatsächlich machte es mich nervös, so nahe bei einer nuklearen Energieanlage zu sein und zu begreifen, daß nur ein oder zwei Meter von mir entfernt die Hölle loderte.

Als Farmer erwarb ich mir auch keine besonderen Meriten. Ich verbrachte zwei Wochen in der Luftaufbereitungsanlage, und das einzige, was ich richtig machte, war das Füttern der Hühner. Als sie mich dabei ertappten, wie ich irgendwelche Kürbispflanzen, die Miß O'Toole besonders liebte, mit irgend etwas anderem zu kreuzen versuchte, ließ sie mich gehen, mehr in Sorge als im Zorn. »Tom«, sagte sie, »was machen Sie eigentlich gut?«

Ich dachte darüber nach. »Äh, ich kann Flaschen waschen ... und ich habe früher einmal Hamster gezüchtet.«

Also schickte sie mich in die Forschungsabteilung, und ich wusch im Chemielabor Kolben und fütterte die Versuchstiere. Die Kolben waren unzerbrechlich. Das Elektronenmikroskop durfte ich nicht anfassen. Das war nicht schlimm – ebensogut hätten sie mich in die Wäscherei stecken können.

Aus den 19900 Kombinationen, die in der *Elsie* möglich waren, waren Dusty Rhodes und ich eine der falschen. Ich hatte mich nicht für den Zeichenkurs gemeldet, weil er ihn abhielt; der Knirps war wirklich ein guter Zeichner. Ich weiß das, ich bin selbst recht gut und wäre gerne in dem Kurs gewesen. Was noch schlimmer war, er hatte einen widerwärtig hohen IQ, Geniebereich, viel höher als der meine, und konnte Ringe um mich herumreden. Hand in Hand damit gingen die Manieren eines Schweines und das gesellschaftliche Verhalten eines Stinktiers – ziemlich übel also, wie auch immer man es ansah.

›Bitte‹ und ›danke‹ gab es in seinem Vokabular nicht. Er machte nie sein Bett, wenn nicht irgend jemand, der die Macht dazu hatte, ihn zwang, und oft genug kam es vor, daß ich in die Kabine kam und ihn auf dem meinen liegen sah, wobei der das Laken verknitterte und schmutzig machte. Er hängte nie seine Kleider auf, hinterließ unser Waschbecken stets in schmutzigem Zustand, und seine beste Stimmung war ein mürrisches Schweigen.

Außerdem badete er sich nicht oft genug. An Bord eines Weltraumschiffes ist das ein Verbrechen.

Zuerst war ich nett zu ihm, dann schimpfte ich ihn aus, und dann bedrohte ich ihn. Schließlich erklärte ich ihm, wenn er wieder etwas auf meinem Bett liegenlassen würde, so würde das geradewegs in den Massekonverter wandern. Er feixte bloß, und am nächsten Tag fand ich seine Kamera auf meinem Bett und seine schmutzigen Socken auf meinem Kopfkissen. Ich warf die Socken ins Waschbecken, das er voll schmutzigem Wasser gelassen hatte, und schloß seine Kamera in meinen Spind ein, in der Absicht, ihn schmoren zu lassen, bis ich sie zurückgab.

Er gab keinen Ton von sich, aber kurz darauf war seine Kamera aus meinem Spind verschwunden, und dies trotz der Tatsache, daß er mit einem Kombinationsschloß abgesichert war, das die Firma Yale & Towne leichten Herzens als ›einbruchssicher‹ bezeichnet hatte. Meine sauberen Hemden waren auch verschwunden ... das heißt, sie waren nicht sauber; jemand hatte sich die Mühe gemacht, jedes einzelne gründlich zu verschmutzen.

Ich hätte mich nicht über ihn beklagt. Es war für mich eine Frage des persönlichen Stolzes gewesen, die Angelegenheit selbst in Ordnung zu bringen; die Vorstellung, ich könnte mit jemandem nicht klarkommen, der halb so groß wie ich und etliche Jahre jünger als ich war, hatte keinen Reiz für mich.

Aber dann sah ich mir an, was er mit meinen Kleidern angestellt hatte und sagte mir: »Thomas Paine, du solltest dir jetzt besser eingestehen, daß er dich geschafft hat, und um Hilfe schreien – andernfalls ist deine einzige Chance, auf Totschlag in Notwehr zu plädieren.«

Aber ich brauchte mich nicht zu beklagen. Der Captain ließ mich kommen; Dusty hatte sich über mich beschwert.

»Bartlett, der junge Rhodes sagt, Sie würden auf ihm herumhacken. Wie sieht die Lage von Ihrer Seite aus betrachtet aus?«

Ich fing an, mich aufzuplustern, um zu explodieren. Dann atmete ich tief durch und versuchte, mich zu beruhigen; der Captain wollte es wirklich wissen.

»Ich glaube nicht, Sir. Obwohl es zutrifft, daß wir nicht besonders gut miteinander auskommen.«

»Haben Sie Hand an ihn gelegt?«

»Äh ... geklebt habe ich ihm noch keine, Sir. Ich habe ihn mehr als einmal von meinem Bett gerissen; und sehr sanft war ich dabei nicht.«

Er seufzte. »Vielleicht hätten Sie ihm eine kleben sollen. So daß ich es nicht sehe, natürlich. Nun, erzählen Sie es mir. Versuchen Sie, es klar und vollständig darzustellen.«

Also sagte ich es ihm. Es klang trivial, und ich begann mich meiner selbst zu schämen. Der Captain hatte viel wichtigere Dinge, die ihn beschäftigten, als die Frage, ob ich nun mein Waschbecken säubern mußte, ehe ich mir das Gesicht waschen konnte, oder nicht. Aber er hörte mir zu.

Anstatt auf das einzugehen, was ich sagte, vielleicht mit der Bemerkung, ich müßte doch eigentlich imstande sein, besser mit einem Jüngeren zurechtzukommen, wechselte er das Thema.

»Bartlett, haben Sie die Illustration gesehen, die Dusty heute morgen in der Schiffszeitung hatte?«

»Ja, Sir. Wunderschön«, räumte ich ein. Es war ein Bild des großen Erdbebens in Santiago, das kurz nach unserem Abflug von der Erde stattgefunden hatte.

»Hm ... wir müssen Ihnen und Ihresgleichen ein wenig Freiraum einräumen. Der junge Dusty ist an Bord, weil er der einzige Telepath war, der Bilder empfangen und senden konnte.«

»Äh, ist das wichtig, Sir?«

»Das könnte es sein. Wir werden es erst dann wissen, wenn wir es brauchen. Aber es könnte von einschneidender Wichtigkeit sein. Sonst hätte ich nie zugelassen, daß ein so verzogener Bursche wie er an Bord kommt.« Er runzelte die Stirn. »Aber Dr. Devereaux ist der Ansicht, daß Dusty kein pathologischer Fall ist.«

»Äh, das habe ich auch nie gesagt, Sir.«

»Hören Sie mir bitte zu. Er sagte, der Junge hätte eine unausgeglichene Persönlichkeit – ein Gehirn, auf das ein ausgewachsener Mann stolz sein könnte, aber in der sozialen Entwicklung weit zurückgeblieben. Seine Einstellung und seine Wertmaßstäbe würden für einen Fünfjährigen passen, in Verbindung mit diesem klugen Hirn. Außerdem sagt Dr. Devereaux, er würde den kindischen Teil von Dustys Persönlichkeit dazu zwingen, erwachsen zu werden, oder sein Diplom zurückgeben.«

»So? Ich meine ›ja Sir‹.«

»Sie hätten ihm also eine schmieren sollen. Das einzige, was an dem Jungen nicht stimmt, ist, daß seine Eltern ihm gelegentlich eine Tracht Prügel hätten verpassen sollen, statt ihm zu sagen, wie intelligent er sei«, seufzte er. »Jetzt muß ich es tun. Devereaux sagt, ich sei das geeignete Vaterbild.«

»Ja, Sir.«

»›Ja, Sir‹, daß ich nicht lache. Das ist kein Schiff, das ist ein verrückter Kindergarten. Haben Sie sonst noch Schwierigkeiten?«

»Nein, Sir.«

»Das frage ich mich. Dusty hat sich auch beklagt, daß die regulären Kommunikatoren Sie und Ihre Kollegen als Mißgeburten, als ›Freaks‹, bezeichnen.« Er sah mich an.

Ich gab keine Antwort. Ich kam mir ein wenig albern vor.

»Jedenfalls werden sie das nicht wieder tun. Ich habe

einmal gesehen, wie ein Mannschaftsmitglied versuchte, einem anderen das Messer in den Leib zu rennen, bloß weil der ihn dauernd ›Glatzkopf‹ nannte. Meine Leute werden sich wie Ladies und Gentlemen benehmen, oder ich muß ein paar Köpfe gegeneinander knallen.« Er runzelte die Stirn. »Ich verlege Dusty in den Raum gegenüber meiner Kabine. Wenn Dusty Sie in Frieden läßt, lassen Sie ihn auch in Frieden. Wenn nicht ... Nun, dann sollten Sie nach eigenem Gutdünken vorgehen und dabei berücksichtigen, daß Sie für Ihre Handlungen verantwortlich sind. Aber denken Sie auch daran, daß ich von keinem Menschen erwarte, daß er sich wie ein Fußabstreifer verhält. Das wäre alles. Wiedersehn.«

VIII Relativität

Ich befand mich seit einer Woche in der *Elsie,* als die Entscheidung getroffen wurde, daß Pat operiert würde. Pat sagte mir, daß sie es tun würden, aber er redete nicht viel darüber. Er gab sich ganz als eiserner Mann, so als hätte er vor, Erdnüsse zu essen und Comics zu lesen, während sie an ihm herumschnipselten. Ich denke, daß er in Wirklichkeit eine Heidenangst hatte ... so wie ich das auch gehabt hätte.

Nicht daß ich es verstanden hätte, wenn ich die Details gekannt hätte. Ich bin kein Neurochirurg, noch verstehe ich sonst viel von Chirurgie; bei mir reicht's etwa bis zum Herausziehen eines Splitters.

Aber es bedeutete, daß wir eine Weile von der Wachliste genommen werden mußten, also sagte ich es Commander Frick. Er wußte es bereits aus den Informationen, die zwischen dem Schiff und der ALF hin- und hergelaufen waren. Er wies mich an, mich am Tag vor der Operation von der Wachliste nehmen zu lassen und mich während seiner Genesungszeit für Sonderdienst bereit zu halten. Für ihn machte es keinen Unterschied. Nicht nur, daß da andere Telepaare zur Verfügung standen, nein, wir hatten auch noch Funkverbindung mit der Erde.

Zwei Wochen nach unserem Start und am Tag vor Pats Operation saß ich in meiner Kabine und fragte mich, ob ich ins Kommunikationsbüro gehen und meine wertvollen Dienste zum Säubern von Papierkörben oder für das Mikroverfilmen von Akten anbieten sollte, oder einfach herumsitzen, bis jemand nach mir verlangte.

Ich hatte mich für letzteres entschieden, wobei ich mich an Onkel Steves Ratschlag erinnerte, mich nie freiwillig zu melden, und klappte gerade meine Pritsche herunter, als der Lautsprecher dröhnte: »T. P. Bartlett, Sonderkommunikator, melden Sie sich beim Relativisten!«

Ich klappte die Pritsche wieder hoch und fragte mich, ob wohl irgendwo in dem Raum ein Spionauge verborgen war – jedesmal, wenn ich während der Arbeitszeit meine Pritsche herunterklappte, schien das dazu zu führen, daß ich ausgerufen wurde. Dr. Babcock war nicht im Kontrollraum, und die jagten mich hinaus, aber nicht, bevor ich mich schnell umgesehen hatte; der Kontrollraum war für jeden, der dort nicht eingeteilt war, gesperrt. Ich fand ihn im Computerraum, gegenüber dem Kommunikationsbüro, wo ich normalerweise auch zuerst nachgesehen hätte, wenn ich nicht den Kontrollraum hätte sehen wollen.

Ich sagte: »T. P. Bartlett, Kommunikator Klasse zehn, meldet sich wie befohlen beim Relativisten.«

Dr. Babcock schwang in seinem Sessel herum und sah mich an. Er war ein großer, grobknochiger Mann, der ganz aus Händen und Füßen zu bestehen schien. Eigentlich wirkte er eher wie ein Holzfäller als wie ein mathematischer Physiker. Ich glaube, er kehrte das auch ein wenig heraus – Ellbogen auf dem Tisch und absichtlich schlechte Grammatik. Onkel Steve sagte, Babcock hätte mehr Ehrendoktortitel als die meisten Leute Socken besitzen.

Er starrte mich an und lachte: »Wo haben Sie denn diese gespielte Kasernenhoftour her, junger Mann? Setzen Sie sich hin. Sie sind Bartlett?«

Ich setzte mich. »Ja, Sir.«

»Was ist da los, daß Sie und Ihr Zwilling sich von der Einsatzliste streichen lassen?«

»Nun, mein Bruder ist in einem Krankenhaus, Sir. Die operieren morgen an seiner Wirbelsäule.«

»Warum haben Sie mir das nicht gesagt?« Ich antwortete darauf nicht, weil es so unvernünftig war; ich war nicht einmal in seiner Abteilung. »Frick sagt mir nie etwas, der Captain sagt mir nie etwas, und jetzt sagen Sie mir auch noch nie etwas. Ich muß in der Kombüse herumhängen und auf den Klatsch hören, um zu erfahren, was läuft. Ich hatte vor, Sie morgen in die Mangel zu nehmen. Das wissen Sie doch, oder?«

»Äh, nein, Sir.«

»Natürlich nicht, weil ich auch nie einem etwas sage. Und so soll man ein Schiff führen! Ich hätte in Wien bleiben sollen. Das ist eine nette Stadt. Haben Sie je am Ring Kaffee und Kuchen gegessen?« Er wartete nicht auf Antwort. »Trotzdem hatte ich vor, mir morgen Sie und Ihren Zwilling vorzunehmen – also werden wir es jetzt eben heute tun. Sagen Sie ihm, er soll sich bereithalten.«

»Äh, was wollen Sie denn, daß er macht, Doktor? Die haben ihn bereits in ein Krankenhaus verlegt.«

»Sagen Sie ihm einfach, er soll sich bereithalten. Ich werde Sie beide kalibrieren. Das ist alles. Ihren Indexfehler feststellen.«

»Sir?«

»Sagen Sie es ihm einfach.«

Also rief ich Pat. Ich hatte seit dem Frühstück nicht mit ihm gesprochen und fragte mich jetzt, wie er es wohl aufnehmen würde.

Aber er wußte bereits Bescheid. *»Ja, ja«*, sagte er mit müder Stimme. *»Die bauen gerade in meinem Krankenhauszimmer Apparate auf. Mutter hat einen solchen Wirbel gemacht, daß ich sie wegschicken mußte.«*

(»Hör zu, Pat, wenn du das nicht tun willst, was auch immer es sein mag, dann sage ich denen, daß nichts läuft. Das ist eine Zumutung.«)

»Welchen Unterschied macht es schon?« fragte er gereizt. *»Ich muß die nächsten sechzehn Stunden ohnehin irgendwie rumkriegen. Außerdem ist das vielleicht das letztemal, daß wir zusammen arbeiten.«*

Das war jetzt das erstemal, daß er sich anmerken ließ, daß

ihm die Sache doch an die Nieren ging. So sagte ich hastig. (»Red nicht so, Pat. Du wirst wieder gesund. Du wirst wieder gehen können. Sogar Skilaufen wirst du wieder können, wenn du Lust hast.«)

»Spiel mir jetzt bloß nicht den Vergnügten. Ich krieg von der Familie schon mehr davon, als ich ertragen kann. Richtig zum Kotzen ist das.«

(»Jetzt hör mal, Pat ...«)

»Schlucks runter, schlucks runter! Bringen wir das hinter uns, was die vorhaben.«

(»Also schön.«) Und dann sagte ich laut. »Er ist bereit, Doktor.«

»Halbe Minute. Lassen Sie Ihre Kamera anlaufen, O'Toole.« Dr. Babcock berührte etwas auf seinem Schreibtisch. »Commander Frick?«

»Ja, Doktor«, antwortete Fricks Stimme.

»Wir sind soweit. Kommen Sie herein?«

»Hier ist alles bereit«, hörte ich meinen Chef antworten. »Wir kommen rein.«

Einen Augenblick darauf kam er mit Anna Horoshen herein. Unterdessen sah ich mich um. Eine ganze Wand des Computerraums war ein Computer, kleiner als der in Los Alamos, aber nicht viel. Die blitzenden Lichter mußten für irgend jemand etwas bedeutet haben. Im rechten Winkel dazu saß Mr. O'Toole an der Konsole, und über der Konsole war ein großer Bildschirm; in Abständen von etwa einer Sekunde blitzte in der Mitte ein Licht auf.

Anna nickte, ohne zu sprechen. Ich wußte, daß sie in Verbindung sein mußte. Pat sagte: *»Tom, du mußt da ein Mädchen namens Anna Horoshen an Bord haben. Ist sie in der Nähe?«*

(»Ja. Warum?«)

»Grüß sie von mir – ich hab sie in Zürich gekannt. Ihre Schwester Becky ist hier.« Er schmunzelte, und mir war gleich wohler. *»Die sieht gut aus, wie? Maudie ist eifersüchtig.«*

Babcock sagte zu Frick: »Sagen Sie ihnen, die sollen sich

bereithalten. Erster Synchronisierungslauf, angefangen am anderen Ende.«

»Sagen Sie es ihnen, Anna.«

Sie nickte. Ich fragte mich, warum die sich die Mühe mit einem zweiten Telepaar machten, wo sie doch durch mich und Pat sprechen konnten. Aber dann wußte ich bald Bescheid: Pat und ich waren zu beschäftigt.

Pat gab tickende Laute von sich wie eine Uhr; ich wurde aufgefordert, sie zu wiederholen ... und jedesmal, wenn ich das tat, blitzte wieder ein Licht auf dem Schirm auf. Babcock beobachtete es und drehte mich dann so herum, daß ich es nicht mehr sehen konnte, und klebte mir ein Mikrofon unter die Stimmbänder. »Nochmal.«

Pat sagte: *»Bereithalten ...«* und fing wieder zu ticken an. Ich gab mir die größte Mühe, mit ihm zu ticken, aber das Ganze war die albernste Vorstellung, die man sich denken konnte. Ich hörte, wie Babcock leise sagte: »Damit haben wir das Feedback und die Verzögerung infolge der Schallgeschwindigkeit eliminiert. Ich wünschte, es gäbe eine Möglichkeit, die synaptische Geschwindigkeit etwas besser zu messen.«

»Haben Sie schon mit Dev darüber gesprochen?« wollte Frick wissen.

Ich fuhr fort zu ticken.

»Jetzt ein umgekehrter Lauf, junge Dame«, sagte Babcock und stülpte mir Kopfhörer über den Schädel. Ich hörte sofort ein Ticken wie das, das Pat ausgesendet hatte. »Was Sie da hören, ist ein Spektralmetronom, junger Freund, das seine Zeitimpulse von monochromatischem Licht bekommt. Vor dem Verlassen der Erde haben wir es mit dem synchronisiert, das Ihr Bruder benutzt. Jetzt ticken Sie wieder.«

Also tickte ich. Es hatte eine hypnotische Qualität an sich; es war leichter, damit Schritt zu halten und zu ticken als wieder aus dem Tritt zu kommen. Es war unmöglich, es zu ignorieren. Ich begann schläfrig zu werden, aber ich fuhr fort zu ticken. Ich konnte nicht aufhören.

»Ende des Laufs«, verkündete Babcock. Das Ticken verstummte, und ich rieb mir die Ohren.

»Dr. Babcock?«

»Hm?«

»Wie können Sie ein Ticken von einem anderen unterscheiden?«

»Hm? *Sie* können das nicht. Aber O'Toole kann es. Er hat das alles auf Film, und am anderen Ende genauso. Zerbrechen Sie sich nicht den Kopf darüber. Versuchen Sie nur, im Takt zu bleiben.«

Der Unfug dauerte mehr als eine Stunde, wobei manchmal Pat sendete und manchmal ich. Am Ende blickte O'Toole auf und sagte:

»Jetzt setzt der Ermüdungsfaktor ein, Doc. Die Sekundendifferenzen nehmen zu.«

»Okay, das wärs dann«, verkündete Babcock. Er wandte sich mir zu. »Sie können Ihrem Bruder meinen Dank ausrichten und Schluß machen.«

Commander Frick und Anna gingen hinaus. Ich blieb noch da. Nach einer Weile blickte Dr. Babcock von seinem Schreibtisch auf und sagte: »Sie können gehen, Junge. Danke.«

»Äh, Dr. Babcock?«

»Hm? Was ist denn?«

»Würde es Ihnen etwas ausmachen, mir zu sagen, was das alles soll?«

Er wirkte überrascht und sagte dann: »Tut mir leid. Ich bin es nicht gewöhnt, Leute zu gebrauchen anstatt Instrumente; das vergesse ich immer. Okay, setzen Sie sich. Das ist der Grund, weshalb man Euch Telepathen mitgenommen hat: für Forschungen über die Natur der Zeit.«

Ich starrte ihn an. »Sir? Ich dachte, wir seien dabei, um über die Planeten zu berichten, die wir zu finden hoffen.«

»Oh, das – nun, wahrscheinlich schon. Aber das hier ist viel wichtiger. Es gibt ohnehin schon zu viele Leute; warum also noch neue Kolonien gründen? Ein Mathematiker könnte das Bevölkerungsproblem in Nullkommanichts lösen – man brauchte nur jeden Zweiten zu erschießen.«

O'Toole meinte, ohne aufzublicken: »Das ist es, was ich so an Ihnen mag, Chef, Ihr großes, warmes Herz.«

»Ruhe auf der Galerie, wenn ich bitten darf. Nun, mein Sohn, wir haben heute versucht herauszufinden, was Zeit eigentlich ist.«

Ich muß genauso verblüfft ausgesehen haben, wie mir zumute war, denn er fuhr fort: »Oh, wir *wissen*, was Zeit ist ... aber auf zu viele Arten. Sehen Sie das?« Er wies auf den Bildschirm, der immer noch unermüdlich jede Sekunde einen Lichtpunkt machte. »Das ist Greenwich-Zeit, über Funk hereingeholt und für relative Geschwindigkeit und Geschwindigkeitsveränderung korrigiert. Dann ist da die Zeit, die Sie über die Kopfhörer gehört haben. Das ist die Zeit, nach der das Schiff läuft. Dann ist da noch die Zeit, die Sie von Ihrem Bruder hereinbekommen und an uns weitergegeben haben. Wir versuchen, die alle miteinander zu vergleichen, aber das Ärgerliche ist, daß wir Leute mit einbauen müssen, und wenn auch für das menschliche Nervensystem eine Zehntelsekunde eine kurze Zeit ist, ist eine Mikrosekunde in der Physik eine meßbar lange Zeit. Jedes Radarsystem spaltet eine Mikrosekunde ebenso leicht auf wie Sie ein Pfund Butter in zwei Teile schneiden. Also machen wir eine Menge Läufe, um unsere eigene Unwissenheit auszugleichen.«

»Ja, aber was erwarten Sie denn, daß Sie finden werden?«

»Wenn ich es ›erwartete‹, würde ich es nicht tun. Aber man könnte sagen, wir versuchen herauszufinden, was das Wort ›simultan‹ bedeutet.«

Mr. O'Toole blickte von seiner Konsole auf. »Wenn es etwas bedeutet«, fügte er hinzu.

Dr. Babcock warf ihm einen Blick zu. »Sind Sie immer noch da? ›Wenn es etwas bedeutet.‹ Mein Sohn, seit dem großen Doktor Einstein waren ›simultan‹ und ›Simultaneität‹ für Physiker schmutzige Begriffe. Wir wehrten uns gegen das Konzept, leugneten, daß es eine Bedeutung hätte, und bauten ohne diesen Begriff eine grandiose Struktur der theoretischen Physik auf. Dann seid ihr Gedankenleser erschienen und habt das Ganze vom Tisch gewischt. Oh, schauen Sie mich nicht so schuldbewußt an; jedes Haus braucht hin und wieder ein Großreinemachen. Wenn ihr Leute euren Jahrmarkttrick einfach nur mit Lichtgeschwindigkeit vollführt hättet, dann hätten wir euch einen Platz in den Akten zugewiesen und euch vergessen. Aber ihr habt unhöflicherweise darauf bestanden, es ungeheuer viel schneller als mit Lichtgeschwindigkeit zu tun, und das hat euch ebenso willkommen gemacht wie ein Schwein bei einer Hochzeit. Ihr habt uns Physiker in zwei Schulen gespalten, diejenigen, die euch als rein psychologische Phänomene klassifizieren wollen, die die Physik nichts angehen – das sind die ›Augen-schließen-dann-verschwindet-es‹-Jungs, und eine zweite Schule, die erkennt, daß man das, was ihr tut, immerhin messen kann, und es daher Sache der Physik ist, es zu messen und einzuschließen ... da die Physik über allem anderen das Gewerbe ist, in dem die Dinge gemessen werden und in dem man ihnen definierte numerische Werte zuteilt.«

»Jetzt werden Sie philosophisch, Chef«, sagte O'Toole.

»Sie kümmern sich um Ihre Nummern, O'Toole; Sie haben keine Seele. Diese Burschen wollen messen, wie schnell Sie das machen. Denen ist es egal, wie schnell – die haben sich bereits von dem Schlag erholt, daß ihr es schneller als das Licht tut – aber sie wollen wissen wie schnell genau. Sie können sich einfach nicht mit der Vorstellung abfinden, daß ihr es ›unverzüglich‹ tut, denn das würde erfordern, daß die in eine ganz andere Kirche gehen. Sie wollen eine definierte Ausbreitungsgeschwindigkeit festlegen, so und soviel mal schneller als die Lichtgeschwindigkeit. Dann können sie ihre alten Gleichungen modifizieren und fortfahren, ihre Geschäfte nach dem alten Schema zu machen.«

»Das werden sie«, pflichtete O'Toole ihm bei.

»Und dann gibt es da eine dritte Denkschule, die richtige ... meine eigene.«

O'Toole gab, ohne aufzublicken, ein unhöfliches Geräusch von sich.

»Fängt Ihr Asthma wieder an, Sie zu plagen?« fragte Babcock besorgt. »Übrigens, haben Sie irgendwelche Resultate bekommen?«

»Die tun es immer noch in Nullkommanichts. Gemessene Zeit ebenso oft negativ wie positiv, und nie größer als der inhärente Beobachtungsfehler.«

»Sehen Sie, mein Sohn? Das ist die korrekte Schule. Man messe, was geschieht, und lasse die Splitter dorthin fallen, wo sie wollen.«

»Hört, hört!«

»Still, Sie abtrünniger Ire. Außerdem, ihr Telepathen gebt uns die erste echte Chance, eine andere Angelegenheit zu überprüfen. Sind Sie mit den Relativitätstransformationen vertraut?«

»Sie meinen Einsteins Gleichungen?«

»Sicher. Kennen Sie die, die sich mit der Zeit befaßt?«

Ich überlegte scharf. Pat und ich hatten auf der Oberschule Physik belegt. Aber das lag eine ganze Weile zurück. Ich schnappte mir ein Blatt Papier und schrieb hin, was ich für die richtige Gleichung hielt:

$$t_o = t \sqrt{1 - \frac{v^2}{c^2}}$$

»Richtig«, nickte Dr. Babcock. »Bei einer relativen Geschwindigkeit von ›v‹ entspricht das Zeitintervall in der ersten Bezugsebene dem Zeitintervall der zweiten Bezugsebene, multipliziert mit der Quadratwurzel von eins minus dem Quadrat der relativen Geschwindigkeit geteilt durch das Quadrat der Lichtgeschwindigkeit. Das ist natürlich nur der Sonderfall für konstante Geschwindigkeiten; für Beschleunigung ist es komplizierter. Aber es hat viele Auseinandersetzungen darüber gegeben, was die Zeitgleichungen bedeuten, oder ob sie überhaupt etwas bedeuten.«

»Was?« platzte ich heraus. »Ich dachte, die Einstein'sche Theorie sei bewiesen worden?« Plötzlich kam mir in den Sinn, daß wir, wenn die Relativitätsgleichungen falsch waren, mächtig lange weg sein würden – Tau Ceti, unser Zielstern, war elf Lichtjahre von der Sonne entfernt ... und das war nur die erste Station; die anderen lagen ein gutes Stück weiter weg.

Aber *alle* sagten, daß die Monate, sobald wir uns einmal der Lichtgeschwindigkeit näherten, wie Tage an uns vorbeiziehen würden. Die Gleichungen haben das besagt.

»Hören Sie nur zu. Wie beweisen Sie denn, daß Eier in einem Vogelnest sind? Strapazieren Sie Ihre grauen Zellen nicht: Sie müssen auf den Baum klettern und nachsehen. Es gibt keine andere Methode. Und jetzt klettern wir den Baum hinauf.«

»Fein!« sagte O'Toole. »Gehen Sie und klettern Sie auf einen Baum.«

»Hier drinnen ist es laut. Eine Schule behauptete, die Gleichungen bedeuteten lediglich, daß eine Uhr etwas anderes anzeigen würde, wenn man sie von einem vorüberziehenden Stern aus abliest ... was man nicht kann ... aber daß es in Wirklichkeit kein Strecken oder Schrumpfen der Zeit gäbe, was auch immer ›in Wirklichkeit‹ bedeutet. Eine andere Schule wies auf die begleitenden Gleichungen hin, die sich mit Länge und Masse befaßten, und behaupteten, das berühmte Michelson-Morley-Experiment hätte gezeigt, daß die Längentransformation ›wirklich‹ sei, und betonte dabei, daß das Massenwachstum in der Partikelbeschleunigerballistik und auch sonstwo in der Kernphysik regelmäßig berechnet und eingesetzt würde – so zum Beispiel in der Fackel, die dieses Schiff treibt. Also argumentierten sie, daß die Veränderung im Zeitablauf real sein muß, weil die verwandten Gleichungen in der Praxis funktionierten. Aber niemand wußte es. Sie werden schon auf den Baum steigen und nachsehen müssen.«

»Wann werden wir es wissen?« Ich war immer noch beunruhigt. Daß ich einige Jahre nach Einsteinzeit im Schiff würde bleiben müssen, hatte ich einkalkuliert. Daß ich dabei getötet werden könnte, so wie Onkel Steve das vermutete, darüber weigerte ich mich, mir den Kopf zu zerbrechen. Aber an Altersschwäche in der *Elsie* zu sterben, war nicht das, worauf ich gerechnet hatte. Es war ein makabrer Gedanke, auf Lebenszeit in diese stählernen Wände eingesperrt zu sein.

»Wann? Nun, wir wissen es schon in diesem Augenblick.«

»So? Und wie lautet die Antwort?«

»Sie sollen nicht drängeln, mein Sohn. Wir sind jetzt seit zwei Wochen mit einer Beschleunigung von 124 % von ein g unterwegs; wir haben jetzt etwa 14400 Kilometer pro Sekunde erreicht. Wir sind noch nicht sehr weit gekommen – sagen wir siebeneinhalb Lichtstunden, oder etwa 8720000000 Kilometer. Es wird beinahe ein Jahr dauern, bis wir uns an die Lichtgeschwindigkeit angenähert haben. Nichtsdestoweniger haben wir schon einen beträchtlichen Prozentsatz jener Geschwindigkeit erreicht, etwa fünf Prozent; das reicht schon, um sich bemerkbar zu machen. Leicht zu messen mit Hilfe von euch Gedankenlesern.«

»Nun, Sir? Ist es eine reale Zeitdifferenz? Oder ist es nur relativ?«

»Sie gebrauchen die falschen Worte. Aber es ist ›real‹, soweit das Wort überhaupt etwas bedeutet. Das Verhältnis beträgt jetzt etwa 99,9 %.«

»Um es genau auszudrücken«, fügte Mr. O'Toole hinzu, »Bartletts Schlupf – das ist ein technischer Fachausdruck, den ich gerade erfunden habe – sein ›Schlupf‹ in der Zeitrate in bezug auf seinen Zwilling hat jetzt zwölf von zehntausend erreicht.«

»Sie wollen mich also wegen eines Fünfzigstels eines Prozents zum Lügner machen?« beklagte sich Babcock. »O'Toole, warum habe ich Sie mitkommen lassen?«

»Damit Sie jemand haben, der Ihnen Ihre Rechenaufgaben macht«, antwortete sein Assistent selbstgefällig.

Pat sagte mir, daß er mich nicht dabeihaben wollte, wenn sie ihn operierten, aber ich kam trotzdem. Ich schloß mich in mein Zimmer ein, damit niemand mich stören konnte, und blieb bei ihm. Er machte eigentlich keine Einwände; jedesmal, wenn ich etwas sagte, antwortete er, und je näher wir an den Termin heranrückten, desto mehr redete er ... ein vergnügtes Plappern über Nichts und Alles. Mich täuschte er damit nicht.

Als sie ihn in den OP-Raum rollten, sagte er: *»Tom, du solltest meine Anästhesieärztin sehen. Hübsch wie ein Sonnentag und gerade in der richtigen Größe, um sie auf den Schoß zu setzen.«*

(»Trägt sie nicht eine Maske vor dem Gesicht?«)

»Nun, ganz bedeckt die das aber nicht. Ich kann ihre hübschen blauen Augen sehen. Ich denke, ich werd sie fragen, was sie heute abend vorhat.«

(»Maudie wird das nicht gefallen.«)

»Halt Maudie da raus; ein kranker Mann hat Anspruch auf einige Privilegien. Augenblick mal; ich werd sie fragen.«

(»Was hat sie gesagt?«)

»Sie hat gesagt ›nicht viel‹ und daß ich ein paar Tage genau dasselbe tun würde. Aber ich werd mir ihre Telefonnummer beschaffen.«

(»Ich wette zwei gegen fünf, daß sie die dir nicht gibt.«)

»Nun, ich kann's versuchen ... Nnn! Zu spät; die fangen jetzt an ... Tom, du würdest nie glauben, wie groß diese Nadel ist; wie ein Luftschlauch. Sie sagt, ich soll zählen. Rein zum Spaß. Eins ... zwei ... drei ...«

Pat kam bis sieben, und ich zählte mit, und die ganze Zeit wuchs in mir eine unerträgliche Spannung, in die sich Furcht mischte. Ich wußte jetzt, was er allem Anschein nach von Anfang an gewußt hatte, nämlich, daß er es nicht überstehen würde. Als er bei sieben angelangt war, verlor er den Faden, aber sein Bewußtsein verstummte nicht. Vielleicht dachten die, die den Operationstisch umstanden, daß sie ihn bewußtlos gemacht hätten, aber ich wußte es besser. Er war drinnen gefangen und schrie danach, jemand sollte ihn herauslassen.

Ich rief ihm zu, und er rief zurück, aber wir konnten einander nicht finden. Dann war ich ebenso gefangen und verloren und konfus wie er, und wir tasteten in der Dunkelheit und der Kälte und dem Alleinsein jenes Ortes, an dem man stirbt.

Dann spürte ich, wie das Messer an seinem Rücken herumzuschnitzen begann und schrie.

Das Nächste, woran ich mich erinnere, sind ein paar Gesichter, die über meinem Gesicht schwebten. Jemand sagte: »Ich glaube, jetzt kommt er zu sich, Doktor.« Die Stimme gehörte niemandem, sie kam aus weiter Ferne.

Dann war da nur noch ein Gesicht und es sagte: »Fühlen Sie sich besser?«

»Ich denke schon. Was ist passiert?«

»Trinken Sie das. Hier, ich halte Ihnen den Kopf.«

Als ich nach einiger Zeit wieder aufwachte, war ich ziemlich hellwach und konnte sehen, daß ich mich in der Krankenstation des Schiffes befand. Dr. Devereaux war auch da und sah mich an. »Sie haben sich also dafür entschieden aufzuwachen, junger Mann?«

»Aufzuwachen, Doktor? Was ist geschehen?«

»Ich weiß nicht genau, aber Sie haben das perfekte klinische Bild eines Patienten geliefert, der im Operationsschock stirbt. Als wir schließlich das Schloß an Ihrer Türe aufgebrochen hatten, waren Sie schon ganz weit hinüber – Sie haben es uns schwer gemacht. Können Sie mir mehr darüber erzählen?«

Ich versuchte nachzudenken, dann erinnerte ich mich.

Pat! Ich rief ihn in meinem Bewußtsein. (»Pat! Wo bist du, Junge?«)

Er gab keine Antwort. Ich versuchte es noch einmal, und er gab immer noch keine Antwort, also wußte ich Bescheid. Ich setzte mich auf und würgte mit einiger Mühe hervor: »Mein Bruder ... er ist *gestorben*!«

»He!« macht Dr. Devereaux. »Ganz ruhig. Legen Sie sich hin. Er ist nicht tot ... es sei denn, er wäre in den letzten zehn Minuten gestorben.«

»Aber ich kann ihn nicht erreichen! Woher wissen Sie das? Ich kann ihn nicht erreichen, sage ich!«

»Runter von der Decke. Ich hab ihn schließlich den ganzen Morgen über die wachhabenden Telepathen überprüft. Er hat ein Achtel Gran Hypnal bekommen und ruht, deshalb können Sie ihn nicht erreichen. Ich mag dumm sein, Sohn – ich *war* dumm, weil ich Sie nicht gewarnt habe herauszubleiben – aber ich bastle schon lange genug an dem menschlichen Bewußtsein herum, um mir angesichts der Umstände etwa vorstellen zu können, was Ihnen widerfahren ist. Eine einzige Entschuldigung ist, daß wir nie mit solchen Umständen zu tun hatten.«

Ich wurde etwas ruhiger. Daß ich Pat nicht wecken konnte, wenn sie ihn unter Drogen hatten, machte Sinn. Auf Dr. Devereaux' Befragen schaffte ich es, ihm mehr oder weniger zu schildern, was geschehen war – nicht perfekt, weil man einem anderen nicht wirklich sagen kann, was im eigenen Kopf vorgeht. »Äh, war die Operation denn erfolgreich?«

»Der Patient hat sie in gutem Zustand überstanden. Wir werden später darüber reden. Und jetzt drehen Sie sich um.«

»Hm?«

»Sie sollen sich umdrehen. Ich möchte mir Ihren Rücken ansehen.«

Er sah ihn sich an, dann rief er zwei seiner Mitarbeiter herbei. Schließlich berührte er mich. »Tut das weh?«

»Autsch! O ja, die Haut ist da ziemlich zart. Was ist mit meinem Rücken, Doktor?«

»Eigentlich gar nichts. Aber Sie haben zwei perfekte Stigmata, genau mit den Mustern von Macdougals Operation ... und das ist die Technik, die man an Ihrem Bruder angewendet hat.«

»Äh, was bedeutet das?«

»Das bedeutet, daß der menschliche Geist kompliziert ist, und wir nicht viel darüber wissen. Jetzt rollen Sie sich zur Seite und schlafen Sie. Ich werde Sie ein paar Tage im Bett festhalten.«

Ich hatte nicht die Absicht zu schlafen, aber ich tat es doch. Später weckte mich Pat. *»Hey, Tom! Wo bist du? Komm raus.«*

(»Hier bin ich. Was ist denn los?«)

»Tom ... Ich hab meine Beine wieder!«

Ich antwortete (»Yeah, ich weiß schon«) und schlief weiter.

IX Verwandte

Als Pat einmal seine Lähmung hinter sich hatte, hätte es für mich auf der ganzen Welt keine Probleme mehr geben sollen, denn schließlich hatte ich alles, was ich wollte. Aber irgendwie lief es nicht so. Vor seiner Verletzung hatte ich gewußt, warum ich der Dumme war: weil er die Fahrt machen würde und ich nicht. Nach seiner Verletzung empfand ich Schuldgefühle, weil ich infolge seines Mißgeschicks das bekam, was ich wollte. Es schien einfach nicht richtig, glücklich zu sein, wo er ein Krüppel war, insbesondere wo es dieser sein Zustand als Krüppel war, der mir das gebracht hatte, was ich wollte.

Demzufolge hätte ich nun, da er wiederhergestellt war, glücklich sein müssen.

Waren Sie jemals auf einer Party, wo Sie sich hätten amüsieren sollen und plötzlich erkannten, daß Sie eben das nicht taten? Ohne besonderen Grund, einfach eine Welt grau in grau und ohne Freude.

Einige der Dinge, die mich so mißmutig stimmten, konnte ich erkennen. Zuerst war da Dusty gewesen, aber das war geklärt. Dann die anderen Leute, besonders die Elektronenjongleure, mit denen wir Wache standen, die uns Freaks und alles mögliche andere nannten und sich auch so verhielten. Aber da hatte sich der Captain eingeschaltet, und als wir besser miteinander bekannt wurden, ließen die Leute auch solche Dinge bleiben. Die Relativistin, Janet Meers war eine Blitzrechnerin, was auch sie zu einem Freak machte, aber bei ihr akzeptierte jeder das als eine Selbstverständlichkeit, und nach einer Weile akzeptierten sie auch das, was wir taten, als selbstverständlich.

Nachdem wir außer Funkreichweite der Erde gelangt waren, nahm uns der Captain aus Commander Fricks Abteilung heraus und stellte uns als eigene Abteilung auf mit ›Onkel‹ Alfred McNeil als Abteilungsleiter, und Rupert Hauptman als seinem Assistenten – was bedeutete, daß Rup die Wachliste führte, während Onkel Alf am Messetisch das Sagen hatte und dafür sorgte, daß wir uns ordentlich benahmen. Wir mochten den Alten viel zu gern, um ihm viel Ärger zu machen, und wenn jemand Schwierigkeiten machte, dann blickte Onkel Alf traurig, und wir anderen brachten den Übeltäter wieder auf Vordermann. Es funktionierte.

Ich glaube, Dr. Devereaux hatte es dem Captain vorgeschlagen. Es war einfach nicht wegzudiskutieren, daß Commander Frick uns nicht mochte. Er war Elektroingenieur und hatte sein ganzes Leben mit besseren und immer besseren Kommunikationsanlagen verbracht ... Dann erschienen wir auf der Bildfläche und machten es ohne jegliche Geräte besser und schneller. Ich konnte es ihm nicht verübeln; mich hätte das auch geärgert. Aber mit Onkel Alf kamen wir besser zu Rande.

Ich nehme an, die *Vasco da Gama* war Teil meiner Probleme. Das Schlimmste an der Weltraumfahrt ist, daß absolut nichts passiert. Demzufolge war das größte Ereignis eines jeden Tages das Erscheinen der Morgenzeitung. Den ganzen Tag lang war jeder wachhabende Gedankenleser (wenn er nicht mit dem üblichen Verkehr befaßt war, der aber nicht viel Arbeit machte) mit dem Kopieren von Nachrichten beschäftigt. Wir bekamen die Nachrichtendienste gratis, ebenso wie die ganzen Kolumnen, und Dusty putzte das Ganze auf, indem er Bilder reproduzierte, die ihm sein Zwilling Rusty schickte. Der Kommunikator der Mittelwache übernahm die Redaktion, der Telepath und der Kommunikator der frühen Morgenwache druckten das Ganze und sorgten dafür, daß das Blatt beim Frühstück in der Messe vorlag.

Es gab überhaupt keine Frage, wieviel Text wir haben

konnten; es war einzig und allein die Frage, wieviel so wenig Leute vorbereiten konnten. Neben den Nachrichten aus dem Sonnensystem hatten wir auch noch Schiffsnachrichten, nicht nur von der *Elsie*, sondern auch von den elf anderen. Jeder (mit Ausnahme meiner Person), kannte Leute in den anderen Schiffen. Entweder hatten sie sich in Zürich kennengelernt, oder die alten Raumbären, wie der Captain und eine ganze Menge anderer, hatten Freunde, mit denen sie schon seit Jahren bekannt waren.

Zum größten Teil handelte es sich um gesellschaftliche Nachrichten, aber die machten uns mehr Spaß als die Nachrichten von der Erde und aus dem restlichen System, weil wir uns den Schiffen in der Flotte näher fühlten, obwohl sie Milliarden von Kilometern entfernt waren, und sich jede Sekunde weiter entfernten. Als Ray Gilberti und Sumire Watanabe in der *Leif Ericsson* heirateten, hielt jedes Schiff in der Flotte eine Feier ab. Als in der *Pinta* ein Baby geboren wurde und man unseren Captain zum Paten bestimmte, machte uns das alle stolz.

Mit der *Vasco da Gama* waren wir durch Cas Warner verbunden, und Miß Gamma Furtney verband uns durch ihre Drillinge Miß Alpha und Miß Beta mit der *Marco Polo* und der *Santa Maria*. Aber wir bekamen Nachrichten aus sämtlichen Schiffen durch Weitergabe. Flottennachrichten wurden nie gekürzt, selbst wenn das bei den Nachrichten von der Erde notwendig war. So wie die Dinge standen, beklagte sich Mama O'Toole, daß sie, wenn die Zeitungen noch umfangreicher würden, sie entweder nur einmal die Woche frische Laken und Kopfkissenbezüge ausgeben könnte, oder daß ihr die Ingenieurabteilung eine neue Wäscherei bauen müßte, bloß damit sie Zeitungen waschen konnte. Trotzdem hatte die Ökologieabteilung immer sauberes Papier bereit, für jede Ausgabe frisch gepreßt.

Gelegentlich druckten wir sogar Extranachrichten, wie zum Beispiel, als Lucille Lavonne den Titel einer »Miß Sonnensystem« gewann, und Dusty zeichnete ein Bild von ihr, das so perfekt war, daß man hätte schwören können, es sei eine Fotografie. Das führte zu einigem Papierverlust, da eine ganze Anzahl Leute ihre Kopien als Pin-ups benützten, anstatt sie zur Wiederaufbereitung zurückzugeben – ich selbst auch. Ich brachte Dusty sogar dazu, ein Autogramm unter die Zeichnung zu setzen. Das verblüffte ihn, freute ihn aber, wenn er es auch ziemlich unfreundlich aufnahm – ein Künstler hat das Recht darauf, daß er das Lob für seine Arbeit einheimst, sage ich, selbst wenn er ein giftiger kleiner Gnom ist.

Was ich damit zu sagen versuche, ist, daß die *Elsie Times* der Höhepunkt eines jeden Tages war, und daß die Flottennachrichten in ihr den wichtigsten Teil darstellten.

Ich hatte in der vorangegangenen Nacht wachfrei gehabt, trotzdem kam ich zu spät zum Frühstück. Als ich in die Messe eilte, waren alle wie üblich mit der *Times* beschäftigt – aber niemand aß. Ich setzte mich zwischen Van und Prudence und sagte: »Was ist los? Was haben die denn alle?«

Pru reichte mir wortlos eine Kopie der *Times*.

Die erste Seite war schwarz eingerahmt. Die Überschrift sprang mir in die Augen: VASCO DA GAMA VERLOREN

Ich konnte es nicht glauben. Die *Vasco* hatte Kurs auf Alpha Centauri, würde aber erst in vier Jahren nach Erdzeit dort eintreffen; sie war der Lichtgeschwindigkeit noch nicht einmal nahe. Es gab nichts, womit sie hätte Schwierigkeiten haben können, dort draußen, wo sie war. Es mußte ein Fehler sein.

Ich blätterte auf Seite 2, wo der Bericht angekündigt war. In einem Kasten war eine Mitteilung des Commodore der *Santa Maria* zu lesen: »(Offiziell) Um 0334 heute nach Greenwich Zeit riß der Kontakt zu TS *Vasco da Gama* (ALF 172) ab. Zu der Zeit waren zwei Spezialkreise eingesetzt, einer zur Erde und einer zur *Magellan*. In beiden Fällen setzte die Übertragung ohne Warnung aus, inmitten einer Nachricht und im selben Augenblick nach angepaßter Zeit. Das Schiff enthielt elf Spezialkommunikatoren; es hat sich als unmöglich erwiesen, mit irgendeinem von ihnen Verbindung aufzunehmen. Man muß daher annehmen, daß das Schiff verloren ist und es keine Überlebenden gibt.«

Die ALF-Mitteilung gab lediglich zu, daß das Schiff keinen Kontakt mehr hatte. Dann gab es da eine Erklärung unseres Captains und eine längere, journalistisch aufbereitete Story mit Kommentaren von den anderen Schiffen; ich las sie, aber eigentlich war die Schlagzeile das einzig Wichtige ... die *Vasco* war dort, wo Schiffe hingeraten, wenn sie nicht mehr zurückkommen.

Plötzlich bemerkte ich etwas und blickte auf. Cas Warners Stuhl war leer. Onkel Alf fing meinen Blick auf und sagte leise: »Er weiß es, Tom. Der Captain hat ihn kurz nachdem es passiert ist, geweckt, und es ihm gesagt. Das einzig Gute daran ist, daß er nicht mit seinem Bruder in Verbindung war, als es passierte.«

Ich war nicht sicher, ob Onkel Alf das richtig sah. Wenn es Pat erwischte, würde ich bei ihm sein wollen, wenn es passierte, oder nicht? Nun, ich glaubte das wenigstens. Jedenfalls war ich sicher, daß Onkel Alf Sugar Pie die Hand würde halten wollen, wenn etwas passierte und sie vor ihm den großen Sprung würde machen müssen. Und Cas und sein Bruder Caleb standen einander sehr nahe; das wußte ich.

Im späteren Verlauf des Tages hielt der Captain einen Gedenkgottesdienst ab, und Onkel Alfred hielt eine kurze Leichenrede. Und dann sangen wir alle das ›Gebet für Reisende‹. Anschließend taten wir alle so, als ob es nie ein Schiff mit dem Namen *Vasco da Gama* gegeben hätte, aber das machten wir uns nur vor.

Cas verließ unseren Tisch, und Mama O'Toole setzte ihn als Assistenten in ihrer Abteilung ein. Cas und sein Bruder waren im Hotelgewerbe tätig gewesen, ehe die ALF sie sich geschnappt hatte, und Cas würde ihr in vielen Dingen helfen können; ein Schiff mit zweihundert Leuten in ökologischem Gleichgewicht zu halten, ist keine leichte Aufgabe.

Du liebe Güte, es wäre schon Arbeit genug, Nahrung für zweihundert Leute zu erzeugen, selbst wenn das nicht schon dazu nötig wäre, um ein atmosphärisches Gleichgewicht zu halten. Allein die Versorgung der Hefekulturen und der Hydroponikanlagen erforderte neun Leute, die damit tagein tagaus beschäftigt waren.

Nach ein paar Wochen hatte Cas die Leitung des gesamten Versorgungswesens, und Mama O'Toole konnte sich ausschließlich um den wissenschaftlichen und technischen Teil kümmern – nur daß sie weiterhin die Küche im Auge behielt.

Aber die *Vasco da Gama* hätte mich nicht zum Grübeln bringen dürfen; ich kannte niemanden in dem Schiff. Wenn Cas damit fertig werden und ein normales, nützliches Leben führen konnte, hätte ich auch nicht deprimiert sein dürfen. Nein, ich denke, es lag wohl mehr an meinem Geburtstag.

In der Messe gab es zwei große elektrische Uhren, die aus dem Computerraum des Relativisten gesteuert wurden, und über ihnen zwei Kalender. Als wir die Reise antraten, zeigten sie die gleiche Zeit an, Greenwich Zeit und das Datum. Dann, als wir weiter beschleunigten und unsere Geschwindigkeit sich der des Lichts annäherte, begann der ›Schlupf‹ zwischen *Elsie* und der Erde sichtbar zu werden, und dann entfernten sie sich immer weiter von einander. Zuerst redeten wir darüber, aber nach einer Weile achteten wir gar nicht mehr auf die Greenwich Angaben ... denn was nützt es einem schon zu wissen, daß es jetzt drei Uhr morgens am nächsten Mittwoch in Greenwich ist, wenn im Schiff gerade das Mittagessen ausgegeben wird? Es war wie Zeitzonen und die Datumsgrenze auf der Erde: normalerweise völlig unwichtig. Ich bemerkte es nicht einmal, als Pat zu meckern anfing, zu was für ungewöhnlichen Zeiten er Dienst machen mußte, weil ich selbst zu jeder beliebigen Tageszeit Wache stehen mußte.

Demzufolge war ich völlig verblüfft, als Pat mich mitten in

der Nacht mit einem Pfiff weckte und schrie: *»Alles Gute zum Geburtstag!«*

(»Hm? Wer hat den Geburtstag?«)

»Du, Schwachkopf. Wir beide. Was ist denn los mit dir? Kannst du nicht zählen?«

(»Aber ...«)

»Sei still. Die bringen grade den Kuchen rein und singen jetzt dann ›Happy birthday to you‹. Ich werd für dich das Echo machen.«

Während sie das taten, stand ich auf und schlüpfte in meine Hosen und ging in die Messe hinunter. Für uns war es ›Nacht‹, und es brannte nur ein Notlicht. Aber ich konnte die Uhren und die Kalender sehen – natürlich war das Greenwichdatum unser Geburtstag, und wenn man sich noch die Zeitzone für zu Hause ausrechnete, dann war dort gerade Abendessenszeit.

Aber es *war nicht* mein Geburtstag. Ich bewegte mich in einer anderen Zeit, und das Ganze kam mir einfach nicht richtig vor.

»Hab' sie alle ausgeblasen, Kleiner«, verkündete Pat vergnügt. *»Jetzt sollten wir wieder ein Jahr schaffen. Mom will wissen, ob die dort einen Kuchen gebacken haben?«*

(»Sag ihr ›ja‹.«) Das hatten sie natürlich nicht. Aber mir war nicht nach Erklärungen zumute. Mutter wurde auch so schon leicht genug nervös, ohne daß einer den Versuch machte, ihr die Einsteinzeit zu erklären. Und was Pat betraf, so hätte der das eigentlich besser wissen müssen.

Pat hatte zum Geburtstag eine neue Uhr bekommen und er sagte mir jetzt, daß für mich eine Pralinenschachtel angekommen sei – ob er sie aufmachen und herumreichen sollte? Ich sagte ihm, er solle das ruhig tun, ohne recht zu wissen, ob ich nun dankbar dafür sein sollte, daß man sich an mich erinnerte, oder verstimmt über ein ›Geschenk‹, das ich unmöglich sehen oder berühren konnte. Nach einer Weile sagte ich Pat, ich brauchte meinen Schlaf und er sollte bitte allen für mich gute Nacht und vielen Dank sagen. Aber ich konnte nicht schlafen; ich blieb wach liegen, bis die Lichter in den Gängen wieder aufleuchteten.

In der darauffolgenden Woche gab es an unserem Tisch für mich einen Geburtstagskuchen, und alle sangen für mich, und ich bekam eine ganze Menge gut gemeinter, aber nutzloser Geschenke – man kann jemandem an Bord eines Schiffes nicht viel schenken, wenn man in der selben Messe ißt und aus denselben Lagern versorgt wird. Ich stand auf und dankte ihnen, als einer plötzlich ›Du mußt eine Rede halten‹ schrie. Und so blieb ich und tanzte nachher mit den Mädchen. Trotzdem kam es mir einfach nicht wie mein Geburtstag vor, weil mein Geburtstag schon *gewesen* war, Tage früher.

Ich glaube, es war am nächsten Tag, daß mein Onkel Steve vorbeikam und mich aus meinem Zimmer holte. »Wo hast du dich denn die ganze Zeit versteckt, Junge?«

»Hm? Nirgends.«

»Dachte ich mir's doch.« Er ließ sich auf meinem Sessel nieder und ich legte mich auf mein Bett zurück. »Immer, wenn ich mich nach dir umsehe, bist du verschwunden. Du hast doch nicht die ganze Zeit Wache oder Arbeit. Wo bist du?«

Ich sagte nichts. Ich war die meiste Zeit da gewesen, wo ich jetzt war und hatte einfach zur Decke gestarrt. Onkel Steve fuhr fort: »Wenn einer anfängt, sich an Bord eines Schiffes in eine Ecke zu verziehen, so ist es nach meiner Erfahrung meistens am besten, man läßt ihn in Ruhe. Entweder kommt er selbst wieder raus, oder er geht eines Tages durch eine Luftschleuse, ohne sich lange die Mühe zu machen, einen Druckanzug anzuziehen. In beiden Fällen will er nicht, daß man um ihn ein großes Theater macht. Aber du bist der Junge meiner Schwester, und ich hab eine Verantwortung dir gegenüber. Was ist denn los? Du läßt dich abends nie sehen, wenn die anderen ihren Vergnügungen nachgehen, und läufst dauernd mit einem langen Gesicht herum. Was hast du denn?«

»Mir fehlt gar nichts!« sagte ich ärgerlich.

Onkel Steve gab sich damit nicht zufrieden. »Mach schon auf, Kleiner«, brummte er. »Seit der Geschichte mit der *Vasco* bist du anders. Ist es das? Keinen Mumm mehr? Falls es so sein sollte, hat Doc Devereaux synthetischen Mumm in Pillenform. Keiner braucht wissen, daß du sie nimmst, und du brauchst dich nicht zu schämen – jeder macht das hin und wieder durch. Ich möchte lieber gar nicht darüber reden, was das bei mir für eine widerwärtige Form angenommen hat, als ich das erstemal Dienst mit der Waffe tun mußte.«

»Nein, ich glaube nicht, daß es das ist.« Ich dachte nach – vielleicht war es das. »Onkel Steve, was ist mit der *Vasco* passiert?«

Er zuckte die Achseln. »Entweder ist die Fackel durchgebrannt, oder sie sind gegen etwas gestoßen.«

»Aber eine Fackel *kann doch nicht* durchbrennen, oder? Und hier draußen gibt es doch nichts, mit dem man zusammenstoßen kann.«

»Beide Male richtig. Aber angenommen, die Fackel ist hochgegangen? Das Schiff wäre im Bruchteil einer Sekunde eine Mininova. Aber ich kann mir keine angenehmere Art vorstellen – wenn schon Schluß sein muß. Und das andere wäre etwa genauso schnell, wahrscheinlich würdest du's gar nicht bemerken. Hast du jemals darüber nachgedacht, wieviel kinetische Energie wir bei dieser Geschwindigkeit in dieser Kiste drinstecken haben? Doc Babcock sagt, sobald wir einmal die Lichtgeschwindigkeit erreicht haben, sind wir bloß mehr eine flache Wellenfront, obwohl wir selbst vergnügt weitermachen und Kartoffelpüree und Soße essen, und den Unterschied überhaupt nicht merken.«

»Aber wir erreichen doch die Lichtgeschwindigkeit gar nicht ganz.«

»Darauf hat Doc mich auch hingewiesen. Ich hätte sagen sollen, ›wenn‹. Ist es das, was dich stört, Kleiner? Bekümmert es dich, daß wir wie die *Vasco* enden könnten? Wenn das der Fall ist, dann laß dir von mir sagen, daß die meisten Arten, im Bett zu sterben, viel schlimmer sind. Besonders wenn du so blöd bist, an Altersschwäche zu sterben – ein Schicksal, dem ich zu entgehen hoffe.«

Wir redeten noch eine Weile, kamen aber nicht weiter. Dann ging er wieder, nicht ohne vorher zu drohen, er würde mich schon herausholen, wenn ich mehr als die normale Schlafzeit in meinem Zimmer verbringen würde. Ich nehme an, daß Onkel Steve mich bei Dr. Devereaux gemeldet hat, obwohl beide behaupteten, das sei nicht der Fall gewesen.

Jedenfalls knöpfte sich Dr. Devereaux mich am nächsten Tag vor, holte mich in sein Zimmer, ließ mich hinsetzen und redete mit mir. Er hatte eine große, schlampig bequeme Kabine; in seiner Ordination empfing er nie jemanden.

Ich wollte sofort wissen, weshalb er mit mir reden wollte.

Er riß seine Froschaugen weit auf und sah mich unschuldig an. »Ich bin einfach auf Sie gestoßen, Tom.« Er griff nach einem Stapel Lochkarten. »Sehen Sie die? Das sind alles Leute, mit denen ich mich diese Woche unterhalten habe. Ich muß doch schließlich so tun, als würde ich mir mein Gehalt verdienen.«

»Nun, mit mir brauchen Sie Ihre Zeit nicht zu vergeuden. Bei mir ist alles in Ordnung.«

»Aber ich vergeude gerne Zeit. Psychologie ist ein wunderschönes Gewerbe. Man braucht sich nicht zehnmal am Tag zu waschen wie ein Chirurg, man braucht den Leuten nicht in ihre schmutzigen Hälse zu starren, und sitzt bloß rum und tut so, als würde man zuhören, während irgendeiner erklärt, daß er als kleiner Junge nicht gern mit den anderen kleinen Jungen gespielt hätte. Jetzt reden Sie mal eine Weile. Erzählen Sie mir, was Sie wollen, während ich ein kleines Nickerchen mache. Wenn Sie lange genug reden, kann ich mich von der Pokerrunde erholen, in der ich gestern nacht gesessen habe, und trotzdem wieder einen Arbeitstag abhalten.«

Ich versuchte zu reden und dabei nichts zu sagen. Während ich damit beschäftigt war, rief mich Pat. Ich sagte ihm, ich würde zurückrufen; ich sei beschäftigt. Dr. Devereaux hatte mich beobachtet und sagte plötzlich: »Was hatten Sie denn gerade im Sinn?«

Ich erkärte ihm, daß das Zeit hätte; mein Zwilling wollte mit mir sprechen.

»Hm ... Tom, erzählen Sie mir von Ihrem Zwilling. Ich hatte keine Zeit, in Zürich mit ihm näher bekannt zu werden.«

Ehe ich es richtig bemerkte, hatte ich ihm eine ganze Menge über uns beide erzählt. Es war erstaunlich leicht, mit ihm zu reden. Zweimal dachte ich, er wäre eingeschlafen, aber jedesmal, wenn ich innehielt, hob er den Kopf und stellte wieder eine Frage, die mich wieder in Schwung brachte.

Schließlich sagte er: »Wissen Sie, Tom, identische Zwillinge sind ausnehmend interessant für Psychologen – natürlich auch für Genetiker, Soziologen und Biochemiker. Sie fangen im selben Ei an und sind sich so ähnlich wie das zwei organische Komplexe nur sein können. Und dann werden zwei verschiedene Leute aus ihnen. Kommen die Unterschiede aus der Umgebung? Oder ist da etwas anderes am Werk?«

Ich dachte darüber nach. »Meinen Sie die Seele, Doktor?«

»Hm ... fragen Sie mich nächsten Mittwoch. Man hält manchmal seine persönlichen und privaten Ansichten etwas getrennt von den öffentlichen und wissenschaftlichen Meinungen, die man vertritt. Aber lassen Sie mal. Es läuft einfach darauf hinaus, daß ihr Telepathen-Zwillinge interessant seid. Ich kann mir gut vorstellen, daß die Serendipitätsergebnisse von Projekt Lebensraum wie gewöhnlich sehr viel bedeutender sein werden, als die erwarteten Ergebnisse.«

»Die ›Seren‹ was, Doctor?«

»Hm? Serendipität. Serendipität bedeutet, daß man nach

Würmern gräbt und Gold findet. In der Wissenschaft passiert das die ganze Zeit. Das ist auch der Grund, weshalb ›unnütze‹ Grundlagenforschung in der Regel viel praktischer ist als ›praktische‹ Arbeit. Aber reden wir wieder von Ihnen. Ich kann Ihnen bei Ihren Problemen nicht helfen – das müssen sie selber tun. Aber picken wir doch ein wenig daran herum und tun so, als könnte ich es, um zu rechtfertigen, daß ich hier auf der Gehaltsliste stehe. Da sind zwei Dinge, die mir richtig auffallen: Das erste ist, daß Sie ihren Bruder nicht mögen.«

Ich wollte protestieren, aber er wischte das weg. »Lassen Sie mich reden. Warum sind Sie denn so sicher, daß ich unrecht habe? Antwort: Weil man Ihnen von Geburt an gesagt hat, daß Sie ihn mögen. Nestgefährten ›lieben‹ einander immer; das ist eine der Grundlagen unserer Zivilisation, so wie der Apfelkuchen, den Mutter immer macht. Die Leute glauben gewöhnlich alles, was man ihnen früh genug sagt. Wahrscheinlich ist es auch ganz gut, daß sie das glauben, weil Bruder und Schwester häufig viel mehr Gelegenheit und Anlaß haben, einander zu hassen, als irgend jemand sonst.«

»Aber ich *mag* Pat. Er ist nur ...«

»›Er ist nur‹ was?« drängte er sanft, als ich nicht fortfuhr.

Ich gab keine Antwort, und er fuhr fort: »Es ist nur, daß Sie jeden Grund haben, ihn nicht zu mögen. Er hat dauernd die erste Geige gespielt, sich immer durchgesetzt und sich alles genommen, was er wollte. Was er nicht im offenen Kampf kriegen konnte, hat er über Ihre Mutter bekommen, indem er sie dazu brachte, so lange auf Ihren Vater einzureden, bis er das hatte, was er wollte. Selbst das Mädchen hat er bekommen, das Sie haben wollten. Warum sollten Sie ihn eigentlich mögen? Würden Sie einen anderen Mann, der mit Ihnen nicht verwandt ist, dafür mögen, daß er Ihnen alles das antut? Oder würden Sie ihn hassen?«

Das schmeckte mir gar nicht. »Ich war nicht fair zu ihm, Doktor. Ich glaube nicht, daß Pat wußte, daß er alles immer für sich haben wollte ... und ich bin sicher, daß unsere Eltern nie einen von uns bevorzugen wollten. Vielleicht ist das bei mir nur Selbstmitleid.«

»Vielleicht. Vielleicht ist an dem Ganzen kein Wort wahr, und Sie sind von Ihrem Wesen her einfach nicht fähig zu erkennen, was fair ist, wenn es um Sie selbst geht. Aber worauf es wirklich ankommt, ist, daß Sie es so empfinden ... und Sie würden ganz bestimmt einen solchen Menschen nicht mögen – nur daß er Ihr Zwillingsbruder ist, also müssen Sie ihn natürlich ›lieben‹. Die zwei Ideen bekämpfen einander. Also werden Sie weiterhin innerlich aufgewühlt sein, bis Sie wissen, welche falsch ist, und die dann los werden. Und das liegt einzig und allein bei Ihnen.«

»Aber ... verflixt nochmal, Doktor. Ich *mag* Pat!«

»Wirklich? Dann sollten Sie sich aber besser von der Vorstellung trennen, daß er Ihnen all die Jahre das schmutzige Ende des Stocks gereicht hat. Aber ich bezweifle das. Sie haben Ihn gern – wir alle haben Dinge gern, die wir gewöhnt sind, alte Schuhe, alte Pfeifen, und selbst der Teufel, den wir kennen, ist besser als ein fremder Teufel. Sie sind ihm gegenüber loyal. Er ist notwendig für Sie und Sie sind notwendig für ihn, aber ihn ›mögen‹? Mir kommt das höchst unwahrscheinlich vor. Andererseits, wenn Sie sich mit dem Gedanken vertraut machen könnten, daß es überhaupt keine Notwendigkeit mehr gibt, ihn zu ›lieben‹, ja nicht einmal, ihn zu mögen, dann könnten Sie möglicherweise dahin kommen, daß Sie ihn ein wenig für das mögen, was er ist. Sie werden ganz bestimmt ihm gegenüber toleranter werden, obwohl ich bezweifle, daß Sie ihn je sehr mögen werden. Er ist gar nicht der Typ von Mensch, den man mögen kann.«

»Das ist nicht wahr! Pat ist immer sehr populär gewesen.«

»Bei mir nicht ... Hm ... Tom, ich habe geschummelt. Ich kenne Ihren Bruder besser als ich zugegeben habe. Keiner von Euch beiden ist sehr liebenswert, und Ihr seid einander sehr ähnlich. Seien Sie nicht beleidigt. Ich kann ›nette‹

Leute nicht ausstehen; mir dreht sich bei ihnen der Magen um. Ich mag Leute, die ein wenig selbstsüchtig sind, die das tun, was ihnen paßt und die es nicht dauernd darauf anlegen, anderen zu gefallen – bei meinem Beruf ist das ganz gut so. Sie und Ihr Bruder sind beide in gleichem Maße selbstsüchtig, nur daß er damit mehr Erfolg hat. Übrigens, er mag Sie.«

»Was?«

»Ja. So wie er einen Hund mögen würde, der immer kommt, wenn man ihn ruft. Er hat Ihnen gegenüber Beschützergefühle, solange das nicht mit seinen eigenen Interessen in Konflikt steht. Aber sonst hat er eine recht geringe Meinung von Ihnen. Er betrachtet Sie als einen Schwächling – und nach seiner Vorstellung haben die Schwachen kein Recht darauf, das Erbe der Welt anzutreten; die gehört Burschen wie ihm.«

Ich kaute ein wenig daran und begann, ärgerlich zu werden. Ich zweifelte nicht, daß Pats Gefühle in bezug auf meine Person so waren – herablassend und durchaus bereit, sich darum zu kümmern, daß ich ein Stück vom Kuchen abbekam. Vorausgesetzt, er bekam das größere.

»Das andere, was besonders auffällt«, fuhr Dr. Devereaux fort, »ist, daß weder Sie noch Ihr Bruder diese Reise machen wollten.«

Das war so offenkundig unwahr und unfair, daß ich den Mund aufmachte und ihn offenstehen ließ. Dr. Devereaux sah mich an. »Ja? Was wollten Sie sagen?«

»Nun, das ist die albernste Behauptung, die ich je gehört habe, Doktor. Der einzig wirkliche Ärger, den es je zwischen Pat und mir gegeben hat, weil wir beide die Reise machen wollten, und nur einer es konnte.«

Er schüttelte den Kopf. »Jetzt drehen Sie es um. Sie wollten beide zurückbleiben, und nur einer von Ihnen konnte das! Und Ihr Bruder hat gewonnen, wie üblich.«

»Nein, das hat er nicht ... nun ja, das hat er, aber die Chance, die Reise zu machen, nicht andersherum. Und er hätte sie auch gemacht, wenn der Unfall nicht gewesen wäre.«

»Der ›Unfall‹. Hm ... Ja.« Dr. Devereaux hielt sich ganz still, den Kopf etwas nach vorne geneigt und die Hände über dem Leib gefaltet, und das tat er so lange, daß ich wieder glaubte, er sei eingeschlafen. »Tom, ich werde Ihnen jetzt etwas sagen, das Sie eigentlich nichts angeht; aber ich glaube, daß Sie es wissen müssen. Ich würde vorschlagen, daß Sie nie mit Ihrem Zwilling darüber sprechen ... Und wenn Sie es tun, dann werde ich sagen, daß Sie lügen. Weil es nämlich schlecht für ihn wäre. Verstehen Sie mich?«

»Dann sagen Sie es mir doch nicht«, meinte ich mürrisch.

»Halten Sie den Mund und hören Sie mir zu.« Er griff nach einem Aktendeckel. »Hier ist ein Bericht über die Operation Ihres Bruders, in der Sprache geschrieben, die Ärzte benutzen, um die Patienten konfus zu machen. Sie würden den Bericht nicht verstehen, und außerdem ist er über die *Santa Maria* und in Code gesendet worden. Wollen Sie wissen, was die gefunden haben, als die Ihren Bruder aufschnitten?«

»Äh, nicht besonders.«

»Seine Wirbelsäule wies nicht den geringsten Schaden auf.«

»Hm? Wollen Sie mir weismachen, daß er allen nur *vorgemacht* hat, daß seine Beine gelähmt waren? Das glaube ich nicht!«

»Jetzt mal ganz ruhig. Er hat niemandem etwas vorgemacht. Seine Beine *waren* gelähmt. Er konnte die Lähmung unmöglich so gut vortäuschen, daß ein Neurologe das nicht festgestellt hätte. Ich habe ihn selbst untersucht; Ihr Bruder war gelähmt. Aber nicht wegen eines Schadens an seiner Wirbelsäule – was ich wußte, und was die Chirurgen, die ihn operiert haben, ebenfalls wußten.«

»Aber ...« Ich schüttelte den Kopf. »Ich schätze, ich bin dumm.«

»Sind wir das nicht alle? Tom, das menschliche Bewußtsein ist nicht einfach; es ist sehr kompliziert. Ganz oben hat der bewußte Geist seine eigenen Ideen und Wünsche, von denen einige echt sind, und einige andere ihm durch Propaganda und Ausbildung aufgeprägt sind, und durch die Notwendigkeit, eine gute Fassade zu zeigen und vor anderen Leuten eine gute Figur abzugeben. Darunter ist der unbewußte Geist, blind und taub und dumm und schlau und – gewöhnlich – mit ganz anderen Wünschen und völlig unterschiedlichen Motivationen. Dieser Teil will sich ebenfalls durchsetzen. Und wenn der das nicht schafft, dann schlägt er Wirbel, bis er zufrieden ist. Wenn man sich das Leben leicht machen will, dann besteht der Trick darin, daß man herausfindet, was das Unbewußte in einem wirklich will, und es ihm dann um den billigsten Preis gibt, der möglich ist, ehe es einen in den emotionellen Bankrott treibt, um sich durchzusetzen. Sie wissen, was ein Psychopath ist?«

»Äh ... ein Verrückter ...«

»›Verrückt‹ ist ein Wort, von dem wir versuchen wollen, loszukommen. Ein Psychopath ist ein armer Teufel, der seinen Laden hat verkaufen und nackt in die Welt hinaustreten müssen, nur um die Bedürfnisse seines Unterbewußtseins zu befriedigen. Er hat sich arrangiert, aber dabei ist er ruiniert worden. Meine Aufgabe besteht darin, den Leuten dabei zu helfen, sich auf eine Art und Weise zu arrangieren, daß sie dabei nicht ruiniert werden. So wie ein guter Anwalt. Wir versuchen nie, sie dazu zu bringen, diesem Arrangement auszuweichen. Wir helfen ihnen dabei, die besten Bedingungen herauszuschlagen.

Worauf ich hinausmöchte, ist dies: Ihr Bruder hat es geschafft, sich zu recht guten Bedingungen mit seinem Unterbewußtsein zu arrangieren, sehr guten Bedingungen sogar, wenn man bedenkt, daß er es ohne professionelle Hilfe geschafft hat. Sein Bewußtsein hat einen Vertrag unterzeichnet, und sein Unterbewußtsein hat ihm klar erklärt, daß er ihn nicht erfüllen darf. Der Konflikt ging so tief, daß manche Leute dabei zugrunde gegangen wären, aber nicht Ihr Bruder. Sein Unterbewußtsein hat sich statt dessen dafür entschieden, einen Unfall zu haben, einen, der eine Lähmung erzeugen konnte und das auch tatsächlich tat – eine *echte* Lähmung, damit wir uns recht verstehen, kein Schwindel. Also gab es für Ihren Bruder eine ehrenwerte Entschuldigung von einer Verpflichtung, die er nicht erfüllen wollte. Dann, als keine Möglichkeit mehr bestand, diese Reise zu machen, hat man ihn operiert. Bei der Operation wurden lediglich einige belanglose Unregelmäßigkeiten an den Knochen korrigiert. Aber man ermunterte ihn gleichzeitig dazu, zu glauben, daß seine Lähmung geheilt werden könne, und so geschah es.« Devereaux zuckte die Achseln.

Ich dachte darüber nach, bis ich ganz konfus war. Diese Geschichte mit dem Bewußtsein und dem Unterbewußtsein – ich hatte das auf der Oberschule durchgenommen und ich war auch darüber ausgefragt worden … aber ich hielt nicht sehr viel davon. Doc Devereaux konnte reden, bis er im Gesicht blau wurde, aber das schaffte auch die Tatsache nicht aus der Welt, daß sowohl Pat als auch ich die Reise hatten machen wollen, und daß Pat nur deshalb hatte zurückbleiben müssen, weil er bei dem Unfall verletzt worden war. Vielleicht war die Lähmung nur eingebildet, vielleicht hatte er sich selbst solche Angst gemacht, daß er sich eine schwerere Verletzung eingeredet hatte als sie wirklich vorlag. Aber das machte keinerlei Unterschied.

Aber Doc Devereaux redete so, als wäre der Unfall kein Unfall gewesen. Nun gut – was besagte das schon? Vielleicht hatte Pat tatsächlich schreckliche Angst gehabt und war zu stolz gewesen, es zuzugeben – trotzdem glaubte ich nicht, daß er absichtlich am Skihang gestürzt war.

Jedenfalls war da ein Punkt, in dem Doc ganz bestimmt unrecht hatte: *Ich* hatte die Reise machen wollen. Schön, ich mochte vielleicht ein wenig Angst gehabt haben, und ich wußte auch, daß ich zuerst Heimweh gehabt hatte – aber das war nur natürlich. (»Warum bist du dann so niedergeschlagen, Dummkopf?«)

Das war nicht Pat; das war ich im Selbstgespräch. Oder vielleicht mein Unterbewußtsein, das einmal laut redete.

»Doc?«

»Ja, Tom.«

»Sie sagen, ich hätte in Wirklichkeit nicht mitkommen wollen?«

»So sieht es aus.«

»Aber Sie haben auch gesagt, daß das Unterbewußtsein immer gewinnt. Beides geht doch nicht.«

Er seufzte. »So habe ich es nicht ausgedrückt. Man hat Sie hineingedrängt. Das Unterbewußtsein ist dumm und manchmal langsam; das Ihre hatte nicht genug Zeit, sich etwas so Bequemes wie einen Skiunfall auszudenken. Aber es ist stur. Es fordert von Ihnen, daß Sie nach Hause gehen ... was Sie nicht können. Aber auf Vernunftgründe hört es nicht. Es nörgelt nur die ganze Zeit weiter und verlangt von Ihnen, daß Sie ihm Unmögliches geben, so wie ein Baby, das sich den Mond wünscht.«

Ich zuckte die Achsel. »Wenn man Sie so hört, stecke ich in einem unmöglichen Schlamassel.«

»Jetzt schauen Sie nicht so sauer! Die geistige Hygiene ist ein Prozeß, in dem das Korrigierbare korrigiert wird und in dem man sich dem Unvermeidlichen anpaßt. Sie haben die Wahl zwischen drei Dingen.«

»Ich wußte nicht, daß ich überhaupt eine Wahl hatte.«

»Drei. Sie können sich weiter im Kreise drehen, bis Ihr Geist Ihnen eine Phantasievorstellung aufbaut, die für Ihr Unterbewußtsein akzeptabel ist ... Eine psychotische Anpassung. Sie würden das ›verrückt‹ nennen. Oder Sie können so weitermachen, wie bisher, unglücklich und weder für sich selbst noch für Ihre Schiffskollegen zu viel zu gebrauchen ... und immer mit der Möglichkeit, plötzlich abzukippen. Oder Sie können anfangen, in Ihrem eigenen Bewußtsein herumzugraben, mit ihm bekannt zu werden, herausfinden, was es wirklich will, ihm zeigen, was es nicht haben kann und warum, und dann auf der Basis des Möglichen mit ihm einen vernünftigen Handel abschließen. Wenn Sie Mumm haben, werden Sie letzteres versuchen. Leicht wird es nicht sein.« Er wartete, sah mich an.

»Äh, ich schätze, ich sollte es versuchen. Aber wie packe ich es an?«

»Nicht, indem Sie in Ihrem Zimmer herumbrüten und sich den Kopf über das zerbrechen, was hätte sein können, das steht fest.«

»Mein Onkel Steve – Major Lucas, meine ich ...«, sagte ich langsam, »hat mir gesagt, daß ich das nicht tun sollte. Er möchte, daß ich etwas unternehme, mich mit anderen Leuten abgebe. Ich denke, das sollte ich.«

»Sicher, sicher. Aber das reicht nicht. Sie können sich nicht an den eigenen Haaren aus dem Loch herausziehen, in dem Sie stecken, indem Sie so tun, als wären Sie eine große Stimmungskanone. Sie müssen mit sich selbst bekannt werden.«

»Ja, Sir. Aber *wie*?«

»Nun, daß wir Sie jeden Nachmittag über sich reden lassen, während ich Ihre Hand halte, das geht jedenfalls nicht. Hm ... ich würde vorschlagen, daß Sie versuchen, einmal niederzuschreiben, wer Sie sind und wo Sie gewesen sind und wie Sie von dort nach hier gekommen sind. Vielleicht kommen Sie dabei auf das ›Warum‹ ebenso wie auf das ›Wie‹. Graben Sie weiter, dann finden Sie vielleicht heraus, wer Sie sind und was Sie wollen und wieviel davon Sie bekommen können.«

Ich muß ziemlich verdutzt dreingeschaut haben, denn er sagte: »Führen Sie ein Tagebuch?«

»Manchmal. Ich habe es mit.«

»Benutzen Sie es doch als Leitfaden. ›Das Leben des T. P. Bartlett‹. Sehen Sie zu, daß es vollständig wird und versuchen Sie, die Wahrheit zu schreiben – die ganze Wahrheit.«

Ich überlegte. Es gibt Dinge, die man niemandem sagen möchte. »Äh, ich nehme an, Sie werden es lesen wollen?«

»Ich? Davor möge mich der Himmel bewahren! Ich bekomme schon jetzt viel zuwenig Freizeit. Das ist für *Sie*, mein Sohn; Sie werden für sich selbst schreiben ... Schreiben Sie einfach, als wüßten Sie überhaupt nichts über sich und müßten alles erklären. Schreiben Sie so, als müßten Sie befürchten, Ihr Gedächtnis zu verlieren und wollten sicher sein, daß Sie die Fäden wieder aufnehmen können. Schreiben Sie alles nieder.« Er runzelte die Stirn und fügte dann etwas mürrisch hinzu: »Wenn Sie das Gefühl haben, Sie hätten etwas Wichtiges gefunden und wollten dazu die Meinung eines anderen hören, dann könnte ich vielleicht die Zeit finden, wenigstens einen Teil davon zu lesen. Aber versprechen will ich Ihnen das nicht. Schreiben Sie nur für sich – für den mit Amnesie.«

Also sagte ich ihm, daß ich es versuchen würde ... und das habe ich. Ich kann noch nicht erkennen, daß es mir irgendeinen Nutzen gebracht hätte (aus dem Stimmungstief bin ich jedenfalls raus), und es ist einfach nicht genügend Zeit, um es so zu machen, wie er es gesagt hat. Den letzten Abschnitt mußte ich in ziemlicher Eile schreiben, weil das der erste freie Abend ist, den ich seit einem Monat habe.

Aber es ist erstaunlich, an wieviel man sich erinnern kann, wenn man sich wirklich anstrengt.

X Beziehungen

In der *Elsie* hat sich eine Menge geändert. Zum einen sind wir jetzt über den Berg und bremsen ebenso schnell ab, wie wir beschleunigten; wir werden Tau Ceti in etwa sechs Monaten Schiffszeit erreichen.

Aber damit greife ich vor. Seit ich mit diesem Bericht angefangen habe, ist etwa ein Jahr S-Zeit vergangen, und etwa zwölf Jahre Erdzeit, seit wir die Erde verlassen haben. Aber vergessen wir die E-Zeit, die hat nichts zu bedeuten. Nach S-Zeit sind wir jetzt seit dreizehn Monaten im Schiff, und eine Menge ist passiert. Daß Pat geheiratet hat – nein, das ist nicht im Schiff geschehen und das ist nicht der richtige Anfang.

Vielleicht ist eine andere Eheschließung der richtige Anfang; Chet Trevers heiratete nämlich Mei-Ling Jones. Es fand überall Billigung, nur bei einem der Ingenieure nicht, der sich selbst Hoffnungen auf sie gemacht hatte. Wir Freaks und die Elektronenjongleure begruben damit das Kriegsbeil, als eine von uns einen von ihnen heiratete, besonders, als Commander Frick mit der Braut am Arm durch die Messe ging und so stolz und feierlich aussah, als wäre sie seine Tochter gewesen! Sie gaben ein gutes Paar ab; Chet war noch keine dreißig, und ich schätze, daß Mei-Ling wenigstens zweiundzwanzig ist.

Aber es führte zu einem Wechsel in der Wachliste, und Rup stellte mich mit Prudence Mathews auf.

Ich hatte Pru immer gemocht, ohne besonders auf sie zu achten. Man mußte zweimal hinsehen, um zu erkennen, daß sie hübsch war. Aber sie hatte eine Art, zu einem aufzublicken, daß man sich dabei sehr wichtig vorkam. Bis zu der Zeit, als ich anfing, mit ihr Wache zu gehen, hatte ich die Mädchen mehr oder weniger in Frieden gelassen; ich schätze, ich war ›Maudie treu‹. Aber inzwischen hatte ich angefangen, diese Bekenntnisgeschichte für Doc Devereaux zu schreiben; irgendwie kommen einem die Dinge so endgültig vor, wenn man sie niederschreibt. Ich sagte mir: ›Warum nicht? Tom, alter Junge, Maudie ist ebenso definitiv aus deinem Leben getreten, als wenn einer von euch beiden tot wäre. Aber das Leben geht weiter, hier, in dieser Blechkiste.‹

Nicht daß ich irgend etwas Drastisches getan hätte; ich genoß nur Prus Gesellschaft so gut wie möglich ... es war eine ganze Menge.

Ich habe einmal gehört, daß Noah damals auf seiner Arche, als die Tiere zu zweien an Bord kamen, er sie zwischen Backbord und Steuerbord aufgeteilt hat. Die *Elsie* wird nicht so geführt. Chet und Mei-Ling hatten die Möglichkeit gefunden, genug miteinander bekannt zu werden, um etwas Dauerhaftes daraus machen zu wollen. Etwas weniger als die Hälfte der Mannschaftsmitglieder waren als Ehepaare an Bord gekommen; dem Rest von uns wurden keine Hindernisse in den Weg gelegt, wenn wir so etwas im Sinn hatten.

Aber irgendwie – und ohne daß es je besonders auffiel – waren wir besser behütet, als das je auf der Erde der Fall ist. Es kam uns nicht organisiert vor ... und doch muß es das gewesen sein. Wenn jemand nach dem Abblenden der Lichter im Korridor ein wenig zu lange gute Nacht sagte, so geschah es gewöhnlich, daß Onkel Alfred genau um die Zeit aufstehen und durch den Gang schlurfen mußte. Oder vielleicht war es auch Mama O'Toole, die sich unbedingt eine Tasse Schokolade machen mußte, ›um einschlafen zu können‹.

Oder vielleicht auch der Captain. Ich glaube, der Mann hatte ein zweites Paar Augen im Hinterkopf, um nur ja alles zu sehen, was im Schiff vor sich ging. Ich bin überzeugt, daß

Mama O'Toole auch welche hatte. Und Onkel Alf war vielleicht einer jener hypothetischen Weitbereichs-Telepathen und nur zu höflich und zu schlau, um es die anderen wissen zu lassen.

Oder vielleicht hatte uns Doc Devereaux in seinen Lochkarten alle so gut analysiert, daß er stets wußte, wie der Hase laufen würde, und konnte dann seine Hunde ausschicken, um sie wegzutreiben. Zugetraut hätte ich es ihm.

Aber es war immer gerade genug und nicht zuviel. Niemand hatte etwas gegen einen Kuß oder zwei, wenn jemand sich vergewissern wollte, wie es schmeckte. Andererseits hatten wir nie die Skandale, wie sie fast in jeder Gemeinschaft an der Tagesordnung sind. Und ich bin sicher, daß wir die nicht hatten; in einem Schiff kann man so etwas nicht vertuschen.

Pru und ich jedenfalls taten nie etwas, das zu Kritik hätte führen können.

Trotzdem verbrachten wir immer mehr Zeit miteinander, auf Wache und auch zu anderen Zeiten. Nicht daß ich es ernst genommen hätte, nicht in dem Sinn, wie man an Heiraten denkt, aber in dem, daß es anfing, wichtig zu werden. Sie begann, mir gelegentlich etwas besitzerische Blicke zuzuwerfen, und dann kam es auch hin und wieder vor, daß unsere Hände sich berührten, wenn Papiere die Besitzer wechselten, und dann spürten wir, wie Funken übersprangen.

Ich fühlte mich wohl, sehr wohl sogar, und hatte kaum Zeit, diese Memoiren zu schreiben. Ich nahm vier Pfund zu und war ganz bestimmt alles andere als heimwehkrank.

Pru und ich legten uns die Angewohnheit zu, gemeinsam dem Kühlschrank einen Besuch abzustatten, wenn unsere Nachtwache zu Ende war. Mama O'Toole machte das nichts aus; sie ließ die Küche unversperrt, damit jeder, der sich einen Happen holen wollte, auch einen finden konnte. Sie sagte, es sei unser Zuhause, kein Gefängnis. Pru und ich machten uns dann ein Sandwich oder brutzelten uns irgend etwas und aßen und redeten, ehe wir schlafen gingen. Worüber wir redeten, war nicht wichtig, wichtig war die wohlige Wärme, die davon ausging.

Eines Nachts war unsere Wache um Mitternacht zu Ende, und die Messe war verlassen. Die Pokerspieler hatten schon Schluß gemacht, und nicht einmal die Schachspieler saßen noch herum. Pru und ich gingen in die Küche und machten uns gerade daran, ein Hefe-Käse-Sandwich zu grillen. Die Küche ist ziemlich eng; als Pru sich umdrehte, um den kleinen Grill einzuschalten, stieß sie gegen mich.

Ich bekam einen Hauch von ihrem sauberen, hübschen Haar ab, und etwas wie frischer Klee oder Veilchen. Dann legte ich die Arme um sie.

Sie machte kein Theater. Einen Augenblick lang hielt sie inne, dann entspannte sie sich.

Mädchen sind nett. Sie haben keine Knochen, und ich denke, sie müssen etwa fünf Grad wärmer sein als wir, selbst wenn man das auf einem Fieberthermometer nicht sieht. Ich drehte mein Gesicht nach unten, und sie das ihre nach oben, und dann schloß sie die Augen, und alles war wunderschön.

Vielleicht eine halbe Sekunde lang küßte sie mich, und ich wußte, daß sie ebenso dafür war wie ich, und sehr viel ausdrucksvoller kann ich es gar nicht beschreiben.

Dann entwand sie sich meinen Armen wie ein Ringer und drückte sich mir gegenüber an den Schrank und sah schrecklich erregt aus. Nun, das war ich auch. Sie sah mich nicht an, sie starrte ins Nichts und schien zu lauschen ... das wußte ich; das war der Ausdruck, den sie an sich hatte, wenn sie in Verbindung stand – nur daß sie auch schrecklich unglücklich aussah.

Ich sagte: »Pru! Was ist denn los?«

Sie gab keine Antwort; sie wandte sich einfach zum Gehen. Sie hatte ein paar Schritte auf die Türe zugemacht, als ich nach ihr griff und sie am Handgelenk festhielt. »He, bist du mir böse?«

Sie entwand sich mir und schien erst jetzt zu erkennen, daß ich immer noch da war. »Tut mir leid, Tom«, sagte sie mit heiserer Stimme. »Meine Schwester ist zornig.«

Ich hatte Patience Mathews nie kennengelernt – und jetzt war mir auch alle Lust darauf vergangen. »Hm? Nun, wie kann man sich so albern benehmen, ich ...«

»Meine Schwester mag dich nicht, Tom«, antwortete sie entschieden, als ob das alles erklärte. »Gute Nacht.«

»Aber ...«

»Gute Nacht, Tom.«

Pru war beim Frühstück so nett wie eh und je, aber als sie mir die Semmeln reichte, sprangen keine Funken über. Es wunderte mich nicht, daß Rup an diesem Tag die Wachliste neu einteilte, aber ich fragte nicht, warum. Pru ging mir nicht aus dem Wege und tanzte sogar mit mir, wenn getanzt wurde, aber das Feuer war aus. Keiner von uns beiden versuchte, es wieder zu entfachen.

Viel später erzählte ich es Van. Das trug mir kein Mitgefühl ein. »Du meinst wohl, du bist der erste, der sich den Finger in der Türe eingeklemmt hat? Pru ist süß, das kannst du Großvater van Houten glauben. Aber selbst wenn Sir Galahad höchstpersönlich auf einem weißen Zelter antrabt, wird er zuerst Patience fragen müssen, ehe er mit Pru redete ... Und ich wette mit dir, daß die Antwort ›Nein!‹ ist. Pru selbst möchte schon auf ihre süße, schwachsinnige Art, aber Patience erlaubt es nicht. Nichts was weitergeht als ein kleines Küßchen.«

»Ich finde, das ist jammerschade. Nicht daß es mir jetzt noch etwas ausmachte. Aber ihre Schwester wird ihr das Leben ruinieren.«

»Das ist ihre Sache. Ich selbst habe schon vor Jahren mit meinem Zwilling einen Kompromiß geschlossen – wir haben einander die Zähne eingeschlagen, und seitdem kooperieren wir sehr geschäftsmäßig. Außerdem, woher weißt du eigentlich, daß Pru es Patience nicht genauso macht? Vielleicht hat Pru damit angefangen?«

Es nahm mir nicht den Geschmack an Mädchen, nicht einmal an Mädchen, die Zwillingsschwestern hatten, die Gedankenleser waren. Aber seitdem erfreute ich mich an der Gesellschaft von allen. Zuerst war ich eine Weile häufig mit Onkel Alf zusammen. Er spielte gern Domino, und nach dem Spiel redete er gerne über Sugar Pie – und *mit* ihr natürlich. Er sah sich dann immer sein großes Foto von ihr an, und ich auch, und dann redeten wir alle drei, und Onkel Alf machte für uns beide das Echo. Sie war wirklich ein nettes, kleines Mädchen, und es machte eine Menge Spaß, ein kleines, sechsjähriges Mädchen kennenzulernen – an was für komische Dinge die denken.

Eines Nachts redete ich mit ihnen und sah mir wie immer ihr Bild an, als es mir in den Sinn kam, daß viel Zeit vergangen war, und daß Sugar Pie sich verändert haben mußte – in dem Alter wachsen sie schnell. Mir kam eine brillante Idee. »Onkel, warum sagst du Sugar Pie nicht, daß sie ein neues Foto an Rusty Rhodes schicken soll? Dann könnte er es an Dusty übermitteln, und Dusty könnte dir eines zeichnen, das genauso perfekt ist wie das hier, nur daß es neuesten Datums wäre, dann könntest du sehen, wie sie jetzt aussieht? Was meinst du, Sugar Pie? Ist das nicht eine gute Idee?«

»Das ist nicht notwendig.«

Ich sah das Bild an, und mir wären beinahe alle Sicherungen durchgebrannt. Einen Augenblick war es nicht mehr dasselbe Bild. Oh, dasselbe fröhliche kleine Mädchen, aber sie war ein wenig älter, einer ihrer Vorderzähne fehlte ihr, und ihr Haar war anders.

Und sie war lebendig. Nicht nur ein Stereobild in Farbe, sondern lebendig. Das ist ein großer Unterschied.

Und als ich dann blinzelte, war es wieder dasselbe alte Bild.

Ich sagte heiser: »Onkel, wer hat gesagt: ›Das ist nicht notwendig‹? Du? Oder Sugar Pie?«

»Nun, Sugar Pie. Ich war nur das Echo.«

»Ja, Onkel ... aber ich hab' *dich* nicht gehört. Ich hab' *sie* gehört.« Und dann erzählte ich ihm von dem Foto.

Er nickte. »Ja, so sieht sie aus. Ich soll dir aber sagen, daß der andere Zahn wieder nachwachsen wird.«

»Onkel ... da gibt's nichts drumrum zu reden. Einen Augenblick lang war ich auf eurer privaten Wellenlänge.« Mir war ganz zittrig zumute.

»Das habe ich schon gemerkt. Sugar Pie auch. Aber du hast dich nicht reingedrängt, Junge; ein Freund ist immer willkommen.«

Ich versuchte immer noch, es in mich aufzunehmen.

Es nahm einem den Atem, viel mehr als damals, als Pat und ich feststellten, was wir konnten. Aber ganz durchschaute ich das noch nicht. »Äh, Onkel, meinst du, wir könnten es noch einmal tun? Sugar Pie?«

»Wir können's ja versuchen.«

Aber es funktionierte nicht ... es sei denn, es war doch auch ihre Stimme und nicht die von Onkel, als sie sagte, ›Gute Nacht, Tommie‹. Sicher war ich nicht.

Nachdem ich zu Bett gegangen war, erzählte ich Pat davon. Nachdem ich ihn überzeugt hatte, daß es wirklich passiert war, faßte er Interesse. *»Es lohnt sich, da hineinzubohren, alter Junge. Ich sollte das besser aufzeichnen. Doc Mabel wird sich damit befassen.«*

(»Äh, warte, bis ich mit Onkel Alf gesprochen habe.«)

»Nun gut. Ich schätze, es ist sein Baby ... in mehr als einer Hinsicht. Weil wir gerade von seinem Baby sprechen, vielleicht sollte ich sie besuchen? Wenn an jedem Ende zwei von uns sind, könnte es einfacher sein, es wieder zu schaffen. Wo lebt seine Nichte denn?«

(»Äh, Johannesburg.«)

»Hmm ... das ist ziemlich weit weg, aber ich bin sicher, daß die ALF mich hinschicken würde, wenn Doc Mabel interessiert ist.«

(»Wahrscheinlich, aber laß mich mit Onkel reden.«)

Aber Onkel Alf sprach zuerst mit Dr. Devereaux. Sie riefen mich zu sich, und Doc wollte es sofort und noch einmal versuchen. Ich hatte ihn noch nie so erregt gesehen. Ich meinte: »Ich bin schon dazu bereit, aber ich bezweifle, daß wir es schaffen werden; gestern nacht haben wir es auch nicht geschafft. Ich glaube, das war ein reiner Zufall.«

»Unsinn. Wenn es einmal geht, dann geht es auch ein zweitesmal. Wir müssen nur so geschickt sein, daß wir die Bedingungen etwas beeinflussen.«

Er sah mich an. »Hätten Sie etwas gegen eine leichte Hypnose einzuwenden?«

»Ich? Nein, Sir. Aber ich lasse mich nicht leicht hypnotisieren.«

»So? In Ihren Akten steht, daß Dr. Arnault keine Schwierigkeiten hatte. Bilden Sie sich einfach ein, ich wäre sie.«

Fast hätte ich ihm ins Gesicht gelacht. Wenn es zwischen ihm und der hübschen Dr. Arnault die geringste Ähnlichkeit gibt, dann sehe ich aus wie Kleopatra. Aber ich erklärte mich einverstanden.

»Sie brauchen nur eine leichte Trance, um Sie aufnahmefähig zu machen, und alles fernzuhalten, was Sie ablenken könnte.«

Ich weiß nicht, wie man sich in ›leichter Trance‹ fühlen soll. Ich fühlte überhaupt nichts, und ich schlief auch nicht.

Aber ich fing wieder an, Sugar Pie zu hören.

Ich glaube, Dr. Devereauxs Interesse war rein akademischer Natur; alles, was ihn in der Erkenntnis über den Menschen weiterbrachte, konnte ihn aus seiner chronischen Lethargie reißen. Onkel Alf meinte, Doc sei außerdem daran interessiert, eine neue telepathische Verbindung herzustellen, für alle Fälle. In dem, was Onkel sagte, war eine leichte Andeutung zu verspüren, daß er wohl wußte, daß er selbst nicht ewig leben würde.

Aber da war auch noch eine andere Andeutung. Onkel Alf ließ mich auf sehr feinfühlende Art wissen, daß – sollte es jemals dazu kommen – es gut war zu wissen, daß jemand, dem er vertraute, ein Auge auf sein Baby haben würde. Er sprach es nicht aus, nicht so offenkundig, also brauchte ich auch keine Antwort zu geben. Oder ich wäre halb daran erstickt. Trotzdem begriff ich – und es war das schönste Kompliment, das man mir je gemacht hat. Ich war nicht sicher, daß ich es verdiente, und so entschied ich, ich würde mir einfach Mühe geben, es zu verdienen, wenn es je dazu kam.

Ich konnte jetzt natürlich auch mit Onkel Alf ›reden‹, genauso wie mit Sugar Pie. Aber das tat ich nicht, nur wenn wir alle drei zusammen redeten. Telepathie ist eine Zumutung, wenn sie nicht notwendig ist. Ich rief auch Sugar Pie nie alleine, nur in ein paar Testläufen für Dr. Devereaux, um klarzustellen, daß ich sie auch ohne Onkels Hilfe erreichen *konnte*. Dazu brauchte ich Drogen; Onkel wachte aus dem Schlaf auf, wenn jemand auf jener ›Wellenlänge‹ rief. Aber davon abgesehen, ließ ich sie in Frieden. Es stand mir nicht zu, mich in das Bewußtsein eines kleinen Mädchens hineinzudrängen, sofern sie nicht bereit war und es wollte.

Und kurz darauf heiratete Pat.

XI Schlupf

Während der ersten Andruckphase, nachdem Dr. Devereaux mich unter seine Fittiche genommen hatte, entwickelten sich meine Beziehungen zu Pat immer besser. Nachdem ich einmal zugegeben hatte, daß ich Pat verachtete und ihn nicht mochte, fand ich heraus, daß ich beides nicht mehr tat. Ich kurierte ihn davon, mich unnötig zu belästigen, indem ich ihn unnötig belästigte – einen Wecker konnte er abschalten, aber nicht mich. Dann arbeiteten wir miteinander eine Leben-und-leben-lassen-Formel aus und kamen besser miteinander zurecht. Und plötzlich erkannte ich, daß ich mich geradezu auf den jeweiligen Zeitpunkt freute, den wir füreinander festgesetzt hatten, und erkannte, daß ich ihn mochte, nicht ›wieder‹, sondern ›endlich‹, denn ich hatte ihm gegenüber bisher nie so viel Wärme empfunden.

Aber während wir einander näherkamen, glitten wir auch auseinander; der ›Schlupf‹ hatte uns eingeholt. Wie jeder aus den Relativitätsformeln entnehmen kann, ist die Beziehung keine geradlinige; am Anfang ist die Abweichung nicht feststellbar, aber am anderen Ende der Skala nimmt sie rapide zu.

Bei drei Viertel der Lichtgeschwindigkeit beklagte er sich darüber, daß ich so gedehnt redete, während es für mich den Anschein hatte, als finge er zu schnattern an. Bei neun Zehntel der Lichtgeschwindigkeit war es fast zwei zu eins, aber wir wußten jetzt, was nicht stimmte, und ich redete schnell, und er langsam.

Bei 99 % der Lichtgeschwindigkeit war es sieben zu eins, und wir hatten große Mühe, uns einander verständlich zu machen. Später, am selben Tag, riß die Verbindung völlig ab.

Alle anderen hatten dieselben Schwierigkeiten. Natürlich ist Telepathie etwas, das ohne Zeitverzug funktioniert, zumindest schienen die Trillionen von Kilometern, die zwischen uns lagen, keine Verzögerung zu erzeugen, nicht einmal die kleine Pause, die eintritt, wenn man von der Erde nach Luna telefoniert, und die Signalstärke sank auch nicht ab. Aber Gehirne sind Fleisch und Blut, und Denken erfordert Zeit ... und unsere Zeitrate war aus dem Tritt geraten. Ich dachte (von Pats Standpunkt aus betrachtet) so langsam, daß er nicht abbremsen und mit mir zusammenbleiben konnte. Was ihn betraf, so wußte ich, daß er von Zeit zu Zeit versuchte, mit mir Verbindung aufzunehmen, aber ich konnte nur ein Quietschen wahrnehmen und keinen Sinn verstehen.

Selbst Dusty Rhodes schaffte es nicht. Sein Zwilling konnte sich nicht die langen Stunden auf ein Bild konzentrieren, die Dusty brauchte, um es zu ›sehen‹.

Es war für uns alle ärgerlich, um es gelinde auszudrükken. Stimmen zu hören, ist in Ordnung, aber nicht, wenn man nicht sagen kann, was die einem klarmachen wollen, und sie auch nicht ausschalten kann. Vielleicht waren manche von den seltsamen Fällen in der Psychiatrie gar nicht so verrückt, vielleicht waren die armen Teufel nur auf eine schlechte Wellenlänge abgestimmt.

Onkel Alf litt anfänglich am meisten darunter, und ich saß einen ganzen Abend lang mit ihm zusammen, während wir es beide versuchten. Dann gewann er plötzlich seine Fassung wieder zurück; Sugar Pie dachte an ihn, das wußte er; und so lange sie das tat, waren Worte in Wirklichkeit gar nicht notwendig.

Pru war die einzige, die es genoß; endlich war sie der Fuchtel ihrer Schwester entzogen. Sie wurde wirklich geküßt, wahrscheinlich das erstemal in ihrem Leben. Nein, nicht von mir; ich ging nur gerade zufällig den Korridor hinunter, um mir etwas zu trinken zu holen, kehrte aber still um und verzichtete auf den Drink. Es ist nicht wichtig, wer es war, da es ja nichts zu bedeuten hatte – ich glaube, an dem Punkt hätte Pru sogar den Captain geküßt, wenn er stillgehalten hätte. Die arme kleine Pru!

Wir fanden uns damit ab, daß wir warten mußten, bis wir wieder abgebremst hatten und phasengleich waren. Die Verbindung Schiff zu Schiff bestand immer noch, da die Schiffe ja nach demselben Zeitplan beschleunigten, und es wurde viel über das Dilemma debattiert, ein Dilemma, mit dem offenbar niemand gerechnet hatte. In einer Hinsicht war es nicht wichtig, da wir ohnehin nichts würden zu berichten haben, bis wir abgebremst hatten und beginnen konnten, uns die Sterne näher anzusehen, die unser Reiseziel waren. Aber in anderer Hinsicht war es von Bedeutung: die Zeit, die die *Elisie* mit Lichtgeschwindigkeit verbrachte (minus dem Schnurrbarthaar einer Mücke), würde uns sehr kurz vorkommen – aber für jene auf der Erde würden es etwas mehr als zehn Jahre sein. Wie wir später erfuhren, fragten sich Dr. Devereaux und seine Kollegen auf den anderen Schiffen und bei der ALF, wie viele telepathische Paare wohl nach zehn Jahren noch funktionieren würden (wenn es dann überhaupt noch welche gab). Sie hatten Grund zur Besorgnis. Man hatte bereits erkannt, daß eineiige Zwillinge nur ganz selten Telepaare waren, wenn sie ein paar Jahre getrennt voneinander gelebt hatten – das war ein weiterer Grund, weshalb man vorwiegend junge Leute ausgewählt hatte; im Erwachsenenleben trennen sich die meisten Zwillinge.

Aber bis dahin waren wir in Projekt Lebensraum noch nicht ›getrennt‹ worden. Sicher, wir waren unvorstellbar weit voneinander entfernt, aber jedes Paar war täglich in Verbindung gewesen, und auch dauernd in Übung, weil wir ja regelmäßig Wache stehen mußten, selbst wenn es nichts zu senden gab, außer Nachrichten.

Aber was würde aus der Beziehung zwischen Telepartnern werden, wenn sie ein paar Jahre die Verbindung miteinander verloren?

Mich störte das nicht; ich wußte nichts davon. Ich bekam eine Art von Antwort aus Mr. O'Toole heraus, die mich zu der Meinung veranlaßte, daß wir nach ein paar Wochen Schiffszeit wieder nahe genug beieinander sein würden, um uns gegenseitig zu verstehen. Unterdessen gab es keine Wachen, also war es gar nicht so schlimm. Ich ging zu Bett und versuchte, das Quietschen in meinem Kopf zu ignorieren.

Ich wurde von Pat geweckt.

»Tom ... gib mir Antwort, Tom. Kannst du mich hören, Tom? Gib mir Antwort.«

(»Hey, Pat, ich bin hier!«) Ich war sofort hellwach, sprang aus dem Bett und war so aufgeregt, daß ich kaum reden konnte.

»Tom! O Tom! Es ist gut, dich zu hören, Junge – seit dem letztenmal sind zwei Jahre vergangen.«

(»Aber ...«) Ich fing an zu argumentieren, hielt dann aber den Mund. Für mich war es weniger als eine Woche gewesen. Aber ich hätte zuerst auf den Greenwichkalender sehen und mich im Computerbüro erkundigen müssen, ehe ich auch nur ahnen konnte, wie lange es für Pat gewesen war.

»Laß mich reden, Tom. Ich halte das nicht sehr lang durch. Die hatten mich die letzten sechs Wochen unter Tiefenhypnose und Drogen, und ich habe so lange gebraucht, um mit dir Verbindung zu bekommen. Die wagen es nicht, mich länger unter Drogeneinfluß zu halten.«

(»Du meinst, du bist im Augenblick unter Hypnose?«)

»Natürlich, sonst könnte ich ja überhaupt nicht zu dir sprechen. Jetzt ...« Seine Stimme verblaßte eine Sekunde lang. *»Tut mir leid. Die mußten mir gerade noch eine Spritze geben und mich intravenös ernähren. Jetzt hör zu und zeichne diesen Zeitplan auf. Van Houten ...«* Er rasselte präzise Greenwichzeiten und Daten herunter, auf die Sekunde genau, für jeden von uns, und verblaßte dann wieder, als ich die Angaben wiederhol-

te. Ich fing noch ein »*Wiedersehn*« auf, das immer schriller wurde, und dann herrschte wieder Schweigen. Ich schlüpfte in meine Hose, ehe ich den Captain wecken ging. Aber für die Schuhe nahm ich mir nicht mehr die Zeit. Dann waren alle auf, und die Tageslichter wurden eingeschaltet, obwohl offiziell Nacht war, und Mama O'Toole machte Kaffee, und alle redeten. Die Relativisten drängten sich in den Computerraum, und Janet Meers rechnete die Schiffszeit für Bernie van Houtens Verabredung mit seinem Zwilling aus, ohne sich die Mühe zu machen, die Rechnung durch den Computer zu schicken, weil Van als erster auf der Liste stand.

Van schaffte es nicht, mit seinem Bruder in Verbindung zu treten, und alle wurden nervös, und Janet Meers heulte, weil jemand andeutete, sie hätte vielleicht einen Fehler in der Zeitberechnung gemacht, weil sie sie im Kopf angestellt hatte. Aber Dr. Babcock jagte ihre Lösung persönlich durch den Computer, und sie stimmte auf neun Dezimalstellen. Dann verkündete er mit leicht unterkühlter Stimme, er wäre jedem dankbar, wenn er künftig darauf verzichtete, seine Mitarbeiter zu kritisieren; das sei sein Privileg.

Gloria bekam gleich darauf Kontakt mit ihrer Schwester, und alle fühlten sich wieder besser. Der Captain schickte durch Miß Gamma eine Mitteilung an das Flaggschiff und bekam die Antwort, daß zwei weitere Schiffe wieder Kontakt hatten, die *Nautilus* und die *Cristoforo Colombo*.

Jetzt gab es beim Ablösen der Wachen keine Verzögerungen mehr und auch keine kurzen Pausen in der Messe, um schnell einen Bissen zu essen. Wenn nach der berechneten Zeit der jeweilige Zwilling auf der Erde um 3:17:06 nach Schiffszeit sendebereit war, wartete man von drei Uhr ab auf ihn mit eingeschaltetem Recorder und mit Mikro vor den Lippen. Für uns im Schiff war das leicht, aber jeder von uns wußte, daß sein Telepartner sich sowohl einer Hypnosebehandlung als auch intensiven Drogen unterziehen mußte, um überhaupt mit uns in Verbindung zu bleiben –

und Dr. Devereaux schien darüber ganz und gar nicht glücklich.

Es gab auch keine Zeit für müßiges Plaudern, nicht wenn der jeweilige Zwilling vielleicht eine Stunde für jedes Wort aus seinem Leben heraushacken mußte. Man zeichnete das, was er sendete, gleich das erstemal richtig auf, ohne lange Wiederholungen, und dann gab man durch, was der Captain abgezeichnet hatte. Wenn dabei noch ein paar Augenblicke zum Reden übrigblieben, schön. Gewöhnlich war das nicht der Fall, was auch der Grund war, weshalb ich das mit Pats Heirat durcheinander brachte.

Sehen Sie, die zwei Wochen, in die unser Wechsel von Beschleunigung auf Abbremsen fiel, die Zeit, in der wir unsere Spitzengeschwindigkeit erreichten, machten auf der Erde etwa zehn Jahre aus. Das ist im Durchschnitt etwa 250 zu 1. Aber es war eben nicht im Durchschnitt; in der Mitte der Periode war der Schlupf viel größer. Ich fragte Mr. O'Toole, wieviel er maximal ausmachte, aber er schüttelte bloß den Kopf. Er meinte, man könne das nicht messen, und die wahrscheinlichen Fehler seien größer als die infinitesimalen Werte, mit denen er arbeitete.

»Wir wollen es einmal so ausdrücken«, schloß er. »Ich bin froh, daß es auf diesem Schiff keinen Heuschnupfen gibt, denn ein etwas kräftiges Niesen würde uns abkippen lassen.«

Das war natürlich ein Scherz, denn, wie Janet Meers erklärte, näherte sich unsere Masse, während wir uns an die Lichtgeschwindigkeit heranarbeiteten, der Unendlichkeit.

Aber dann gerieten wir wieder einen ganzen Tag lang aus der Phase.

Am Ende einer dieser ›Gipfel-Wachen‹ (sie waren nie mehr als ein paar Minuten lang, nach S-Zeit), sagte mir Pat, daß er und Maudie heiraten würden. Dann war er weg, ehe ich ihm gratulieren konnte. Ich wollte ihm gerade sagen, daß Maudie nach meiner Ansicht ein wenig jung wäre, und ob er die Dinge nicht überstürzte, aber die Gelegenheit bekam ich nicht mehr. Er war einfach weg.

Ich war nicht gerade eifersüchtig. Ich dachte über mich selbst nach und entschied, daß ich das nicht war, und dann wurde mir plötzlich klar, daß ich mich nicht einmal daran erinnern konnte, wie Maudie aussah. Oh, ich wußte schon, wie sie aussah – blond, mit einer kleinen Stupsnase und der Tendenz, im Sommer Sommersprossen zu bekommen. Aber ich konnte ihr Gesicht nicht vor meinem inneren Auge heraufbeschwören, so wie ich das bei Prus Gesicht oder dem von Janet konnte. Ich hatte einfach nur das Gefühl, man hätte mich irgendwie draußen warten lassen.

Ich dachte daran, es mir am Greenwich-Kalender anzusehen, und brachte Janet dann dazu, daß sie es auf die genaue Zeit meiner letzten Wache zurückrechnete. Dann wurde mir klar, daß meine Kritik ziemlich albern gewesen war. Pat war dreiundzwanzig, und Maudie einundzwanzig, fast zweiundzwanzig.

Ich schaffte es, bei der nächsten Verbindung ›Gratuliere‹ zu sagen, aber Pat hatte keine Gelegenheit, darauf zu antworten. Das tat er erst beim nächstenmal. »Danke für die Gratulation. Wir haben sie nach Mutter benannt, aber ich denke, sie wird wie Maudie aussehen.«

Das brachte mich völlig durcheinander. Ich mußte Janet wieder um Hilfe bitten, und stellte fest, daß alles in Ordnung war – ich meine, wenn ein Paar zwei Jahre verheiratet war, ist ein kleines Mädchen nicht gerade eine Überraschung, oder? Nur für mich.

Alles in allem betrachtet, mußte ich mich in diesen zwei Wochen an eine ganze Menge gewöhnen. Am Anfang hatten Pat und ich dasselbe Alter, abgesehen von einem belanglosen Schlupf. Am Ende der Periode (wobei ich als das Ende den Zeitpunkt ansah, an dem es nicht mehr nötig war, extreme Maßnahmen zu gebrauchen, damit wir Telepathen reden konnten), war mein Zwilling mehr als elf Jahre älter als ich und hatte eine siebenjährige Tochter.

Ich hörte auf, in Maudie ein Mädchen zu sehen, jedenfalls nicht eines, in das ich einmal verknallt gewesen war. Ich entschied, daß sie wahrscheinlich bereits im Begriff war, fett und schlampig zu werden und sehr, sehr häuslich – sie hatte noch nie einem zweiten Schokoladeneclair widerstehen können. Tatsächlich hatten Pat und ich uns sehr weit voneinander entfernt, denn wir hatten jetzt nur noch wenig Gemeinsames. Der Schiffsklatsch, der für mich so wichtig war, langweilte ihn. Andererseits konnte ich mich nicht über seine flexiblen Konstruktionseinheiten und Konventionalstrafen aufregen. Wir telekommunizierten immer noch befriedigend, aber wir waren wie zwei Fremde, die ein Telefon benutzten. Mir tat es leid, denn ich hatte angefangen, ihn zu mögen, ehe er mir entschlüpfte.

Aber meine Nichte wollte ich sehen. Seit ich Sugar Pie kannte, wußte ich, daß kleine Mädchen mehr Spaß machen als junge Hunde, und sogar netter als Kätzchen sind. Ich erinnerte mich wieder an die Idee, die ich in bezug auf Sugar Pie gehabt hatte, und sprach Dusty darauf an.

Der war einverstanden; Dusty kann einfach einer Chance nicht widerstehen, anderen zu zeigen, wie gut er zeichnen kann. Außerdem war er ruhiger geworden, für seine Person jedenfalls; er knurrte nicht immer gleich, wenn man versuchte, nett zu ihm zu sein, obwohl es wahrscheinlich noch Jahre dauern würde, ehe er einmal lernen würde, andere um etwas zu bitten.

Dusty lieferte ein wunderschönes Bild. Alles, was Baby Molly fehlte, um einen Engel aus ihr zu machen, waren kleine Flügel. Ich erkannte sogar eine Ähnlichkeit mit mir – mit ihrem Vater, um es genau zu sagen. »Dusty, das ist ein herrliches Bild. Ist es sehr ähnlich?«

Er plusterte sich auf. »Woher soll ich das wissen? Aber wenn da auch nur ein Tausendstel Millimeter Unterschied ist, oder eine winzige Schattierung nicht mit dem Bild übereinstimmt, das dein Bruder meinem Bruder geschickt hat, dann esse ich es auf! Aber woher soll ich wissen, wie die stolzen Eltern es hübsch gemacht haben?«

»Tut mir leid, wirklich! Ein prima Bild ist das! Ich wünschte, es gäbe irgend eine Möglichkeit, dich dafür zu bezahlen.«

»Laß dich das keine schlaflosen Nächte kosten; mir wird schon etwas einfallen. Ich bin teuer.«

Ich nahm mein Bild von Lucille Lavonne ab und brachte an seiner Stelle das von Molly an. Aber das von Lucille warf ich nicht weg.

Ein paar Monate später brachte ich in Erfahrung, daß Dr. Devereaux in meiner Fähigkeit, die ›Wellenlänge‹ von Onkel Alf und Sugar Pie zu benutzen, völlige andere Möglichkeiten entdeckt hatte, als die offenkundigen, die mir eingefallen waren. Ich hatte weiterhin mit beiden gesprochen, wenn auch nicht mehr so oft wie anfänglich. Sugar Pie war jetzt eine junge Dame, fast achtzehn, ging in Witwatersrand auf eine normale Schule und hatte bereits angefangen, selbst ein paar Stunden zu geben. Niemand außer Onkel und mir nannte sie ›Sugar Pie‹, und die Vorstellung, daß ich eines Tages an die Stelle von Onkel Alf treten könnte, war vergessen – bei dem Tempo, mit dem wir uns voneinander entfernten, würde *sie* bald *mich* großziehen.

Aber Doc Devereaux hatte die Sache nicht vergessen. Er hatte die Verhandlungen mit der ALF geführt, ohne mich zu konsultieren. Allem Anschein nach hatte man Pat beauftragt, die Sache für sich zu behalten, bis sie für einen Versuch bereit war, denn ich erfuhr zum erstenmal davon, als ich ihm sagte, er sollte ein paar Routineaufzeichnungen machen (wir hatten inzwischen wieder normale Wachen). *»Laß das, alter Junge«*, sagte er. *»Gib den Verkehr an das nächste Opfer weiter. Du und ich versuchen jetzt etwas Neues.«*

(»Was?«)

»Anweisung der ALF, von ganz oben. Molly hat ihren eigenen Forschungsvertrag, so wie du und ich ihn hatten.«

(»Was? Die ist doch kein Zwilling.«)

»Laß mich zählen. Nein, die ist tatsächlich nur eine – obwohl sie mir manchmal wie eine ganze Herde wilder Elefanten vorkommt. Sie ist hier, und sie sagt, ich soll Onkel Tom grüßen.«

(»O schön. Hello, Molly.«)

»Hallo, Onkel Tom.«

Fast wäre ich aus der Haut gefahren. Ich hatte es sofort mitgekriegt, ganz ohne herumfummeln. (»Hey, wer war das? Sag das nochmal!«)

»Hallo, Onkel Tom.« Sie kicherte. *»Ich hab' eine neue Haarschleife.«*

Ich schluckte (»Ich wette, du siehst darin mächtig nett aus, Honey. Ich wünschte, ich könnte dich sehen. Pat! Wann ist das geschehen?«)

»In den letzten zehn Wochen einige Male. Hat ziemlich Mühe mit Dr. Mabel gekostet, bis es geklappt hat. Übrigens, es waren auch ein paar zähe Sitzungen mit der, äh, ehemaligen Miß Kauric nötig, ehe sie damit einverstanden war.«

»Er meint Mummy«, sagte mir Molly im Verschwörerton. *»Ihr hat das nicht gefallen. Aber mir schon, Onkel Tom. Ich finde, daß es nett ist.«*

»Die lassen mich beide nicht mehr in Frieden und hören die ganze Zeit zu«, beklagte sich Pat. *»Hör zu, Tom. Das ist nur ein Testlauf, und ich mach' jetzt Schluß. Ich muß dieses schreckliche Geschöpf zu ihrer Mutter zurückbringen.«*

»Die zwingt mich bloß wieder, ein Schläfchen zu machen«, stimmte Molly mit resignierter Stimme zu. *»Und dafür bin ich zu alt. Wiedersehen, Onkel Tom. Ich liebe dich.«*

(»Ich liebe dich, Molly.«)

Ich drehte mich um, und hinter mir standen Dr. Devereaux und der Captain mit schlackernden Ohren. »Wie ist es gelaufen?« wollte Dr. Devereaux erregt wissen.

Ich versuchte, mir nichts anmerken zu lassen. »Befriedigend. Perfekter Empfang.«

»Die Kleine auch?«

»Aber selbstverständlich, Sir. Haben Sie etwas anderes erwartet?«

Er atmete tief. »Junger Mann, wenn wir Sie jetzt nicht brauchen würden, würde ich Ihnen den Schädel mit einem alten Telefonbuch einschlagen.«

Ich glaube, Baby Molly und ich waren das erste sekundäre Kommunikationsteam der Flotte. Aber wir waren nicht die letzten. Die ALF nahm, von einer Hypothese ausgehend, die der Fall von Onkel Alfred und Sugar Pie hatte entstehen lassen, an, daß es möglich wäre, ein neues Team zu bilden, wo das potentielle neue Mitglied sehr jung und intim mit einem erwachsenen Mitglied eines alten Teams verbunden war. In manchen Fällen klappte es. In anderen Fällen konnte man es nicht einmal versuchen, weil kein Kind zur Verfügung stand.

Pat und Maudie bekamen ein zweites Baby, unmittelbar bevor wir das Tau Ceti System erreichten. Aber Maudie setzte sich in bezug auf Lynette durch; sie sagte, zwei Freaks in ihrer Familie würden genügen.

XII Tau Ceti

Als wir uns Tau Ceti auf ein paar Lichtstunden genähert hatten, wußten wir, daß wir keine Niete gezogen hatten; Harry Gates hatte mit Stereo und Doppler-Stereo ein halbes Dutzend Planeten fotografiert. Harry war nicht nur unser Seniorplanetologe, er war auch Chef der Forschungsabteilung. Wahrscheinlich verfügte er über genügend akademische Titel, um sie wie Perlen auf einer Kette aufzureihen. Aber ich nannte ihn ›Harry‹, weil alle das taten. Er war nicht der Typ, den man ›Doktor‹ nennt; er war lebhaft und munter, und kam einem jünger vor als er war.

Für Harry war das Universum ein kompliziertes Spielzeug, das jemand ihm gegeben hatte ; er wollte es auseinandernehmen und nachsehen, was daran schuld war, daß es sich bewegte. Er war entzückt von ihm und willens, mit jedermann zu jeder Zeit darüber zu diskutieren. Ich wurde in meiner Eigenschaft als Flaschenwäscher mit ihm bekannt, weil Harry Laborhelfer nicht wie Roboter behandelte. Er behandelte sie wie Menschen, und es störte ihn überhaupt nicht, daß er doch viel mehr wußte als sie. Er schien sogar der Ansicht zu sein, daß er auch von ihnen etwas lernen konnte.

Wie er die Zeit fand, Barbare Kuiper zu heiraten, weiß ich nicht, aber Barbara war eine der Fackelwachen, und so hatte es wahrscheinlich als eine Diskussion über Physik angefangen und war dann zu biologischen und soziologischen Themen ausgeufert; Harry interessierte sich für alles. Aber die Zeit, auch in der Nacht dabei zu sein, als ihr erstes Baby zur Welt kam, hatte er nicht, denn das war die Nacht, in der er den Planeten fotografierte, dem er den Namen Constance gab, nach dem Baby. Dagegen gab es Einwände, weil jeder dem Planeten einen Namen geben wollte. Aber der Captain entschied, daß die uralte Regel gilt: Die Entdecker astronomischer Objekte hatten ein Recht darauf, ihnen einen Namen zu geben.

Constance zu finden, war kein Zufall. (Ich meine, den Planeten, nicht das Baby; das Baby war nicht verlorengegangen.) Harry wollte einen Planeten zwischen achtzig und zweiundachtzig Millionen Kilometer von Tau, oder vielleicht sollte ich sagen, die ALF wollte einen in der Distanz. Sehen Sie, Tau Ceti ist zwar nach dem Spektraltyp ein enger Verwandter der Sonne, aber Tau ist kleiner und liefert nur etwa drei Zehntel soviel Licht – und so würde, nach demselben alten, müden Gesetz vom umgekehrten Quadrat, das man dazu benutzt, um die Beleuchtung für ein Wohnzimmer zu planen oder eine Blitzlichtaufnahme zu machen, ein Planet in einer Distanz von achtzig Millionen Kilometer von Tau dieselbe Menge Sonnenlicht auffangen wie ein Planet, der hundertsechzig Millionen Kilometer von Sol entfernt ist, und das ist die Distanz der Erde. Wir suchten nicht einfach irgendeinen Planeten, sonst hätten wir ja zu Hause im Sonnensystem bleiben können. Wir wollten ein vernünftiges Faksimile der Erde, sonst würde er das Kolonisieren nicht wert sein.

Wenn Sie je in einer klaren Nacht auf Ihr Dach steigen, dann bekommen Sie so reichlich Sterne zu sehen, daß Sie meinen könnten, Planeten, die der Erde sehr ähnlich sind, müßten etwa so häufig sein wie Eier in einem Hühnerhof. Nun, das sind sie auch: Harry schätzt, daß es in unserer eigenen Milchstraße zwischen hunderttausend und hundert Millionen davon gibt – und diese Zahl kann man für das ganze Universum mit jeder anderen, die einem gefällt, multiplizieren. Der Haken ist nur, daß sie nicht bequem zur Hand sind. Tau Ceti war nur elf Lichtjahre von der Erde entfernt; die meisten Sterne in unserer eigenen Galaxis sind im

Durchschnitt eher fünfzigtausend Lichtjahre von der Erde entfernt. Selbst die Akademie für Langzeitforschung dachte nicht in solchen Kategorien; wenn ein Stern sich nicht innerhalb einer Distanz von hundert Lichtjahren oder so befand, so war der Gedanke, ihn selbst mit Fackelschiffen zu kolonisieren, einfach albern. Sicher, ein Fackelschiff kann so weit wie nötig fliegen, selbst quer durch die Galaxis – aber wen interessieren schon Immobilienberichte nach ein paar Eiszeiten? Das Bevölkerungsproblem würde schon lange vorher so oder so gelöst sein. Vielleicht so, wie die Kilkenny-Katzen das ihre gelöst haben.

Aber dann gibt es im Umkreis von hundert Lichtjahren von der Erde runde fünfzehnhundert Sterne, und von denen gehören nur etwa hundertsechzig demselben allgemeinen Spektraltyp wie die Sonne an. Projekt Lebensraum hoffte darauf, nicht mehr als die Hälfte davon zu überprüfen, sagen wir höchstens fünfundsiebzig – weniger, seit wir die *Vasco da Gama* verloren hatten.

Wenn bei der Suche auch nur *ein* Planet vom echten Erdtyp auftauchte, würde das Projekt sich auszahlen. Aber es gab keine Gewähr dafür. Es war durchaus möglich, daß ein Stern vom Soltyp keinen Planeten vom Erdtyp hatte; ein Planet würde möglicherweise zu nahe beim Feuer oder zu weit von ihm entfernt sein, oder zu klein, um eine Atmosphäre halten zu können, oder zu schwer für die Gelenke der Menschheit, oder zu knapp an H_2O, das wir für alles brauchen, was wir tun.

Oder er würde möglicherweise von irgendwelchen unfreundlichen Typen bevölkert sein, die andere Eigentumsvorstellungen hatten.

Die *Vasco da Gama* hatte die beste Chance gehabt, den ersten Planeten vom Erdtyp zu finden; ihr Zielstern, Alpha Centauri, ist nämlich der *einzige* Stern in diesem Teil der Welt, der wahrhaft ein Zwilling der Sonne ist (Antons Begleiter, Alpha Centauri Berta gehört einer anderen Sorte an, dem Spektraltyp K). Wir hatten die nächstbeste Chance, obwohl Tau Ceti der Sonne weniger ähnlich ist als Alpha Centauri B, denn der nächstnahe G-Typ ist etwa dreizehn Lichtjahre von der Erde entfernt ... womit wir einen zweijährigen Vorsprung gegenüber der *Magellan* und fast vier gegenüber der *Nautilus* hatten.

Immer unter der Voraussetzung, daß wir etwas fanden, natürlich. Sie können sich vorstellen, wie entzückt wir waren, als es sich herausstellte, daß Tau Ceti einen solchen Planeten besaß.

Harry war ebenfalls entzückt, aber aus den falschen Gründen. Ich war ins Observatorium geschlendert in der Hoffnung, dort einen Blick auf den Himmel erhaschen zu können – einer der Nachteile der *Elsie* war, daß es fast unmöglich war, hinauszusehen – als er mich packte und sagte: »Sehen Sie sich das an, Kumpel!«

Ich warf einen Blick darauf. Es war ein Blatt Papier mit Zahlen darauf; es hätte gut Mama O'Tooles Pflanzplan sein können. »Was ist das?«

»Können Sie nicht lesen? Das ist Bodes Gesetz, das ist es!«

Ich versuchte, mich zu erinnern. Mal sehen ... nein, das war Ohms Gesetz – und dann fiel es mir ein; Bodes Gesetz war eine einfache geometrische Reihe, die die Abstände der solaren Planeten von der Sonne beschrieb. Niemand war je imstande gewesen, einen Grund dafür zu finden, und in manchen Fällen funktionierte es auch nicht exakt, obwohl ich mich zu erinnern glaubte, daß Neptun oder vielleicht auch Pluto durch Kalkulationen entdeckt worden war, die dieses Gesetz nutzten. Mir kam es wie eine zufällige Beziehung vor.

»Was ist damit?« fragte ich.

»›Was ist damit?‹ sagt der Mann! Du liebe Güte! Das ist die wichtigste Sache, seit Newton den Apfel auf den Kopf bekommen hat.«

»Mag schon sein, Harry, aber ich bin heute ein wenig langsam. Ich dachte, Bodes Gesetz sei nur ein Zufall. Warum könnte das hier nicht auch ein Zufall sein?«

»Zufall! Schauen Sie, Tom, wenn Sie einmal eine Sieben würfeln, ist das ein Zufall. Wenn Sie achthundertmal hintereinander eine Sieben würfeln, hat jemand die Würfel gezinkt.«

»Aber das hier ist doch nur zweimal.«

»Das ist nicht dasselbe. Geben Sie mir ein genügend großes Blatt Papier, dann schreibe ich Ihnen die Zahl der Nullen auf, die man dazu braucht, um zu beschreiben, wie unwahrscheinlich dieser ›Zufall‹ ist.« Er sah mich nachdenklich an. »Tommy, alter Freund, das wird der Schlüssel zu dem Geheimnis sein, wie Planeten gemacht werden. Die werden uns dafür direkt neben Galileo begraben. Mmm ... Tom, wir können es uns nicht leisten, viel Zeit in dieser Umgebung zu verbringen; wir müssen weiter und uns das Beta Hydri System ansehen, uns vergewissern, daß es dort genauso stimmt – nur um die bemoosten Häupter auf der Erde zu überzeugen, denn es wird so sein, das wird es! Ich muß es dem Captain sagen, wir müssen den Flugplan ändern.« Er stopfte sich das Papier in eine Tasche und rannte davon. Ich sah mich um, aber die Strahlungsjalousien waren über die Sichtluken gefahren, und so konnte ich nicht hinaussehen.

Natürlich änderte der Captain den Flugplan nicht. Unsere Aufgabe war es, Farmland zu finden, nicht das Unerklärliche zu erklären. Ein paar Wochen später standen wir auf dem Orbit um Constance. Damit waren wir zum erstenmal auf der ganzen Reise im freien Fall, denn das war nicht einmal während des Wechsels von Beschleunigung auf Abbremsen der Fall gewesen; Chefingenieure schalten eine Fackel ungern ab, wenn nicht genügend Zeit vorhanden ist, um sie vor dem Wiederanlassen gründlich zu überholen – man brauchte nur an die *Peter der Große* zu denken, die ihre Fackel abgeschaltet hatte und sie nicht wieder in Gang bringen konnte und in die Sonne gefallen war.

Ich mochte den freien Fall nicht. Aber wenn man seinen Magen nicht überlädt, ist das schon in Ordnung.

Harry schien nicht enttäuscht. Er hatte einen ganzen neuen Planeten, mit dem er spielen konnte, also schob er Bodes Gesetz auf die lange Bank und machte sich an die Arbeit. Wir blieben in fünfzehnhundert Kilometer Höhe im Orbit, während die Forschung soviel wie möglich über Connie in Erfahrung brachte, ohne den Planeten tatsächlich zu berühren; direkte visuelle Suche, Strahlungsübersicht, Absorptions-Spektra der Atmosphäre. Connie hatte zwei Monde; einer war ziemlich groß, wenn auch kleiner als Luna, so daß man die Oberflächenschwerkraft genau messen konnte.

Insgesamt betrachtet wirkte Connie recht heimelig. Commander Frick veranlaßte, daß seine Leute in der Messe einen Stereotank mit Farbe aufbauten, so daß wir es alle sehen konnten. Connie sah wie das Bild aus, das sie von den Raumstationen aus von der Erde aufnehmen und immer vor den Nachrichten zeigen – grün und blau und braun und halb mit Wolken bedeckt und mit Polarkappen wie weißen Mützen. Ihr Luftdruck war etwas geringer als der unsere, aber der Sauerstoffanteil war höher, so daß wir die Luft atmen konnten. Die Absorptionsspektra zeigten einen höheren Kohlendioxidgehalt, aber nicht so viel wie auf der Erde im Kohlezeitalter.

Sie war kleiner, hatte dafür aber ein wenig mehr Landfläche als die Erde; die Meere waren kleiner. Jede Nachricht, die wir zur Erde absetzten, enthielt gute Neuigkeiten, und ich schaffte es sogar, Pats Gedanken auf eine Weile von seinen Gewinn- und Verlustrechnungen abzulenken; er hatte aus uns die »Bartlett Brothers, Inc.« gemacht und schien von mir zu erwarten, daß ich mich für die Buchführung interessierte, einfach weil mein bis dahin angelaufenes ALF-Gehalt in die Kapitalausstattung der Gesellschaft gewandert war. Als ob mich das interessiert hätte – ich hatte schon so lange kein Geld mehr angefaßt, daß ich völlig vergessen hatte, wie sich jemand damit abgeben konnte.

Natürlich interessierten wir uns zuallererst dafür, ob bereits jemand da war ... intelligente Lebewesen, meine ich; Geschöpfe, die fähig waren, Werkzeuge zu benutzen, Bauten zu errichten und die Dinge zu organisieren. Wenn das der Fall war, so lautete unsere Anweisung, sollten wir sofort wieder verschwinden, ohne zu landen, irgendwo anders im System Treibstoff finden und es einer späteren Gruppe überlassen, freundliche Beziehungen herzustellen; die ALF wollte nicht, daß sich der schreckliche Fehler wiederholte, den man mit dem Mars gemacht hatte.

Aber das elektromagnetische Spektrum zeigte überhaupt nichts, angefangen bei Gammastrahlung bis hinauf zu den längsten Radiowellen. Wenn es dort unten Leute gab, so benutzten sie kein Radio und zeigten keine Stadtbeleuchtung und verfügten auch nicht über Atomkraft. Auch Flugzeuge hatten sie keine und auch keine Straßen und keinen Verkehr auf der Oberfläche ihrer Meere noch sonst irgend etwas, das wie Städte aussah. Also bewegten wir uns außerhalb der Atmosphäre in einem ›Orangenschnitz‹-Pol-zu-Pol-Orbit, der es uns erlaubte, die ganze Planetenoberfläche abzusuchen, bei jeder halben Bewegung einen neuen Sektor.

Dann suchten wir visuell über Fotografie und mit Radar. Dabei entging uns nichts, was auffälliger als ein Biberdamm war, dessen bin ich sicher. Keine Städte, keine Häuser, keine Straßen, keine Brücken, keine Schiffe; niemand zu Hause. Oh, selbstverständlich Lebewesen – wir konnten Herden auf den Ebenen grasen sehen, und gelegentlich konnten wir auch auf andere Geschöpfe einen Blick werfen. Aber es sah aus wie das Paradies für Siedler.

Der Captain sandte eine Nachricht: »Bereite mich zur Landung vor.«

Ich meldete mich sofort für den Erkundungstrupp freiwillig. Vorher versuchte ich, meinen Onkel Major Lucas davon zu überzeugen, daß es gut wäre, mich in seine Wache aufzunehmen. Er sagte mir, ich solle mir das gefälligst aus dem Kopf schlagen. »Wenn du dir einbildest, daß ich etwas mit einem nicht ausgebildeten Rekruten anfangen kann, bist du verrückter als du vermutlich glaubst, daß ich es bin. Wenn du Soldat spielen wolltest, hättest du dir das gleich beim Start überlegen müssen.«

»Aber du hast doch Männer von sämtlichen Abteilungen in deiner Wache.«

»Jeder von denen ist als Soldat ausgebildet. Ernsthaft, Tom, ich kann es mir nicht leisten. Ich brauche Männer, die *mich* schützen werden; nicht jemanden, der noch so grün ist, daß ich ihn schützen muß. Tut mir leid.«

Also schnappte ich mir Harry Gates und versuchte, ihn dazu zu bringen, daß er mich in den Wissenschaftlertrupp aufnahm, den die Schiffswache schützen würde.

»Sicher, warum nicht?« sagte er. »Da gibt es genügend Dreckarbeit, die meine Primadonnen nicht anpacken wollen. Sie können ja anfangen, indem Sie das Inventar überprüfen.«

Also sah ich mir eine Liste an, während er zählte. Nach einer Weile sagte er: »Wie fühlt man sich denn, wenn man ein kleiner grüner Mann in einer fliegenden Untertasse ist?«

»Was?«

»Ein Ufo. Wir sind ein Ufo, ist Ihnen das klar?«

Schließlich verstand ich – ein U.F.O., ein ›unidentifiziertes Flugobjekt‹. In allen geschichtlichen Aufzeichnungen über Weltraumfahrt gab es Berichte über die Ufo-Hysterie.

»Genau das sind wir. Die Ufos waren Forschungsschiffe, genau wie wir. Sie haben sich uns angesehen, haben an dem, was sie gesehen haben, keinen Gefallen gefunden und sind wieder weitergeflogen. Wenn sie nicht festgestellt hätten, daß die Erde von feindlichen Eingeborenen wimmelt, wären sie gelandet und hätten sich häuslich niedergelassen, so wie wir das tun werden.«

»Harry, glauben Sie *wirklich*, daß die Ufos etwas anderes als Phantasie oder Fehlmeldungen waren? Ich dachte, diese Theorie sei schon vor langer Zeit geplatzt.«

»Sehen Sie sich doch das Beweismaterial an, Tom. Da hat

sich doch etwas an unserem Himmel getan, kurz bevor wir selbst anfingen, im Weltraum herumzuhopsen. Sicher, die meisten Berichte waren Schwindel. Aber einige waren das nicht. Sie müssen Beweise glauben, wenn Sie sie vor sich haben, sonst ist das ganze Universum einfach zu phantastisch. Sie glauben doch sicher nicht, daß die Menschen die einzigen Wesen sind, die je Sternenschiffe gebaut haben?«

»Nun ... vielleicht nicht. Aber wenn sonst jemand das getan hat, weshalb haben uns die nicht schon lange besucht?«

»Einfache Arithmetik, Kumpel. Das Universum ist groß, und wir sind nur eine winzig kleine Ecke davon. Oder die haben es vielleicht getan. Das ist meine eigene Theorie; die haben uns angesehen, und die Erde war nicht das, was sie wollten – vielleicht wegen uns, vielleicht wegen des Klimas. Also zog das Ufo wieder weiter.« Er überlegte. »Vielleicht sind die nur gelandet, um Treibstoff zu tanken.«

Das war alles, was ich durch meine Mitgliedschaft in der Wissenschaftlergruppe herausbekam; als Harry meinen Namen auf der Liste einreichte, strich der Captain ihn durch. »Kein Spezialkommunikator wird das Schiff verlassen.«

Damit war das erledigt; der Captain hatte einen eisernen Willen. Van durfte gehen, weil sein Bruder bei einem Unfall ums Leben gekommen war, als wir Gipfelgeschwindigkeit erreicht hatten – also rief ich Pat und erzählte ihm das von Van und machte den Vorschlag, Pat solle gefälligst tot umfallen. Der fand das gar nicht komisch.

Die *Elsie* landete in einem angenehm tiefen Ozean und setzte dann ihre Hilfsaggregate ein, um näher ans Ufer zu kommen. Sie stand ziemlich hoch im Wasser, da zwei Drittel der Tanks leer waren, ausgebrannt. Das Wasser war völlig verbraucht worden, während wir fast auf Lichtgeschwindigkeit beschleunigt und dann wieder abgebremst hatten. Die Ingenieure waren bereits damit beschäftigt, die Fackel zu überholen, ehe wir unseren endgültigen Ankerplatz erreichten. Soweit mir bekannt ist, hatte sich keiner von ihnen für den Landetrupp gemeldet; ich nehme an, für die meisten Ingenieure war die Zwischenlandung auf Constance nur eine Gelegenheit, mehr Antriebsmasse aufzunehmen und Reparaturen und Überholungsarbeiten zu erledigen, die unterwegs nicht möglich gewesen waren. Es war ihnen völlig gleichgültig, wo sie waren oder was das nächste Ziel sein würde, so lange nur die Fackel funktionierte und die ganze Maschinerie vor sich hinbrummte. Dr. Devereaux sagte mir, der oberste Metallurge sei sechsmal auf Pluto gewesen und hätte nie irgendeinen anderen Planeten als die Erde betreten.

»Ist das normal?« fragte ich und dachte mir dabei, wie pingelig Doc bei allen anderen, mich eingeschlossen, gewesen war.

»Für jemanden von seinem Schlag ist das eine ganz robuste geistige Konstitution. Jeden anderen würde ich einsperren und durch das Schlüsselloch füttern.«

Sam Rojas war wegen der Diskriminierung der Telepathen ebenso verstimmt wie ich; er hatte damit gerechnet, seinen Fuß auf fremden Boden setzen zu können wie Balboa, Kolumbus und Lundy. Er kam zu mir, um sich zu beklagen: »Tom, wirst du dir das gefallen lassen?«

»Nun, eigentlich möchte ich nicht – aber was können wir *tun*?«

»Ich hab' mit ein paar von den anderen gesprochen. Ganz einfach. Wir arbeiten nicht.«

»Wir arbeiten was nicht?«

»Hm ... wir arbeiten einfach nicht. Tom, seit wir langsamer geworden sind, habe ich ein Nachlassen meiner telepathischen Fähigkeit festgestellt. Es scheint uns allen ähnlich zu ergehen – allen, mit denen ich bisher gesprochen habe. Wie steht's mit dir?«

»Nun, ich habe nicht ...«

»Überleg mal ganz scharf«, unterbrach er. »Es muß dir aufgefallen sein. Ich bezweifle, daß ich im Augenblick meinen Zwilling erreichen könnte. Es muß etwas mit der Gegend hier zu tun haben … vielleicht ist da an der Strahlung von Tau Ceti irgend etwas Seltsames oder so. Oder vielleicht kommt es von Connie. Wer weiß? Und – was das betrifft – wer kann uns schon überprüfen?«

Ich begann zu begreifen. Ich gab keine Antwort, denn die Idee war verlockend.

»Wenn wir nicht kommunizieren können«, fuhr er fort, »sollten wir für etwas anderes nützlich sein … für den Landetrupp beispielsweise. Sobald wir außer Reichweite dieses geheimnisvollen Einflusses sind, können wir vielleicht unsere Berichte wieder durchgeben, oder vielleicht ergibt es sich so, daß ein paar von den Mädchen, die nicht mit zum Landetrupp wollten, es irgendwie zustandebringen könnten, mit der Erde in Verbindung zu treten und die Berichte durchgeben … immer vorausgesetzt, daß man uns Freaks nicht diskriminiert.«

»Das ist eine Idee«, räumte ich ein.

»Denk darüber nach. Du wirst feststellen, daß dein Spezialtalent schwächer und schwächer wird. Ich bin bereits stocktaub.« Er ging.

Ich spielte mit der Idee. Ich wußte, daß der Captain einen Streik erkennen würde, wenn er einen sah … aber was konnte er *tun*? Uns alle Lügner nennen und uns an den Daumen aufhängen, bis wir nachgaben? Wie konnte er sicher sein, daß wir nicht alle abgeschlafft waren? Die Antwort darauf war ganz einfach: Er konnte es nicht; niemand außer einem Gedankenleser weiß, wie man sich dabei fühlt, niemand außer dem Gedankenleser selbst kann sagen, daß er es tut. Als wir am Gipfel den Kontakt verloren, hatte er nicht an uns gezweifelt, hatte es einfach akzeptiert. Er würde es jetzt akzeptieren müssen, ganz gleich, was er dachte.

Denn er mußte uns haben; wir waren unersetzlich.

Dad war in der Verhandlungskommission seiner Gewerkschaft; ich erinnerte mich, wie er einmal gesagt hatte, der einzige Streik, den es lohnte einzuberufen, war einer, in dem die Arbeiter so dringend gebraucht wurden, daß der

Streik schon gewonnen war, ehe einer den Arbeitsplatz verließ. Und genau in der Klemme hatten wir den Kapitän jetzt; er *mußte* uns haben. Der nächste potentielle Streikbrecher war elf Lichtjahre entfernt. Er würde es nicht wagen, uns gegenüber hart zu werden.

Nur daß jeder einzelne von uns den Streik brechen konnte. Mal sehen – Van war da raus und Cas Warner auch; die waren nicht mehr telegepaart; ihre Zwillinge waren tot. Prus Schwester Patience lebte noch, aber dieses spezielle Telepaar war nach dem Gipfel nicht mehr zusammengeflickt worden – ihre Schwester hatte die riskanten Drogen und die Hypnose abgelehnt, und die Verbindung kam nie mehr zustande. Miß Gamma zählte nicht, weil die Schiffe, auf denen sich ihre zwei Schwestern befanden, immer noch gipfelten, und so waren wir von der Seitenverbindung zur Erde abgeschnitten, bis eines von ihnen gegenbeschleunigte. Wenn man Sam und mich nicht mitzählte, wer blieb da noch? Und konnte man auf sie zählen? Da waren Rup, Gloria, Anna und Dusty ... und Onkel Alf natürlich. Und Mei-Ling.

Ja, das würde gehen. Als wir an Bord kamen, hatte man uns das Gefühl vermittelt, Mißgeburten zu sein, Ausgestoßene, und das hatte zwischen uns eine besondere Bindung wachsen lassen. Selbst wenn einer oder zwei das Gefühl hatten, ein solcher Streik wäre nicht ganz in Ordnung, würde doch keiner die anderen im Stich lassen. Nicht einmal Mei-Ling, die mit einem Außenseiter verheiratet war. Es würde gehen. Wenn Sam es schaffte, alle zu überzeugen.

Ich war ganz erpicht darauf, die Landung mitzumachen ... Stolz war ich auf die Mittel nicht gerade, die ich dafür einsetzen würde, aber ich wollte trotzdem. Die feine Tour war es nicht, so wie wenn ein kleiner Junge in den Klingelbeutel greift und sich dafür ein Eis kauft.

Sam hatte bis zum Mittag des nächsten Tages Zeit, alles zu organisieren, denn wir waren jetzt auf eine Wache pro Tag herunter. Eine dauernde Kommunikationswache war nicht notwendig, und jetzt, da die Vorbereitungen für die Planetenerforschungen begannen, gab es im Schiff mehr Arbeit. Ich entschied, daß es keinen Sinn hatte, länger darüber nachzudenken, und ging hinunter, um den Ratten, die von den Wissenschaftlern eingesetzt werden sollten, ihre Plaketten anzuhängen.

Aber ich brauchte nicht bis zum folgenden Tag zu warten; Onkel Alf rief uns noch am Abend zusammen, und wir drängten uns in seine Kabine – alle mit Ausnahme von Miß Gamma, Van, Pru und Cas. Onkel sah sich um, sein Gesicht wirkte wie das eines traurigen Pferdes, und sagte, es täte ihm leid, daß wir uns nicht alle setzen könnten, aber er würde uns nicht lang aufhalten. Dann fing er mit einer weitschweifigen Rede an, daß er in uns allen seine Kinder sähe und daß er uns alle lieb hätte, und wir immer seine Kinder sein würden, ganz gleich, was da geschehen würde. Dann fing er an, von der Würde des Menschen zu sprechen.

»Ein Mann zahlt seine Rechnungen, hält sich sauber, hat Respekt für andere und hält sein Wort. Dafür bekommt er keinen Dank, er muß das einfach tun, um mit sich selbst im Gleichgewicht zu bleiben. Eine Fahrkarte in den Himmel kostet mehr.«

Er hielt inne und fügte dann nach einer kleinen Pause hinzu: »Ganz besonders hält er seine Versprechungen.« Er sah sich um und fügte hinzu: »Das ist alles, was ich zu sagen hatte. Oh, weil wir schon alle hier zusammen sind, könnte ich auch gleich eine Mitteilung machen. Rup hat die Wachliste etwas verändern müssen.« Sein Blick suchte Sam Rojas. »Sam, ich möchte, daß du die nächste Wache morgen Mittag übernimmst. Geht das?«

Etwa drei Herzschläge lang war kein Laut zu hören. Dann sagte Sam: »Nun, ich denke schon, Onkel Alf. Wenn du das willst.«

»Ich wäre dir sehr verpflichtet, Sam. So oder so, ich möchte niemand anderen für diese Wache einteilen ... und mir wäre nicht danach, sie selbst zu übernehmen, wenn du es nicht machen könntest. Ich schätze, ich würde dem Captain einfach sagen müssen, daß niemand zur Verfügung steht. Ich bin also wirklich sehr froh, daß du das machst.«

»Äh, nun, freilich gerne, Onkel. Mach dir keine Sorgen darüber.«

Und das war das Ende unseres Streiks.

Onkel Alf ließ uns noch nicht gleich gehen. »Ich dachte, ich sollte euch das mit der geänderten Wachliste sagen, so lange ihr alle hier seid. Das spart Rup die Mühe, mit der Liste herumzulaufen und sie von euch allen abzeichnen zu lassen. Der Landetrupp verläßt das Schiff in Kürze. So nett Constance auch aussieht, ich habe mir sagen lassen, daß es riskant sein wird ... Krankheiten, die wir nicht kennen, Tiere, die sich auf für uns unerwartete Art als tödlich erweisen könnten, fast alles. Mir ist in den Sinn gekommen, daß wir da vielleicht helfen könnten. Wir könnten einen von uns mit dem Landungstrupp mitschicken und einen von uns im Schiff auf Wache halten – und wir könnten es so einrichten, daß ihre Telepaare in Telefonverbindung stehen. Auf die Weise wären wir immer mit dem Landungstrupp in Verbindung, selbst wenn die Funkverbindung nicht mehr funktioniert oder sonst etwas. Es wäre eine Menge zusätzliche Arbeit und nicht besonders ruhmreich ... aber es wäre die Mühe wert, wenn man damit das Leben auch nur eines Schiffskollegen retten könnte.«

Plötzlich sagte Sam: »An wen hast du denn gedacht, Onkel?«

»Nun, ich weiß nicht. Man erwartet es nicht von uns, und wir haben auch keinen Anspruch auf Gefahrenzulage, also möchte ich eigentlich niemanden dazu *befehlen* – ich zweifle auch, daß der Captain mich unterstützen würde. Aber ich hatte auf genügend freiwillige Meldungen gehofft, so daß wir vielleicht die planetenseitige Wache abwechseln könnten.« Er blinzelte und wirkte ein wenig unsicher. »Aber ich erwarte von niemandem eine Meldung. Ich denke, ihr solltet mir das lieber unter vier Augen sagen.«

Er brauchte nicht zu warten; wir meldeten uns alle freiwillig. Selbst Mei-Ling meldete sich und wurde dann böse und weinte, als Onkel sie sanft darauf hinwies, daß sie besser die Zustimmung ihres Mannes bringen sollte – die sie nicht bekommen würde; die Familie Travers erwartete Nachwuchs.

Den Captain nahm sich Onkel am nächsten Morgen vor. Ich wollte in der Nähe bleiben und hören, was herauskam, aber es gab zu viel Arbeit. Zu meiner großen Überraschung wurde ich eine halbe Stunde später über den Lautsprecher im Labor ausgerufen. Ich wusch mir die Hände und fand mich in aller Eile in der Kabine des Alten ein.

Onkel Alf war dort, mit ziemlich finsterer Miene, und der Captain blickte streng. Ich versuchte, Onkel Alf über die Sugar-Pie-Welle zu erreichen, um herauszufinden, wie die Dinge standen, aber er ignorierte mich. Der Kapitän warf mir einen kühlen Blick zu und sagte: »Bartlett, Mr. McNeil hat mir einen Plan vorgeschlagen, nach dem die Leute in Ihrer Abteilung uns bei der Erforschung des Planeten helfen wollen. Ich will Ihnen gleich von vorneherein sagen, daß ich den Plan abgelehnt habe. Ich weiß das Angebot zu schätzen – aber ich habe ebenso wenig die Absicht, Leute Ihrer speziellen Kategorie in einem solchen Einsatz aufs Spiel zu setzen, als ich zustimmen würde, wenn jemand vorschlagen würde, die Fackel des Schiffes so umzubauen, daß man Geschirr damit sterilisieren kann. Es gibt da eben Prioritäten!«

Er trommelte auf seiner Schreibtischplatte herum. »Nichtsdestoweniger hat der Vorschlag seine Meriten. Ich werde nicht Ihre ganze Abteilung riskieren ... Aber ich könnte einen Spezialkommunikator riskieren, um die Sicherheit des Landungstrupps zu erhöhen. Nun ist mir in den Sinn gekommen, daß wir in diesem Schiff ein Paar haben, das keine Verbindung über die Erde erfordert. Sie und Mr. McNeil. Nun? Was haben Sie zu sagen?«

Ich setzte schon an, ›Selbstverständlich!‹ zu sagen und überlegte dann fieberhaft. Wenn, nach allem was geschehen war, ich das Glückslos zog, würde Sam davon gar nicht viel halten ... und die anderen auch nicht. Vielleicht würden sie sogar glauben, daß ich das Ganze eingefädelt hätte.

»Nun, raus mit der Sprache!«

Verdammt, was auch immer sie dachten, so einen Vorschlag konnte man einfach nicht ablehnen. »Captain, Sie wissen ganz genau, daß ich mich vor ein paar Tagen freiwillig für den Landungstrupp gemeldet habe.«

»Ja, das haben Sie. Schön, ich betrachte das also als Zustimmung. Aber Sie haben mich mißverstanden. Sie werden nicht gehen; das wird Mr. McNeil übernehmen. Sie werden hierbleiben und mit ihm Verbindung halten.«

Ich war so überrascht, daß mir fast entgangen wäre, was der Captain als nächstes sagte. Ich jagte eine Bemerkung zu Onkel hinüber: (»Was soll das, Onkel? Weißt du nicht, daß die jetzt alle glauben werden, du hättest sie beschwindelt?«)

Diesmal antwortete er mir, und seine Stimme klang niedergeschlagen: *»Das weiß ich, Junge. Er hat mich überrascht.«*

(»Nun, was wirst du tun?«)

»Ich weiß nicht. Wie ich es auch mache, ist es falsch.«

Plötzlich schaltete sich Sugar Pie ein: *»Hey! Was bekümmert euch beide denn?«*

Onkel sagte sanft: *»Geh weg, Honey. Das sind Männerreden.«*

»Nun!« Aber sie unterbrach uns nicht mehr. Vielleicht hörte sie zu.

Unterdessen sagte der Captain: »... in jeder doppelt besetzten Position werden wir niemals den Jüngeren riskieren, wenn der Ältere auch eingesetzt werden kann. Das ist die übliche Routine und gilt ebenso für Captain Urqhardt und mich,wie es für jeden anderen gilt. Unsere Mission hat oberste Priorität. Bartlett, Ihre Einsatzfähigkeit ist wenigstens vierzig Jahre höher einzuschätzen als die von Mr. McNeil. Deshalb muß er für einen Risikoeinsatz vorgezogen werden. In Ordnung, Gentlemen. Sie werden Ihre Anweisungen später erhalten.«

(»Onkel, was wirst du Sam sagen? Mag sein, daß *du* einverstanden bist – ich bin es nicht!«)

»Versuch nicht, mich unter Druck zu setzen, Junge.« Und laut fuhr er fort: »Nein, Captain.«

Der Captain starrte ihn an. »Sie alter Schuft! Ist Ihnen Ihre Haut so wichtig?«

Onkel wich seinem Blick nicht aus. »Es ist die einzige, die ich habe, Captain. Aber das hat damit nichts zu tun. Vielleicht war das, was Sie gesagt haben, ein wenig voreilig.«

»Hm?« Der Captain wurde rot. »Tut mir leid, McNeil. Ich nehme das zurück. Aber ich glaube, Sie sind mir eine Erklärung für Ihre Einstellung schuldig.«

»Die werde ich Ihnen geben. Wir sind alte Männer, alle beide sind wir das. Ich überstehe es, den Fuß nicht auf diesen Planeten zu setzen, und Sie auch. Aber für junge Leute sieht das anders aus. Sie wissen ganz genau, daß meine Leute sich für den Landungstrupp nicht deshalb gemeldet haben, weil sie Engel sind oder Wissenschaftler oder Philanthropen ... sondern einfach, weil sie begierig darauf sind, an Land zu gehen. Das wissen Sie; das haben Sie mir selbst gesagt, keine zehn Minuten liegt das zurück. Wenn Sie zu sich selbst ehrlich sind, wissen Sie, daß die meisten dieser Kinder sich nie für diese Reise verpflichtet hätten, wenn sie hätten vermuten müssen, daß man sie einsperren würde, daß man ihnen nie erlauben würde, das zu erleben, was sie ein ›Abenteuer‹ nennen. Die haben sich nicht des Geldes wegen verpflichtet. Die haben sich verpflichtet, weil sie neue Welten erforschen wollten. Und jetzt rauben Sie ihnen ihre vernünftigen Hoffnungen.«

Der Captain blickte grimmig. Er ballte die Faust, öffnete sie dann wieder und ballte sie erneut. Dann sagte er: »Das was Sie sagen, mag etwas für sich haben. Aber ich muß die Entscheidungen treffen; das kann ich nicht delegieren. Meine Entscheidung steht. Sie gehen, und Bartlett bleibt.«

Ich sagte: (»Sag ihm, er kriegt keine einzige Nachricht durch!«)

Onkel gab mir keine Antwort. »Ich fürchte, nein, Captain. Das ist ein Job für Freiwillige ... und ich melde mich nicht freiwillig.«

Der Captain sagte langsam: »Ich bin nicht sicher, daß es einer freiwilligen Meldung bedarf. Meine Vollmachten sind ziemlich weit gespannt. Ich glaube eher, Sie verweigern hier einen Einsatz.«

»Keineswegs, Captain. Ich habe nicht gesagt, daß ich einen Befehl verweigern würde; ich sagte nur, daß ich mich nicht freiwillig melde. Aber ich würde, glaube ich, einen schriftlichen Befehl verlangen und würde ›unter Protest angenommen‹ daraufschreiben und darum bitten, daß man der Akademie eine Kopie übermittelt. Ich melde mich nicht freiwillig.«

»Aber – verdammt noch mal, Mann! Sie haben sich mit den anderen freiwillig gemeldet. Dazu sind Sie doch hierhergekommen, und ich habe Sie ausgewählt.«

Onkel schüttelte den Kopf. »Nicht ganz, Captain. Wir haben uns als Gruppe gemeldet und Sie haben uns als Gruppe abgelehnt. Wenn ich Ihnen den Eindruck vermittelt habe, ich würde mich auf eine andere Weise melden, dann tut es mir leid ... aber so ist es nun einmal. Wenn Sie mich jetzt bitte entschuldigen würden, Sir. Ich gehe zu meinen Leuten zurück und sage ihnen, daß Sie uns nicht haben wollen.«

Das Gesicht des Captains rötete sich wieder. Dann fing er plötzlich brüllend zu lachen an. Er sprang auf und legte seinen Arm um Alfs schmale Schultern. »Sie alter Schuft! Sie *sind* ein alter Schuft, ein Meuterer mit einem schwarzen Herzen. Ich sehne mich nach den Tagen zurück, in denen man Leute wie Sie bei Wasser und Brot einsperren und mit der neunschwänzigen Katze behandeln konnte. Und jetzt setzen Sie sich hin und wir sehen, wie wir das zurechtbiegen. Bartlett, Sie können gehen.«

Ich ging widerstrebend und hielt mich den anderen Freaks ferne, weil ich keine Fragen beantworten wollte. Aber Onkel Alf hatte ein Einsehen; sobald er die Kabine des Captains verlassen hatte, rief er mich über die Sugar Pie Wellenlänge und sagte mir, was herausgekommen war. Es war ein Kompromiß. Er und ich und Rup und Sam würden uns abwechseln, wobei der erste Trip (der als der gefährlichste angesehen wurde), ihm zukam. Die Mädchen würden die schiffsseitige Wache übernehmen. Dusty wurde seines Alters wegen ihnen beigegeben. Aber sie kriegten auch ihr Bonbon: sobald die Medizin und die Forschung den Planeten als sicher eingestuft hatten, durften sie alle einen Trip als Touristen machen, eine nach der anderen. *»In dem Punkt mußte ich ihm die Daumenschrauben etwas anlegen«*, gab Onkel zu. *»Aber am Ende hat er ja gesagt.«*

Und dann erwies sich das Ganze als eine einzige große Enttäuschung; Connie war etwa genauso gefährlich wie Kansas. Ehe irgendein menschliches Wesen das Schiff ohne Quarantäneanzug verlassen durfte, setzten wir Ratten und Kanarienvögel und Hamster der natürlichen Atmosphäre aus; die liebten sie heiß und innig. Als der erste Trupp an Land ging – immer noch in Quarantäneanzügen, aber sie atmeten immerhin Connies Luft, die nur durch elektrostatische Filter geführt wurde – waren sie von zwei weiteren Versuchstieren begleitet – Bernhard van Houten und Parzival, dem Schwein.

Van war seit dem Tod seines Zwillings ziemlich down gewesen; er meldete sich freiwillig, und ich glaube, Dr. Devereaux redete dem Captain zu, ihn anzunehmen. Irgend jemand mußte es ja tun; man kann soviel Mikroskoptests machen, wie man mag, einmal kommt der Tag, an dem ein lebender Mensch seine Haut einem Planeten aussetzen muß, um herauszufinden, ob er freundlich ist. Wie Dr. Babcock sagt – am Ende muß man auf den Baum klettern. Also ging Van ohne Quarantäneanzug an Land, er zog Shorts und Hemd und Schuhe und sah aus wie ein Pfadfinder.

Parzival, das Schwein, meldete sich nicht freiwillig, hielt das Ganze aber für ein Picknick. Man errichtete ihm einen

Pferch im natürlichen Busch und ließ ihn frei herumlaufen, so daß er alles, was auf Connies Boden gewachsen war, fressen konnte, was er für freßbar hielt. Ein Schwein hat als Versuchstier seine Vorzüge; es verarbeitet alles genauso wie Ratten und Menschen. Ich habe gehört, sein Metabolismus entspricht dem unseren in hohem Maße – Schweine fangen sich sogar ziemlich dieselben Krankheiten ein wie wir. Wenn Parzival gedieh, so war es fast sicher, daß wir das auch würden, insbesondere, da man Parzi nicht dieselben Impfungen verpaßt hatte wie uns, nicht einmal das Breitspektrum-Serum GAR, das angeblich sogar gegen einige Seuchen schützen soll, denen die Menschheit bisher noch nie begegnet ist. Parzi wurde fett, fraß alles und trank Bachwasser. Van holte sich einen Sonnenbrand und begann dann, braun zu werden. Beide waren gesund, und der Piониertrupp zog die Quarantäneanzüge aus. Dann bekamen fast alle (selbst Parzi) ein drei Tage dauerndes Fieber und etwas Durchfall, aber alle erholten sich wieder davon und keiner bekam es ein zweitesmal.

Anschließend wurde abgewechselt, und alle mit Ausnahme von Onkel Steve, Harry und einigen anderen, die sie auswählten, tauschten mit jemandem im Schiff. Die eine Hälfte des zweiten Trupps wurde mit einem Serum geimpft, das aus dem Blut jener hergestellt war, die sich von dem Fieber erholt hatten; die meisten von jenen bekamen es nicht. Aber diejenigen, die zurückkehrten, durften nicht gleich ins Schiff zurück; sie wurden in Quarantäne in einem provisorischen Deck untergebracht, das über dem obersten Wulst der *Elsie* aufgesetzt worden war.

Damit will ich nicht sagen, daß der Planet wie ein städtischer Park gewesen sei; man kann schließlich selbst in Kansas getötet werden. Da gab es beispielsweise einen großen, echsenähnlichen Fleischfresser, der keineswegs nett war. Einer davon schnappte sich Lefty Gomez, als unsere Leute das erstemal auf eines der Biester stießen, und hätte wahrscheinlich zwei weitere umgebracht, wenn Lefty einer von den Menschen gewesen wäre, die drauf bestehen, ewig zu leben. Ich hätte Lefty nie für einen Helden gehalten – auf dem Schiff war er zweiter Kuchenbäcker und außerdem für die Lebensmittelvorräte verantwortlich – aber Onkel Steve sagt, Mut in letzter Not sei die am weitest verbreitete von allen menschlichen Tugenden, und sieben von zehn Menschen hätten das Zeug für die Ehrenmedaille, wenn sich nur die richtigen Umstände einstellen.

Mag sein. Ich muß einer von den anderen drei sein. Ich glaube nicht, daß ich stehengeblieben wäre und dem Biest in den Augen herumgestochert hätte, nur mit einem Spieß vom Lagerfeuer bewaffnet.

Aber *tyrannosaurus ceti* war nicht gefährlich genug, um dem Planeten eine Negativbeurteilung einzutragen, sobald wir nur einmal wußten, daß es ihn gab und was er war. Jede große Katze wäre viel gefährlicher gewesen, weil Katzen schlau sind, er aber war dumm. Man mußte nur genügend schnell schießen, aber eine einzige Explosivkugel reichte aus, ihn zum Niederlegen zu bringen, und anschließend war er ein Teppich. Er besaß keine echte Verteidigungsmöglichkeit gegen die Menschen, und deshalb würden die Menschen ihn eines Tages ausrotten.

Der Landungstrupp campierte in Sichtweite des Schiffs am Rand der schönen Babcock-Bucht, wo wir geankert hatten. Die zwei Helikopter flogen jeden Tag Streife, immer zusammen, so daß einer die Besatzung des anderen retten konnte, falls er abstürzte. Streifen zu Fuß entfernten sich nie mehr als fünfzehn Kilometer vom Stützpunkt; wir versuchten nicht, das Land zu erobern, sondern versuchten lediglich herauszufinden, ob Menschen es würden erobern und halten können. Das konnten sie – zumindest in der Umgebung der Babcock-Bucht –, und wo Menschen sich einmal festsetzen können, bleiben sie gewöhnlich auch.

Ich war erst beim vierten Wechsel dran, und als es so weit war, durften bereits Frauen an Land gehen; die gefährliche Phase war vorbei.

Das Seltsame daran, im Freien zu sein, war das Wetter; ich hatte mich zwei Jahre in klimatisierten Räumen befunden und hatte vergessen, wie sich Regen, Wind und Sonnenschein im Gesicht anfühlen. An Bord der *Elsie* pflegte der wachhabende Ingenieur Temperatur, Feuchtigkeit und Ozongehalt willkürlich abwechseln zu lassen; das sollte angeblich gut für unseren Kreislauf sein. Aber Wetter war es trotzdem nicht; es war eher so, wie wenn man eine Schwester küßt.

Der erste Regentropfen, den ich fühlte, erschreckte mich; ich wußte nicht, was das war. Und dann rannte ich auf und ab, tanzte herum wie ein kleiner Junge und versuchte, den Regen mit dem Mund aufzufangen. Es war Regen, echter Regen, und es war herrlich.

In der Nacht konnte ich nicht schlafen. Eine Brise im Gesicht und die Geräusche der anderen, die rings um mich herum schliefen und der ferne Lärm der Lebewesen außerhalb unserer Sicherheitszäune und schließlich die Tatsache, daß es nicht völlig dunkel war, hielten mich wach. Ein Schiff lebt auch und hat seine Geräusche, aber die sind anders als die im Freien; der Planet lebt auf eine andere Art und Weise.

Ich stand leise auf und ging auf Zehenspitzen hinaus. Vor dem Mannschaftsquartier, das vielleicht fünfzehn Meter entfernt war, konnte ich die Wache sehen. Der Mann bemerkte mich nicht, er blickte mit gesenktem Kopf auf ein paar Monitore, die ihm Daten von den inneren und äußeren Zäunen und von dem Schutzfeld über uns lieferten. Ich wollte nicht reden, also ging ich hinten um die Hütte herum, wo ich selbst das schwache Licht seiner Instrumente nicht mehr sehen konnte. Dann blieb ich stehen und blickte nach oben.

Das war das erstemal, daß ich den Himmel richtig sehen konnte, seit wir die Erde verlassen hatten, und die Nacht war klar. Ich stand da und war davon benommen, beinahe ein wenig betrunken.

Und dann fing ich an, nach Konstellationen zu suchen. Es

war nicht schwer; elf Lichtjahre ist für die meisten Sterne nicht viel mehr als einmal die Straße hinunter. Der Große Wagen war über mir und sah ein wenig zerbeulter aus als man ihn von der Erde sieht, war aber perfekt zu erkennen. Orion flammte vor mir, nahe beim Horizont, aber Procyon hatte sich ein gutes Stück weiter bewegt, und Sirius war nicht einmal zu sehen – wahrscheinlich unter den Himmel gerutscht, denn Sirius ist der Erde sogar noch näher als Tau Ceti, und bei unserer Position mußte er auf der anderen Himmelsseite sein. Ich versuchte, im Kopf ein sphärisches Dreieck auszurechnen, um herauszufinden, wo ich nach Sirius suchen sollte, aber dann wurde mir davon schwindlig und ich gab es auf.

Jetzt versuchte ich, Sol zu finden. Ich wußte, wo er sein müßte, im Boötes, zwischen Arcturus und Virgo, aber ich mußte zuerst Boötes ausfindig machen, ehe ich nach Vater Sol suchen konnte.

Boötes war hinter mir, so nahe am Horizont wie Orion auf der anderen Seite. Arcturus hatte sich ein wenig verschoben und störte die Keulenform von Boötes, aber trotzdem hatte ich keine Zweifel.

Dort war er! Ein gelbweißer Stern, etwa von der Farbe wie Capella, aber schwächer, etwa zweiter Größe, was stimmte, sowohl was die Position als die Größe anging. Außerdem mußte es die Sonne sein, weil an der Stelle kein so heller Stern gewesen war, als Pat und ich für unser Astrogationsabzeichen paukten. Es war die Sonne.

Ich starrte sie an, nachdenklich und melancholisch, eher ein warmes als ein trauriges Gefühl in mir, und fragte mich, was Pat wohl tun mochte. Vielleicht ging er mit dem Baby spazieren. Oder vielleicht auch nicht. Ich konnte mich nicht erinnern, was die Greenwichzeit sein müßte. Da war er nun, dreißig Jahre alt mit zwei Kindern, den besten Teil seines Lebens hinter sich ... und hier war ich, gerade alt genug, um das erste Semester hinter mir zu haben, wenn ich zu Hause gewesen wäre.

Nein, das wäre ich nicht; ich wäre dann so alt wie Pat gewesen.

Aber ich *war nicht* dreißig.

Das munterte mich auf, und ich entschied, daß ich doch den besseren Teil abbekommen hatte, selbst wenn es mir anfänglich nicht so gut vorgekommen war. Ich seufzte und ging ein wenig herum, ohne mir Sorgen zu machen, denn an unsere nächtlichen Verteidigungsanlagen konnte nicht einmal eines dieser Echsenbiester herankommen, ohne Donner und Blitz zu erzeugen. Parzis Pferch war nicht weit ab; er hörte mich und kam an seinen Zaun. Also ging ich hin und kraulte ihm die Schnauze. »Hübsch hier, was, Junge?« Ich dachte, daß ich, wenn die *Elsie* nach Hause zurückkehrte – und ich glaubte nicht mehr an Onkel Steves finstere Prophezeiungen –, daß ich bei der Rückkehr immer noch Anfang der Zwanzig sein würde, gerade das richtige Alter zum Auswandern. Und Connie war wirklich hübsch, vielleicht würde ich hierher zurückkehren.

Parzi antwortete mit einem halblauten Grunzen, das ich so interpretierte, als bedeute es: »Hast du mir nichts zum Fressen mitgebracht? Behandelt man so einen Freund?« Parzi und ich waren alte Freunde. An Bord fütterte ich ihn mit seinen Brüdern und den Hamstern und den Ratten.

»Parzi, du bist ein Schwein.«

Dagegen hatte er nichts einzuwenden, sondern fuhr fort, an meiner leeren Hand herumzuschnuppern. Ich dachte, daß elf Lichtjahre keine große Entfernung wäre; gerade richtig. Die Sterne waren immer noch vertraut.

Und dann wurde Parzi des Schnupperns müde und ich auch; ich wischte mir die Hand an der Hose ab und ging ins Bett zurück.

XIII Irrelevante Beziehungen

Beta Hydri liegt hinter uns. Ich sollte dieses Tagebuch jetzt auf neuesten Stand bringen oder es wegwerfen. Ich habe kaum noch Zeit zum Schreiben, da wir so knapp an Personal sind. Was auch immer wir uns auf Constance aufgeschnappt haben – oder möglicherweise auch von unsachgemäß behandelten Vorräten – hat uns genügend Arbeit verschafft, ganz besonders in meiner Abteilung. Wir sind jetzt nur noch sechs, die den ganzen Verkehr erledigen müssen, Onkel, ich, Mei-Ling, Anna, Gloria und Sam. Dusty hat es überlebt, aber er hat die Verbindung verloren, allem Anschein nach auf Dauer. Sein Bruder hat keine Kinder, aus denen man ein Sekundärteam aufstellen könnte; sie sind beim letzten Gipfel einfach auseinandergeschlüpft und nie mehr zusammengekommen.

Ich bin jetzt von meiner Großnichte Kathleen und von Molly, ihrer Mutter, abhängig. Pat und ich können immer noch sprechen, aber nur mit ihrer Hilfe; wenn wir es alleine versuchen, ist es so, als versuchte man, sich in einer Werkshalle verständlich zu machen. Man weiß zwar, daß der andere etwas sagt, aber je mehr man sich anstrengt, desto weniger hört man. Pat ist vierundfünfzig, jetzt da wir den Gipfel dieser Etappe hinter uns haben; wir haben einfach nichts mehr gemeinsam. Seit Moms Tod interessiert ihn außer dem Geschäft nichts mehr – und das wiederum interessiert mich nicht.

Onkel Alf ist der einzige, der nicht spürt, wie sein ursprünglicher Telepartner ihm entgleitet. Celestine ist jetzt zweiundvierzig; sie kommen zusammen, anstatt sich zu trennen. Ich nenne sie immer noch ›Sugar Pie‹, nur um zu hören, wie sie darüber lacht. Es fällt schwer, sich vorzustellen, daß sie doppelt so alt ist wie ich; eigentlich müßte sie Zöpfe haben und einen fehlenden Schneidezahn.

Insgesamt haben wir durch die Seuche zweiunddreißig Leute verloren. Ich hatte sie auch und kam durch. Dr. Devereaux kam nicht durch, Prudence und Rup auch nicht. Wir müssen ihre Arbeit mit übernehmen und so tun, als ob die anderen nie bei uns gewesen wären. Mei-Lings Baby ist gestorben, und eine Weile dachten wir, wir würden Mei-Ling auch verlieren, aber jetzt steht sie wieder ihre Wache und macht ihre Arbeit und lacht. Ich glaube, am meisten von allen fehlt uns Mama O'Toole.

Was sonst an Wichtigem geschehen ist? Nun, was kann schon in einem Schiff passieren? Nichts. Beta Hydri war eine Niete. Nicht nur, daß da nichts war, was auch nur entfernt an einen Planeten vom Erdtyp erinnert hätte, sondern auch keine Ozeane – keine Wasserozeane, meine ich; in bezug auf Treibstoff hatten wir die Wahl zwischen Ammoniak und Methan; der Chefingenieur und der Captain führten lange besorgte Gespräche, ehe sie sich für Ammoniak entschieden. Theoretisch kann die *Elsie* alles verbrennen, man braucht ihrem Massekonverter bloß etwas zu kauen zu geben, und schon macht sich die alte Formel ›e gleich mc^2‹ ans Werk; die Fackel spuckt die Masse als Strahlung mit Lichtgeschwindigkeit und Neutronen mit Beinahe-Lichtgeschwindigkeit aus. Aber wenn es auch dem Konverter gleichgültig ist, die ganzen Nebenaggregate der Fackel sind auf Flüssigkeit abgestimmt, vorzugsweise Wasser.

Wir hatten die Wahl zwischen bereits flüssigem Ammoniak und einem äußeren Planeten, der vorwiegend aus Eis bestand, aber Eis, das nicht viel wärmer als der absolute Nullpunkt war. Also drückten sie die Daumen, tauchten in einen Ozean aus Ammoniak und füllten die Tanks des alten Mädchens auf. Wir gaben dem Planeten den Namen Inferno und verliehen ihm dann noch wesentlich bösartigere Namen. Wir mußten bei zwei g vier Tage dort sitzen bleiben, und es war kalt, obwohl die Heizanlage des Schiffes auf vollen Touren lief.

Das Beta-Hydri-System ist eines, zu dem ich ganz bestimmt nicht zurückkehren würde. Sollen Geschöpfe mit anderem Stoffwechsel es sich schnappen. Der einzige, dem es Spaß machte, war Harry Gates, weil die Planetenanordnung Bodes Gesetz folgte. Mir wäre es sogar gleichgültig gewesen, wenn sie in V-Formation um ihren Stern gekreist wären.

Das einzige, was mir sonst noch in den Sinn kommt, waren (ausgerechnet!) politische Schwierigkeiten. Unser letzter Gipfel fing gerade an, als dieser Krieg zwischen der Afro-Europäischen Föderation und den Estados Unidos de Sud ausbrach. Für uns hätte das nichts zu bedeuten brauchen – so war es auch für die meisten von uns –, oder wir behielten unsere Sympathien zumindest für uns. Aber Mr. Roch, unser Chefingenieur, ist aus der Föderation, und sein erster Assistent ist in Buenos Aires geboren. Als Buenos Aires sein Fett abkriegte, darunter vermutlich auch einige von Mr. Regatos Verwandten, machte er das seinem Chef persönlich zum Vorwurf. Albern, aber was kann man schon erwarten?

Anschließend erteilte der Captain den Befehl, daß er Nachrichten von der Erde persönlich ansehen würde, ehe sie gedruckt wurden. Dann erinnerte er uns, daß wir Kommunikatoren besonderen Vorschriften bezüglich der von uns übermittelten Nachrichten unterlagen. Ich denke, ich wäre schlau genug gewesen, dem Captain die Mitteilung vorzulegen, ehe ich sie drucken ließ, aber sicher kann ich nicht sein. Wir hatten in der *Elsie* immer eine freie Presse gehabt.

Das Einzige, das uns größere Schwierigkeiten ersparte, war, daß wir gleich darauf gipfelten. Als wir aus dem Gipfel herauskamen, waren vierzehn Jahre verstrichen, und nach der neuesten politischen Konstellation war Argentinien mit seinen ehemaligen Feinden befreundet und mit dem Rest von Südamerika verfeindet. Nach einer Weile spielten Mr. Rock und Mr. Regato wieder miteinander Schach, gerade als hätte der Captain sie nie daran hindern müssen, einander an die Kehle zu gehen.

Alles, was auf der Erde geschieht, ist für mich ein wenig unwirklich, obwohl wir immer noch Nachrichten bekommen, wenn wir nicht gerade gipfeln. Man gewöhnt sich an eine neue Situation; die *Elsie* durchläuft einen Gipfel ... Jahre sind verstrichen und alles hat sich verändert. Die nennen die Planetarische Liga jetzt das ›Vereinigte System‹, und es heißt, die neue Verfassung würde Krieg unmöglich machen.

Für mich ist es immer noch die Planetarische Liga – und die hätte angeblich Krieg auch unmöglich machen sollen. Ich frage mich, was die außer dem Namen noch geändert haben?

Die Hälfte der Nachrichten verstehe ich nicht. Kathleen sagt mir, ihre Klasse hätte ihre Gleicher zusammengeworfen, um für ihre Schule einen Fardie als Abschlußgeschenk zu kaufen, und ihn für die Anfangsübungen heute zum erstenmal ausschwingen – und dann mußte sie eilig weg, weil man sie in den Lenkungsausschuß kooptiert hatte. Das war gerade während der letzten Wache. Aber was ist nun ein ›Fardie‹ und was störte sie eigentlich daran, wo es bisher war?

Die technischen Nachrichten, die uns erreichen, verstehe ich auch nicht, aber dafür weiß ich zumindest den Grund, und es gibt gewöhnlich jemanden an Bord, der sie versteht. Die Relativisten sind ganz aufgeregt über Sachen, die hereinkommen und die so technisch sind, daß man sie zuerst noch einmal durchgeben und bestätigen muß, ehe man sie freigeben kann – und dabei steht Janet Meers hinter einem und versucht, einem die Spulen aus dem Recorder wegzuschnappen. Mr. O'Toole wird auch ganz aufgeregt, nur äußerte sich das bei ihm so, daß seine Nasenspitze sich rosa färbt. Dr. Babcock zeigt nie Erregung, aber einmal, nachdem ich eine Monografie mit dem Titel ›Sumner zu gewissen Aspekten der Irrelevanz‹ kopiert hatte, erschien er zwei Tage nicht zum Essen. Als die zwei Tage um waren, schickte ich an die ALF eine Monografie zurück, die Dr. Babcock geschrieben hatte. Sie war genauso vollgestopft mit unverdaulicher Mathematik, aber ich schloß aus den wenigen Worten im Klartext, daß Dr. Babcock Sumner ganz höflich einen Narren nannte.

Janet Meers versuchte, es mir zu erklären, aber das Einzige, was ich mir daraus zusammenreimen konnte, war, daß das Konzept der Simultaneität es notwendig machte, die Physik unter völlig neuen Aspekten zu betrachten.

»Bis jetzt«, erklärte sie mir, »haben wir uns auf die relativen Aspekte des Raum-Zeit-Kontinuums konzentriert, aber was Telepathen wie Sie tun, ist zur Raumzeit *irrelevant*. Ohne Zeit gibt es keinen Raum; ohne Raum kann es keine Zeit geben. Ohne Raumzeit kann es keine Erhaltung von Energie-Masse geben. Großer Himmel, da ist *nichts*. Ein paar von den Oldtimers hat das fast verrückt gemacht, aber jetzt beginnen wir zu begreifen, wie Leute wie Sie möglicherweise in die Physik hineinpassen könnten – die neue Physik, meine ich; alles ist verändert.«

Ich hatte schon mit der Physik alten Stils genügend Schwierigkeiten; die Vorstellung, jetzt eine neue lernen zu müssen, machte mir Kopfschmerzen. »Und was nützt die?« fragte ich.

Sie sah mich schockiert an. »Physik braucht keinen *Nutzen* zu haben. Es *gibt* sie einfach.«

»Nun, ich weiß nicht. Die alte Physik war nützlich. Nehmen Sie die Fackel beispielsweise, die uns antreibt.«

»Oh, das! Das ist nicht Physik, das ist nur Ingenieurwesen«, sagte sie, als hätte ich etwas fast Skandalöses erwähnt.

Ich werde Janet nie verstehen, und wahrscheinlich ist es ganz gut, daß sie versprochen hat ›mir eine Schwester zu sein‹. Sie sagte, es machte ihr nichts aus, daß ich jünger sei als sie, aber sie könnte wohl nicht zu einem Mann aufblikken, der nicht eine Funktion vierten Grades im Kopf lösen konnte. »... und eine Frau sollte doch immer zu einem Mann aufblicken, meinst du nicht auch?«

Wir beschleunigten jetzt mit 1,5 g. Wenn man den Schlupf bedachte, so reduziert das jede Beschleunigung und das Bremsmanöver auf etwa vier Monate S-Zeit, obwohl die Sprünge länger sind. Während der Beschleunigung wiege ich 100 Kilo und habe angefangen, Gelenkschützer zu tragen, aber 50 % zusätzliches Gewicht ist schon in Ordnung, und das ist wahrscheinlich auch gut für uns, weil man an Bord eines Schiffes zu leicht versäumt, sich genügend Training zu verschaffen.

Die ALF setzt inzwischen keine Drogen mehr ein, um die Kommunikation während des Gipfels zu unterstützen, und das wäre Dr. Devereaux sicher angenehm gewesen, da er die Drogen mißbilligt hatte. Jetzt schaltet sich der jeweilige Telepartner mit Hilfe von Hypnose und Suggestion ein, oder er läßt es eben. Kathleen hat den letzten Gipfel mit mir auf die Weise geschafft, aber man kann deutlich sehen, daß sie auf die Weise in der ganzen Flotte Kommunikationsteams verlieren werden, besonders diejenigen, die es nicht fertiggebracht haben, tertiäre Telepartner aufzubauen. Ich weiß nicht, wo mein eigenes Team jetzt ohne Kathleen wäre. In der Suppe, schätze ich. So wie die Dinge liegen, beschränken sich die *Niña* und die *Henry Hudson* jeweils auf zwei Teams, und die anderen vier Schiffe, die noch in Kontakt mit der Erde sind, sind auch nicht viel besser dran. Wir sind wahrscheinlich am besten dran, obwohl wir nicht mehr viel Flottennachrichten bekommen, seit Miß Gamma die Verbindung zu ihren Schwestern verloren hat – oder ihre Schwestern verloren hat, wer weiß; die *Santa Maria* wird als ›vermißt‹ geführt, während die *Marco Polo* einfach ›außer Kontakt‹ ist, da sie sich dem Gipfel näherte, als wir das letztemal von ihr hörten, und noch ein paar Greenwichjahre nicht mehr herauskommen wird.

Unser nächstes Ziel ist jetzt ein kleiner Stern vom G-Typ, der von der Erde aus so schwach ist, daß er nicht einmal einen Namen verdient, nicht einmal eine Konstellationsbezeichnung mit einem griechischen Buchstaben, bloß eine Katalognummer. Von der Erde aus liegt es im Phönix, zwischen Hydrus, der Seeschlange, und Cetus, dem Wal. Onkel hatte ihn ›Whistle Stop‹* genannt, und der Name blieb ihm, weil man einfach nicht jedesmal eine Nummer aus dem Palomar-Katalog runterrasseln kann, wenn man sein Ziel nennt.

Ohne Zweifel wird er einen eindrucksvolleren Namen bekommen, falls sich erweisen sollte, daß er einen Planeten hat, der auch nur halb so gut wie Connie ist. Übrigens, Connie wird trotz der Epidemie kolonisiert werden, die wir uns möglicherweise dort zugezogen haben. Die ersten Schiffsladungen sind bereits unterwegs. Was auch immer uns dort gebissen hat (und es ist sehr wahrscheinlich, daß es von der Erde gekommen ist), ist nicht schlimmer als ein halbes Dutzend andere Seuchen, die der Mensch einmal gehabt und später besiegt hat, zumindest ist das die offizielle Betrachtungsweise, und die Pionierschiffe gehen von der Annahme aus, daß sie sich wahrscheinlich die Seuche zuziehen und genötigt sein werden, sie zu besiegen.

Persönlich bin ich der Ansicht, daß eine Art zu sterben genauso gefährlich ist wie eine andere; wenn man tot ist, ist man tot – selbst wenn man an ›nichts Ernsthaftem‹ stirbt. Und die Seuche, so schlimm sie auch war, hat mich nicht umgebracht.

›Whistle Stop‹ war das Anhalten nicht wert. Wir sind jetzt zu Beta Ceti unterwegs, dreiundsechzig Lichtjahre von der Erde.

---

* Whistle Stop – Pfeifhaltestelle, also etwa mit Bedarfshaltestelle zu übersetzen. *Anm. d. Übers.*

Ich wünschte, Dusty hätte immer noch eine Verbindung, über die man Bilder übertragen könnte; ich würde gerne eines von meiner Urgroßnichte Vicky haben. Ich weiß, wie sie aussieht – karottenrotes Haar, Sommersprossen auf der Nase, grüne Augen, ein großer Mund und Spangen an den Zähnen. Im Augenblick ziert sie außerdem noch ein blaues Auge, das sie in der Schule aufgegabelt hatte, als jemand sie einen Freak nannte und ihr das nicht paßte – die Prügelei hätte ich gerne gesehen. Oh, ich weiß, wie sie aussieht, aber trotzdem hätte ich gerne ein Bild.

Eigentlich komisch, daß unsere Familie sich so auf Mädchen spezialisiert hat. Nein, wenn ich alles zusammenzähle und sämtliche Abkömmlinge meiner Schwestern und meinen Bruder mitzähle, dann ergibt sich etwa die gleiche Zahl. Aber Maud und Pat hatten zwei Mädchen und keinen Jungen, und ich bin weggegangen, ohne zu heiraten, und so ist der Name Bartlett ausgestorben.

Ich würde wirklich gerne ein Bild von Vicky haben. Ich weiß, daß sie eher häßlich ist, aber ich wette, sie ist auch nett – die Art von Rabauke, die immer aufgeschürfte Knie hat, weil sie keine damenhaften Spiele mag. Gewöhnlich bleibt sie noch eine Weile, wenn wir mit dem Senden fertig sind, und dann reden wir. Wahrscheinlich ist das nur Höflichkeit, weil sie in mir vermutlich einen ebenso alten Mann sieht, wie in ihrem Urgroßvater Bartlett, obwohl ihre Mutter ihr gesagt hat, daß ich das nicht bin. Vermutlich hängt das davon ab, wo man sitzt. Ich sollte jetzt das letzte Jahr auf dem College sein, aber sie weiß, daß ich Pats Zwillingsbruder bin.

Wenn sie mir einen langen weißen Bart anhängen möchte, so soll mir das recht sein, so lange mir das ihre Gesellschaft erhält. Heute morgen hatte sie es eilig, aber sie hat das sehr nett ausgedrückt. *»Würdest du mich bitte entschuldigen, Onkel Tom? Ich muß mich noch auf eine Algebraprüfung vorbereiten.«*

(»Realio trulio?«) sagte ich.

»Realio trulio, Hand aufs Herz. Ich würde wirklich gern bleiben.«

(»Geh nur, Sommersprossengesicht. Grüß mir die anderen.«)

»Wiedersehn! Morgen rufe ich ein wenig früher.«

Sie ist wirklich ein nettes Kind.

XIV Elysia

Beta Ceti ist ein großer Stern auf der Hauptspektralsequenz, fast groß genug, daß man ihn als einen Riesen einstufen müßte – ein kleiner Riese, siebenunddreißigmal so hell wie die Sonne. Von der Erde aus betrachtet, sieht er so hell aus, daß er seinen eigenen Namen hat, Deneb Kaitos, aber so nennen wir ihn nie, weil ›Deneb‹ zu Verwechslungen mit dem anderen Deneb, Alpha Cygni, führen könnte, und das ist ein echter Riese in einem anderen Teil des Himmels, fast sechzehnhundert Lichtjahre entfernt.

Da Beta Ceti so viel heller als die Sonne ist, mußte der Planet, den wir gesucht hatten, wenn es ihn überhaupt gab, fast neunhundert Millionen Kilometer von seinem Zentralgestirn entfernt sein, also weiter als Jupiter von Sol.

Wir fanden einen, achthundertfünfzig Millionen Kilometer entfernt, und das ist nahe genug. Und was noch besser ist, es ist der kleinste Planet in einem System, das zu Übergrößen zu tendieren scheint; der auf der nächsten Bahn ist größer als Jupiter.

Ich war unter Harry Gates' geistesabwesender Überwachung für den größten Teil der Fernerforschung von Elysia zuständig. Harry gleicht in seinem Eifer einem Foxterrier. Er will sein *magnum opus* vollenden, ehe er Schluß machen und die Bodenüberwachung übernehmen muß, will es zur Erde zurückschicken und damit die Gewähr schaffen, daß sein Name in die Ruhmeshalle der Wissenschaft eingeht. Nicht daß er es so formulieren würde, denn Harry ist nicht eingebildet; trotzdem ist er der Meinung, er hätte eine Kosmogonie für Sonnensysteme entwickelt, welche Bodes Gesetz einschließt. Er sagt, wenn er recht hätte, würde jeder Stern auf der Hauptspektralsequenz Planeten haben.

Vielleicht ... woher soll ich das schon wissen? Aber ich kann nicht begreifen, welchen Nutzen ein Stern ohne Planeten haben sollte. Und ich glaube einfach nicht daran, daß dieses komplizierte Universum einfach zufällig entstanden ist. Planeten sind dazu bestimmt, daß man sie benutzt.

Als Harrys Faktotum arbeiten zu müssen, war nicht schwierig. Ich brauchte bloß die vorläufigen Forschungsergebnisse über Connie aus den Mikrofilmen herauszugraben und ähnliche Pläne für Elysia zusammenschreiben, mit gewissen Abwandlungen wegen der eingetretenen Personalverluste. Alle drängten sich danach, mithelfen zu dürfen, weil wir (soweit uns bekannt ist) das einzige Schiff sind, das zweimal hintereinander eine Glücksnummer gezogen hat, und eines aus vier, die auch nur einmal Glück gehabt hatten. Aber inzwischen sind wir bereits gelandet, schwimmen im Wasser, und warten darauf, daß die Medizin Elysia für Bodenerforschung frei gibt; ich habe es gar nicht so eilig. Ich versuchte, heute abend mit Vicky in Verbindung zu treten und einfach nur zu plaudern. Aber zu Hause ist es zufälligerweise auch gerade Abend, und Vicky ist verabredet und hat mich höflich abgewimmelt.

Vicky ist ein wenig gewachsen, als wir beim letzten Sprung gipfelten; sie fängt jetzt an, sich für Jungs zu interessieren und hat nicht mehr so viel Zeit für ihren alten Onkel.

(›Ist es George?‹) fragte ich sie, als sie wissen wollte, ob mein Anruf wichtig wäre.

»Nun, wenn du es schon wissen mußt, es ist George!« fuhr sie mich an.

(»Reg dich nicht gleich auf, Sommersprossengesicht«,) antwortete ich. (»Hab' ja nur gefragt.«)

»Nun, und ich hab's dir gesagt.«

(»Schon gut, schon gut. Viel Spaß, Süße, und bleib nicht zu lange weg.«)

»Du redest wie Daddy.«

Wahrscheinlich tat ich das. Tatsache ist, daß ich George nicht besonders leiden kann, obwohl ich ihn noch nie gesehen habe, ihn nie sehen werde und nicht viel von ihm weiß, nur daß Vicky immer sagt, er sei ›eine Zehnerpotenz‹ und ›tierisch Klasse‹, obwohl er ›ein ziemlicher Fluffy‹ sei, falls ich wüßte, was das bedeutete, aber sie würde das schon equalisieren.

Ich wußte nicht, was das bedeutete, aber ich interpretierte es als leicht eingeschränkte Billigung, wobei sie hoffte, daß er perfekt oder ›durch und durch klapprig‹ sein würde, wenn sie einmal damit fertig war, ihn umzumodeln. Ich vermutete, daß er die Art unwissenden babygesichtigen jungen Langweilers war, wie ich selbst einmal einer war, und wie ich sie stets verabscheute – so etwas wie Dusty Rhodes im Augenblick, bloß ohne Dustys überragende Intelligenz.

Das klingt, als wäre ich auf einen Jungen eifersüchtig, den ich nie sehen werde, und das in bezug auf ein Mädchen, das ich noch nie gesehen habe. Aber das ist natürlich lächerlich. Mein Interesse ist väterlicher oder brüderlicher Natur, obwohl ich effektiv überhaupt nicht verwandt mit ihr bin; das heißt, meine Eltern waren zwei von ihren sechzehn Ur-Ur-Großeltern – eine so entfernte Verwandtschaft, daß die meisten Leute gar nicht einmal wissen, daß es so entfernte Verwandte gibt.

Vielleicht hat auch Vans verrückte Theorie etwas damit zu tun, und wir fangen alle an, klapprige, alte Männer zu werden – nur unsere Körper bleiben jung. Aber das ist albern. Obwohl reichliche siebzig Greenwichjahre vergangen sind, sind es für mich weniger als vier seit dem Abflug von der Erde. Mein wahres Zeitgefühl beruht auf Hunger und Schlaf; ich habe etwa vierzehnhundertmal in der *Elsie* geschlafen, und für jeden Schlaf drei Mahlzeiten und einen kleinen Imbiß oder zwei zu mir genommen. Das macht vier Jahre, nicht siebzig.

Nein, ich bin einfach enttäuscht, daß ich an meinem ersten freien Abend seit zwei Wochen nichts Besseres zu tun habe, als in mein Tagebuch zu schreiben. Aber, weil wir schon von Schlaf sprechen, ich lege mich wohl besser etwas hin; die erste Gruppe wird morgen an Land gehen, wenn die Medizin zustimmt, und dann werde ich zu tun haben. Ich werde nicht dazugehören, aber Arbeit wird es trotzdem genug geben.

Die Lage ist ziemlich mies. Ich weiß nicht, was wir jetzt tun können.

Aber ich fange wohl besser von vorne an. Elysia war beim ersten Ansehen ringsum positiv – atembare Atmosphäre, Klima im Erdbereich und allem Anschein nach weniger extrem, ein Lebenszyklus aus Wasser, Sauerstoff und Kohlendioxid; keine ungewöhnlichen Gefahren. Keine Anzeichen von intelligentem Leben selbstverständlich, sonst wären wir weitergeflogen. Eine wäßrige Welt, selbst in noch höherem Maße als Terra, mit über 90 % Ozeanen, und es war eine Weile die Rede, den Planeten ›Aquaria‹ statt Elysia zu nennen, aber jemand wies darauf hin, daß es wenig Sinn hätte, einen Namen auszuwählen, der den Planeten für Kolonisten unattraktiv machen könnte, wo er doch schließlich fast soviel nutzbares Land wie die Erde selbst hatte.

Also kuschelten wir uns an eine Insel an, die fast so groß wie Madagaskar war – für Elysia fast ein Kontinent – wobei wir uns darauf einstellten, die ganze Insel bei gründlicher Überprüfung anzusehen. Auf die Weise würden wir dann einen Bericht abgeben können, daß sich dort eine Kolonie niederlassen konnte, so schnell die ALF ein Schiff schicken konnte – wir wußten, daß Connie bereits besiedelt war, und wollten, daß der da besiedelt wurde, damit die *Elsie* wieder einen Punkt abhaken konnte.

Ich tätschelte Parzi und sagte ihm, er sollte sich draußen umsehen und mir Bescheid sagen, falls er irgendwelche Schweinedamen fände. Onkel Lucas führte die Wache von

Bord, und der Wissenschaftlertrupp folgte am selben Tag. Es war klar, daß Elysia auch kein größeres Problem sein würde, als es Connie gewesen war, und ein fast so großer Treffer – mit Ausnahme der entfernten Möglichkeit, daß es irgendwelche exotischen Infektionsgefahren gab, mit denen wir nicht zurande kommen könnten.

Das ist jetzt zwei Wochen her.

Es fing ebenso routinemäßig an wie ein Frühstück. Parzi und die anderen Versuchstiere gediehen mit elysianischer Diät; Van fing sich nichts Schlimmeres als einen kleinen Juckreiz ein und probierte kurz darauf selbst elysianische Nahrung – es gab da etwas seltsam aussehende vierflügelige Vögel, die gebraten recht gut schmeckten. Van sagte, sie erinnerten ihn an Truthahnbraten mit einem Beigeschmack von Melone. Aber Parzi, das Schwein, verweigerte einige Fischarten, die man fing, und die Ratten, die sie fraßen, gingen daran ein. Also verzichtete man auf Meeresgetier, bis gründlichere Überprüfungen stattgefunden hatten. Die Fische sahen nicht wie die unseren aus; sie waren auf die falsche Art abgeplattet, wie eine Flunder, und hatten Tentakel so ähnlich wie ein Wels, der sich an den Enden einringelt, statt spitz zu sein. Harry Gates war der Meinung, es handle sich um Tastorgane, die sich wahrscheinlich auch zum Greifen eigneten.

Die Insel besaß nichts in der Art der großmäuligen, fleischfressenden Echsen, von denen eine Lefty Gomez erwischt hatte. Aber das sagte natürlich gar nichts über die anderen Inseln, da die Landmassen so weit voneinander entfernt waren, daß es durchaus möglich war, daß sich auf jeder Inselgruppe eine völlig unterschiedliche Entwicklung abgespielt hatte. Die Empfehlung in unserem Bericht würde lauten, daß man zuerst Devereaux Island besiedelte, und dann die anderen mit gebotener Vorsicht untersuchte.

Ich sollte mit der dritten Gruppe an Land gehen; Onkel Alf hatte die erste Woche übernommen, dann eine Woche Pause gehabt und würde jetzt die schiffsseitige Wache übernehmen, während ich mit ihm von Land aus die Verbindung hielt. Aber ich erklärte mich in der letzten Minute mit einem Tausch einverstanden, da Anna unbedingt hinauswollte. Ich wollte nicht tauschen, aber ich hatte seit Rup's Tod die Wachliste der Abteilung geführt, und es wäre peinlich gewesen, wenn ich abgelehnt hätte. Gloria würde auch gehen, da ihr Mann auf der Liste stand, aber Gloria zählte nicht, weil ihr Telepartner gerade erdseits Urlaub hatte.

Als sie gingen, war ich ganz oben in der *Elsie* und sah ein wenig mürrisch zu, wie sie in die Boote stiegen. Man hatte hier oben provisorisch außerhalb der Luftschleusen ein ›Affeninsel‹-Deck angebracht; das war ein guter Platz, um zuzusehen, wie die Boote an den Frachtluken weiter unten beladen wurden. Die Ingenieurabteilung hatte ihre Inspektion und die Generalüberholung abgeschlossen und war fast mit dem Auffüllen der Stützmassetanks fertig; die *Elsie* saß tief im Wasser, und die Frachtluken waren höchstens drei Meter über der Wasserlinie. Das war bequem für den Ladevorgang; als wir die erste Gruppe an Land brachten, waren die Tanks leer, und die Boote mußten fast dreißig Meter in die Tiefe gelassen werden, während die Passagiere an Strickleitern in die Tiefe klettern mußten – was für Leute nicht leicht ist, die nicht schwindelfrei sind, und das sind nur wenige. Aber an dem Tag war es einfach.

Die Luftschleuse war gerade groß genug für Leute; alles, was größer war, mußte durch die Frachtluken hinausgeschafft werden. Es war möglich, die Frachtluken als Luftschleusen zu benutzen, und das hatten wir auf Inferno, dem Planeten von Beta Hydri getan, aber wenn die Luft in Ordnung war, benutzten wir sie lediglich als Türen. Sie waren auf der Höhe des Ladedecks, unterhalb des Messedecks und über den Räumen mit den Hilfsmaschinen; unsere drei Boote und die zwei Helikopter waren auf jenem Deck untergebracht. Die Boote konnten auf einfachen Davits ausgeschwungen werden, in denen sie normalerweise untergebracht waren, aber die Helikopter mußten an Falls angehakt und ausgeschwungen werden, und dann hakte ein zweiter Satz Falls von der Affeninsel oben ein, und auf die Weise zog man den Helikopter an der gekrümmten Außenwand der *Elsie* nach oben, auf das provisorische Oberdeck, wo dann die Düsenrotoren angebracht werden konnten.

Mr. Regato fluchte jedesmal über diese komplizierte Anordnung. »Idiotisch!« schimpfte er. »Ich habe noch nie einen Schiffsarchitekten gesehen, der nicht glücklich war, wenn das Ganze gut aussah. Daß dann irgendein armer Idiot auch damit *arbeiten* muß, kommt dem ja überhaupt nicht in den Sinn.«

Wie dem auch sein mochte, jedenfalls konnte man die Helis auf die Weise mit einem Minimum an Sondervorrichtungen ausladen – und das war, soweit ich informiert bin, der Hauptgrund, weshalb die Schiffe für das Projekt so umgebaut wurden. Aber an dem Tag waren die Helikopter draußen und bereit, einer im Lager und der andere ganz in meiner Nähe an der Affeninsel vertäut. Wir brauchten also bloß die Boote zu beladen.

Die Boote waren Walboote aus Glas und Teflon, die durch Plastikschaum in allen nicht benutzten Räumen unsinkbar gemacht waren. Sie waren so zäh, daß man ihnen zwar Beulen verpassen konnte, aber wenn man nicht gerade einen Schneidbrenner benutzte, war es unmöglich, ein Loch in sie hineinzubekommen. Und doch waren sie so leicht, daß ein leeres Boot von vier Männern getragen werden konnte. Es machte ihnen auch nichts aus, wenn man mit ihnen an einer Felsküste landete, dort konnte man sie entladen und höherziehen. Sie wurden von Alkoholdüsen angetrieben, genau wie die Helis, aber sie hatten auch Ruder und Segel, nur daß wir die Ruder nie benutzten, obwohl die Männer alle unter Onkel Steves wachsamen Blicken an den Rudern ausgebildet worden waren.

Die Boote waren am Abend zuvor mit Musterexemplaren für die Forschungsabteilung hereingekommen. Jetzt fuhren sie wieder mit Leuten hinaus, die die an Land ablösen würden. Von der Affeninsel aus konnte ich in etwa achthundert Meter Entfernung die Leute sehen, die zurückkommen würden; sie warteten am Strand auf die Boote. Zwei der Boote warteten im Wasser auf das dritte; jedes war mit etwa achtzehn Leuten besetzt, und ein paar Sachen, die Harry Gates für seine Wissenschaftler drüben auf der Insel angefordert hatte. Außerdem waren da noch Vorräte für die ganze Gruppe für vielleicht eine Woche.

Ich bemerkte eine Bewegung hinter mir, drehte mich um und sah, daß der Alte durch die Schleusenluke heraufkam. »Guten Morgen, Captain.«

»Morgen, Bartlett.« Er sah sich um. »Schöner Tag.«

»Ja, Sir ... und eine schöne Gegend.«

»Ja, das kann man wohl sagen.« Er blickte zum Ufer hinüber. »Ich werd mir noch *irgendeine* Ausrede einfallen lassen, um an Land zu gehen, ehe wir hier wegfliegen. Ich bin so lange in dieser Kiste gewesen.«

»Ich wüßte nicht, was dagegen spräche, Sir. Diese Gegend hier ist so freundlich wie ein kleines Hündchen. Nicht wie Inferno.«

»Ganz und gar nicht.« Er wandte sich ab, und so tat ich das auch; man drängt sich dem Captain nicht auf, wenn er nicht mit einem reden will. Das dritte Boot war jetzt beladen und wurde abgelassen; alle drei waren etwa fünfzig Meter entfernt und bildeten eine Reihe, um zusammen zu fahren. Ich winkte Gloria und Anna zu.

Bei jedem Boot kam ein langes, feuchtes Tau, etwa so dick wie meine Hüfte, aus dem Wasser, legte sich mittschiffs darüber und glitt auf der anderen Seite wieder ins Wasser. Ich schrie: »Hey, Captain! *Schauen Sie!*«

Er drehte sich um. Die Boote kippten zur Seite ab und sanken – sie wurden hinunter*gezogen*. Ich hörte jemanden schreien, und dann wimmelte es im Wasser von um sich schlagenden Menschen.

Der Captain lehnte sich neben mir über die Reling und

blickte auf das Desaster. Dann sagte er ruhig: »Können Sie den Chopper in Gang setzen?«

»Äh, ich denke schon, Captain.« Ich war kein Hubschrauberpilot, wußte aber, wie er funktionierte.

»Dann tun Sie es.« Er beugte sich vor und schrie: *»Die Frachtluke schließen!«* Er drehte sich um und sprang mit einem Satz in die Schleusenluke. Ich konnte sehen, was seinen Schrei veranlaßt hatte, als ich mich umdrehte, um in den Helikopter zu steigen. Es war ein weiteres jener feuchten Taue, das an der Schiffswand der *Elsie* hinaufkroch, auf die Ladeluke zu.

Den Hubschrauber in Gang zu setzen, war komplizierter, als ich angenommen hatte. Aber zum Glück war am Armaturenbrett eine Checkliste angebracht. Ich war bis zu ›Stufe vier: Rotoren anlassen‹ gekommen, als Ace Wenzel mich beiseite schob, der Fackelingenieur, der normalerweise als Pilot Dienst tat. Ace arbeitete mit beiden Händen, die Rotorblätter fingen an, sich zu drehen, warfen Schatten auf unsere Gesichter, und er schrie: »Ablegen!«

Ich wurde zur Tür hinausgeschubst, als der Arzt einstieg; ich fiel eineinhalb Meter tief aufs Deck, als der Luftschwall mich traf. Ich rappelte mich auf und sah mich um.

Im Wasser war nichts, *nichts*. Kein Körper, niemand, der um sich schlug, um über Wasser zu bleiben, keine Spur der Boote, Nicht einmal Reste der Ladung, obwohl ich wußte, daß einige der Bündel schwimmen würden: Ich hatte sie selbst gepackt.

Janet stand neben mir und wurde von trockenem Schluchzen geschüttelt. Ich sagte ein wenig dümmlich: »Was war denn?«

Sie versuchte, sich in den Griff zu bekommen und sagte etwas zittrig: »Ich weiß nicht. Ich hab' gesehen, wie einer von denen Otto erwischt hat. Er hat einfach ... einfach ...« Sie fing wieder zu heulen an und drehte sich um. Auf dem Wasser war nichts, aber jetzt sah ich, daß etwas *im* Wasser, dicht unter der Oberfläche, war. Von ganz oben kann man ins Wasser hineinsehen, wenn es einigermaßen glatt ist; und rings um das Schiff waren irgendwelche Geschöpfe in geordneter Formation. Sie sahen wie Wale aus – oder so, wie ich glaube, daß ein Wal im Wasser aussehen würde. Ich habe nie einen gesehen.

Ich war gerade dabei, es mir in meinen etwas wirren Kopf einzutrichtern, daß ich da die Geschöpfe sah, die die Boote vernichtet hatten, als jemand schrie und nach unten zeigte. Drüben waren die Leute, die zurückkehren sollten, immer noch am Strand, aber sie waren nicht länger allein; sie waren umzingelt. Die Geschöpfe waren zu beiden Seiten von ihnen an Land gegangen und umzingelten sie jetzt. Ich konnte das aus der Ferne nicht besonders gut erkennen, aber die Seegeschöpfe waren deutlich zu sehen, weil sie soviel größer waren als wir. Sie hatten keine Beine, soweit ich das feststellen konnte. Aber das machte sie nicht langsamer – sie waren *schnell*.

Und unsere Leute wurden ins Wasser getrieben.

Und da war nichts, das wir dagegen tun konnten, *überhaupt* nichts.

Unter uns hatten wir ein Schiff, das das Endprodukt von Jahrhunderten technischen Fortschritts war – seine Fackel konnte im Bruchteil einer Sekunde eine ganze Stadt vernichten. An Land hatte die Wache Waffen zur Verfügung, die einen einzigen Mann zum ebenbürtigen Gegner einer Armee früherer Zeiten machte, und irgendwo im Schiff waren weitere solche Waffen. Aber in dem Augenblick wußte ich nicht einmal, wo die Waffenkammer war, nur daß es irgendwo auf dem Hilfsdeck war – man kann eine lange Zeit in einem Schiff leben, und nie alle seine Abteile besuchen.

Wahrscheinlich hätte ich drunten auf dem Hilfsdeck sein müssen und Waffen suchen. Aber ich stand nur wie erstarrt da, und neben mir ein Dutzend andere, und sah zu, wie es passierte.

Aber andere waren wachsamer gewesen als ich. Zwei

Männer kamen durch die Luke nach oben geschossen; sie warfen zwei mittelschwere Schnellfeuergewehre aufs Deck und arbeiteten hastig daran, sie anzuschließen und die Munitionskartons aufzubrechen. Aber die Mühe hätten sie sich sparen können; als sie den Feind ins Visier nehmen konnten, war der Strand ebenso leer wie die Wasseroberfläche. Unsere Schiffskollegen waren ins Wasser getrieben und in die Tiefe gezogen worden. Der Helikopter schwebte über der Stelle; die Rettungsleiter hing herunter, aber niemand war auf ihr.

Der Helikopter kreiste zur Insel zurück, zog dort über unserem Lager ein paar Schleifen und kehrte dann zum Schiff zurück.

Während er zur Landung ansetzte, kam Chet Travers die Leiter herauf. Er sah sich um, erblickte mich und sagte: »Tom, wo ist der Captain?«

»Im Chopper.«

»Oh.« Er runzelte die Stirn. »Nun, dann geben Sie ihm das. Dringend. Ich muß wieder hinunter.« Er schob mir ein Papier hin und verschwand. Ich warf einen Blick darauf, sah daß es ein Meldeformular war, sah, von wem es kam, und packte den Captain am Arm, als er aus dem Heli stieg.

Der schüttelte mich ab. »Aus dem Weg!«

»Captain, Sie *müssen* – das ist eine Nachricht von der Insel – von Major Lucas.«

Jetzt blieb er stehen und nahm mir das Blatt weg, suchte nach seiner Brille, die ich aus einer Tasche hängen sah. Aber ehe ich ihm helfen konnte, schob er mir den Meldezettel wieder hin und sagte: »Lesen Sie vor, Junge.«

Und das tat ich. »›Von: Kommandant Schiffswache – An: Kommandierender Offizier *Lewis and Clark* – Null neun drei eins – um null neun null fünf wurde Forschungslager von feindlichen Eingeborenen, vermutlich Amphibiengeschöpfen, angegriffen. Der Angriff wurde nach ursprünglich schweren Verlusten abgeschlagen, und ich habe mich mit sieben Überlebenden auf den Hügel nördlich des Lagers zurückgezogen. Wir sahen uns gezwungen, Patrouillenfahrzeug Zwei aufzugeben. Zum Zeitpunkt des Angriffs wartete Austauschgruppe am Strand; wir sind von ihnen abgeschnitten und nicht über ihre Lage informiert, müssen aber annehmen, daß letztere verzweifelt ist.

Diskussion: Der Angriff war intelligent organisiert und bewaffnet. Bei der Hauptwaffe des Gegners scheint es sich um einen mit sehr hohem Druck ausgestoßenen Seewasserstrahl zu handeln. Sie setzen außerdem auch eine persönliche Waffe zum Stechen und Schneiden ein. Es muß angenommen werden, daß sie über andere Waffen verfügen. Ferner muß hypothetisch vermutet werden, daß sie ebenso intelligent wie wir sind, ebensogut diszipliniert, und den Umständen entsprechend ebensogut bewaffnet. Ihre überlegene Zahl verleiht ihnen im Augenblick einen Vorteil, selbst wenn sie keine besseren Waffen besitzen sollten.

Empfehlung: Mein überlebendes Kommando kann am gegenwärtigen Standort den bis jetzt erkannten Waffen standhalten. Es wird daher dringend empfohlen, daß die augenblicklichen Maßnahmen sich auf die Rettung der Gruppe am Strand beschränken. Anschließend sollte das Schiff in Orbit versetzt werden, bis ein Plan ausgearbeitet und Waffen improvisiert werden können, um mein Kommando ohne Gefährdung des Schiffes zu entsetzen – S. Lucas, Kommandant, null neun drei sechs.‹«

Der Captain nahm den Meldezettel und wandte sich wortlos der Luke zu. Keiner sagte etwas, obwohl sich wenigstens zwanzig von uns dort oben drängten. Ich zögerte, als ich dann sah, daß die anderen nach unten gingen, folgte ich dem Captain.

Der blieb nach zwei Decks stehen und begab sich in das Kommunikationsbüro. Ich folgte ihm nicht, aber er ließ die Türe offen. Chet Travers war dort, über die Anlage gebeugt, die er zur Verbindung zu dem Lager benutzte, und Commander Frick lehnte sich mit besorgter Miene über ihn. Der Kapitän sagte: »Geben Sie mir Major Lucas.«

Commander Frick blickte auf. »Wir versuchen, mit ihm Verbindung zu bekommen, Captain. Die Sendung ist abgerissen, als die dabei waren, uns eine Verletztenliste durchzugeben.«

Der Captain kaute auf seiner Unterlippe und blickte enttäuscht, dann sagte er: »Versuchen Sie es weiter«, und drehte sich um. Er sah mich.

»Bartlett!«

»Ja, Sir!«

»Sie haben einen von Ihren Leuten dort drüben. Sehen Sie zu, daß Sie Verbindung bekommen.«

Ich dachte in fieberhafter Eile nach und versuchte, mich an die Greenwichzeit zu erinnern, während ich Vicky rief – wenn Vicky zu Hause war, konnte sie auf der direkten Leitung mit der ALF in Verbindung treten, und die konnten sie mit Sam Rojas' Telepartner in Verbindung bringen und von dort zu Sam, und der Captain konnte dann über eine vierstufige Kette fast ebenso schnell mit Onkel Steve sprechen, wie über Funk.

(»Vicky! Kommen, Vicky! Dringend!«)

»Ja, Onkel Tom? Was ist denn? Ich habe geschlafen.«

Commander Frick sagte: »Ich glaube nicht, daß das funktioniert, Captain. Rojas ist nicht auf der Liste der Überlebenden. Er sollte abgelöst werden; er muß am Strand gewesen sein.«

Natürlich, natürlich! Sam war bestimmt am Strand – ich hatte oben auf dem Affendeck zugesehen, wie man ihn und die anderen ins Wasser trieb!

»Was ist, Onkel Tom?«

(»Wart mal, Süße, bleib in Verbindung.«)

»Dann einen anderen«, knurrte der Kapitän.

»Es gibt keinen anderen«, antwortete Frick. »Hier ist die Liste der Überlebenden. Rojas war der einzige Fr... der einzige Spezialkommunikator, den wir an Land hatten.«

Der Captain sah auf die Liste, dann sagte er: »Sagen Sie allen Nichtdiensthabenden Bescheid, Sie sollen sich schnellstens in der Messe versammeln.« Er drehte sich um und ging durch mich hindurch. Ich konnte gerade noch rechtzeitig wegspringen.

»Was ist denn, Onkel Tom? Du klingst besorgt.«

Ich versuchte, meine Stimme unter Kontrolle zu halten. (»Es war ein Irrtum, Süße. Vergiß es und versuch, wieder einzuschlafen. Tut mir leid.«)

»Schon gut. Aber du klingst trotzdem besorgt.«

Ich eilte hinter dem Captain her. Commander Fricks Stimme verbreitete den Befehl über das Lautsprechersystem des Schiffes, während wir die Leitern hinunter hetzten. Aber trotzdem erreichte er die Messe nur ein oder zwei Augenblicke nach mir. Binnen Sekunden waren wir alle dort ... nur eine Handvoll von denen, die die Erde verlassen hatten – etwa vierzig. Der Captain sah sich um und sagte zu Cas Warner: »Ist das alles?«

»Ich denke schon, Captain. Abgesehen von der Ingenieurwache.«

»Ich habe Travers auf Wache gelassen«, fügte Frick hinzu.

»Sehr gut.« Der Captain drehte sich herum und sah uns an. »Wir werden jetzt die an Land befindlichen Überlebenden holen. Freiwillige vortreten.«

Wir traten nicht vor, drängten alle zusammen. Ich würde gerne sagen, daß ich den anderen wegen Onkel Steve den Bruchteil einer Sekunde zuvorkam, aber das wäre nicht wahr. Mrs. Gates hielt den jungen Harry in den Armen, aber sie war ebenso schnell wie ich.

»Danke«, sagte der Captain steif. »Würden die Frauen jetzt bitte zur Pantry hinübergehen, damit ich die Männer auswählen kann, die gehen.«

»Captain?«

»Ja, Captain Urqhardt?«

»Ich werde die Gruppe führen.«

»Sie werden nichts dergleichen tun, Sir. Ich werde die Führung übernehmen. Sie nehmen jetzt ein paar Frauen und gehen hinunter und holen das, was wir brauchen.«

Urqhardt zögerte nur kurz und sagte dann: »Aye, aye, Sir.«

»Diese Regel – unsere Regel für jegliche Risikosituation – gilt für Sie alle. Bei doppelt besetzten Positionen geht der ältere Mann. Bei anderen Positionen geht der Mann, wenn man auf seine Tätigkeit verzichten kann; andernfalls bleibt er.« Er sah sich um. »Dr. Babcock!«

»All right, Skipper!«

Mr. O'Toole sagte: »Augenblick, Captain. Ich bin Witwer, und Dr. Babcock ist viel ...«

»Ruhig!«

»Aber ...«

»Verdammt noch mal, muß ich denn jede Entscheidung, die ich treffe, mit jedem einzelnen von Ihnen diskutieren? Muß ich Sie daran erinnern, daß es auf jede Sekunde ankommt? Dort hinüber zu den Frauen.«

Mr. O'Toole kam mit rotem Gesicht und zornig dem Befehl nach. Der Captain fuhr fort: »Mr. Warner, Mr. Roch. Dr. Severin ...« Er wählte ganz schnell diejenigen aus, die er wollte, und winkte uns andere dann zur Pantry hinüber.

Onkel Alfred McNeil versuchte, seine gebeugten Schultern geradezurichten. »Captain, Sie haben mich vergessen. Ich bin der Älteste in meiner Abteilung.«

Das Gesicht des Captains wurde eine Spur weicher. »Nein, Mr. McNeil, ich hab' Sie nicht vergessen«, sagte er leise, »aber die Kapazität des Choppers ist beschränkt. Und wir haben sieben Leute, die wir zurückbringen müssen. Also muß ich Sie weglassen.«

Onkel Alfs Schultern sackten zusammen, und ich glaubte schon, er würde gleich in Tränen ausbrechen, aber dann schlurfte er von den auserwählten Wenigen weg. Dusty Rhodes fing meinen Blick auf, er wirkte stolz und selbstgefällig; einer der Auserwählten. Er sah nicht älter als sechzehn aus, und ich glaube nicht, daß er sich jemals in seinem Leben schon rasiert hatte; das war vermutlich das erstemal in seinem Leben, daß man ihn in jeder Hinsicht wie einen Mann behandelt hatte.

Trotz der Art und Weise, wie man die anderen ausgeschaltet hatte, konnte ich es nicht dabei bewenden lassen. Ich trat wieder vor und tippte dem Captain an den Arm. »Captain ... Sie *müssen* mich gehen lassen! Mein Onkel ist dort drüben.«

Ich dachte schon, er würde explodieren, aber er fing sich wieder. »Ich verstehe. Aber Sie sind Sonderkommunikator, und wir haben keinen mehr übrig. Ich werde Major Lucas sagen, daß Sie es versucht haben.«

»Aber ...«

»Und jetzt halten Sie den Mund und tun Sie, was ich gesagt habe – ehe ich Ihnen einen Tritt gebe.« Er wandte sich ab als würde ich nicht existieren.

Fünf Minuten später waren Waffen ausgegeben, und wir alle drängten uns die Leitern hinauf, um ihnen nachzuwinken. Ace Wenzel startete den Helikopter, der immer noch im Leerlauf drehte, und sprang hinaus. Sie stiegen einer nach dem anderen ein, insgesamt acht, mit dem Captain als letztem. Dusty hatte einen Patronengurt über jeder Schulter und ein Schnellfeuergewehr in der Hand; er grinste erregt. Er zwinkerte mir zu und sagte: »Ich schick' dir eine Postkarte.«

Der Captain blieb stehen und sagte. »Captain Urqhardt.«

»Ja, Sir.«

Der Captain und der Reservecaptain konferierten einen Augenblick miteinander; ich konnte sie nicht hören, und ich nehme auch nicht an, daß das, was sie redeten, für unsere Ohren bestimmt war. Dann sagte Captain Urqhardt laut: »Aye, aye, Sir. Wird gemacht.«

»Sehr gut, Sir.« Der Captain stieg ein, knallte die Türe hinter sich zu und setzte sich selbst ans Steuer.

Dann warteten wir.

Ich rannte dauernd zwischen der Affeninsel und dem Kom-Büro hin und her. Chet Travers konnte immer noch keine Verbindung mit Onkel Steve bekommen, war aber in Funkverbindung mit dem Heli. Jedesmal, wenn ich hinaufging, sah ich mich nach den Seebiestern um, aber sie schienen sich entfernt zu haben.

Schließlich kam ich wieder ins Kombüro, und Chet blickte vergnügt: »Die haben sie!« verkündete er. »Sie sind alle im Heli.« Ich wollte ihn etwas fragen, aber da hatte er sich schon umgedreht, um die gute Nachricht über das Lautsprechersystem zu verbreiten; ich rannte hinauf, um zu sehen, ob ich den Heli irgendwo entdecken konnte.

Dann sah ich ihn am Hügel, etwa zweieinhalb Kilometer entfernt. Er bewegte sich schnell auf das Schiff zu. Bald konnten wir die Leute in seinem Inneren sehen. Als er näher kam, öffnete jemand an der uns zugewandten Seite ein Fenster.

Der Captain war kein besonders geschickter Hubschrauberpilot. Er versuchte, geradewegs zu landen, schätzte aber die Windgeschwindigkeit falsch ein und mußte noch einmal abdrehen und einen zweiten Versuch machen. Bei dem Manöver kam die Maschine so dicht an das Schiff, daß wir die Passagiere deutlich sehen konnten. Ich sah Onkel Steve und er sah mich und winkte; er rief nicht nach mir, er winkte nur. Dusty Rhodes war neben ihm und sah mich ebenfalls. Er grinste und winkte und schrie: »He, Tom, ich hab' deinen Kumpel befreit.« Er griff nach hinten, und dann waren Parzis Kopf und Hufe über dem Fensterrahmen zu sehen, während Dusty das Schwein mit der einen Hand hielt und es mit der anderen zu mir herumdrehte. Sie grinsten beide.

»Danke!« schrie ich zurück. »Hi, Parzi!«

Der Chopper drehte etwa fünfzig Meter hinter dem Schiff um und kam in den Wind zurück.

Er kam geradewegs auf das Schiff zu und hätte in Kürze landen können, als unmittelbar unter ihm etwas aus dem Wasser kam. Einige sagten, es sei eine Maschine gewesen – auf mich wirkte es eher wie ein riesiger Elefantenrüssel. Ein Wasserstrahl, so massiv, so hart und so hell, daß er wie

Stahl aussah, schoß aus seinem Ende. Er traf einen Rotorflügel, und der Heli taumelte.

Der Captain kippte die Maschine zur Seite, aber der Wasserstrahl folgte ihm, schmetterte gegen das Leitwerk und traf den Rotor wieder; der Heli kippte heftig und begann zu stürzen.

Ich tauge im Katastrophenfall nicht viel; bei mir dauert es immer Stunden, bis mir einfällt, was ich hätte tun sollen. Diesmal handelte ich, ohne zu denken. Ich warf mich die Leiter hinunter, ohne die Sprossen zu berühren, und war fast im gleichen Augenblick, in dem ich oben abgesprungen war, schon unten im Ladedeck. Die Luke war auf der Seite geschlossen, wie seit dem Augenblick, da der Captain das befohlen hatte. Ich schlug auf den Schalter, und sie begann sich langsam zu öffnen. Dann sah ich mich um und entdeckte, was ich brauchte: die Bootsfalls, locker auf dem Deck eingerollt, noch nicht gesichert. Ich schnappte mir ein Ende davon und stand an der Luke, als der Deckel sich gerade in die horizontale Richtung bewegte.

Der havarierte Helikopter trieb vor mir, und im Wasser kämpften Leute. »Onkel Steve!« schrie ich. *»Fang auf!«*

Ich warf die Leine, so weit ich konnte. Als ich schrie, hatte ich ihn noch nicht einmal gesehen. Das war nur der Gedanke, der mich am meisten beschäftigte, und dann sah ich ihn, weit von der Stelle entfernt, wo die Leine das Wasser berührt hatte. Ich hörte ihn zurückrufen: »Komm schon!« und dann fing er an, mit kräftigen Zügen auf das Schiff zuzuschwimmen.

Ich war so benommen, daß ich fast die Leine wieder eingezogen hätte, um sie noch einmal zu werfen, als mir klar wurde, daß sie in Reichweite eines anderen aufgekommen war. Ich schrie wieder: »Harry, hinter Ihnen! Festhalten!«

Harry Gates drehte sich im Wasser um, schnappte nach der Leine und bekam sie zu fassen. Ich schickte mich an, ihn hereinzuziehen.

Fast hätte ich ihn verloren, als ich ihn an der Schiffswand

hatte. Einer seiner Arme schien fast unbrauchbar zu sein, und er hätte fast wieder loslassen müssen. Aber gemeinsam schafften wir es, ihn nach oben und auf den Lukendeckel zu zerren; wir hätten es sicher nicht geschafft, wenn das Schiff nicht so tief im Wasser gelegen hätte. Er brach zusammen und blieb mit dem Gesicht nach unten keuchend und schluchzend liegen.

Ich riß ihm das Seil aus der immer noch verkrampften Hand und drehte mich um, um es Onkel Steve zuzuwerfen.

Der Helikopter war verschwunden. Onkel Steve war verschwunden. Wieder war das Wasser leergefegt – mit Ausnahme von Parzi, der, den Kopf hoch aus dem Wasser, grimmig entschlossen auf das Schiff zuschwamm.

Ich vergewisserte mich, daß nicht irgendwo im Wasser noch andere Leute waren. Dann versuchte ich, mir etwas für Parzi einfallen zu lassen.

Das arme kleine Schweinchen konnte keine Leine festhalten, da war ich ganz sicher. Vielleicht konnte ich ihn mit dem Lasso fangen. Ich versuchte eine Schlinge in das schwere Tau zu binden. Ich hatte es gerade geschafft, als Parzi ein erschrecktes Quietschen ausstieß, und ich konnte mich gerade noch herumdrehen um zu sehen, wie er unter das Wasser gezogen wurde.

Das, was ihn erwischte, war kein Maul. Ich glaube nicht, daß es ein Maul war.

XV ›Erledigen Sie unseren Auftrag!‹

Ich weiß nicht, was ich nach dem Angriff der Wasserungetüme erwartete. Wir liefen alle nur wie benommen herum. Einige von uns versuchten, vom Affendeck hinunterzusehen, bis dieser Elefantenrüssel wieder auftauchte und fast einen von uns erwischt hätte. Jetzt befahl Captain Urqhardt alle Mann nach innen, und die Luke wurde fest geschlossen.

Die Mitteilung, die nach dem Abendessen gebracht wurde, hatte ich freilich nicht erwartet (wenn überhaupt Abendessen gereicht worden war; einige machten sich belegte Brote). Jedenfalls wurde ich aufgefordert, sofort zur Abteilungsleiterkonferenz zu erscheinen. »Das sind doch Sie, Tom, oder?« fragte Chet Travers. »Die sagen, Onkel Alfred sei auf der Krankenliste. Seine Tür ist abgesperrt.«

»Ja, dann bin ich es wohl.« Onkel Alf litt schwer unter den Ereignissen und lag mit einem Schlafmittel im Bett. Der einzige noch verbliebene Medizinmann, Dr. Pandit, hatte das angeordnet.

»Dann solltest du wohl sehen, daß du dorthin kommst.«

Zuerst ging ich zu Captain Urqhardts Raum und fand ihn dunkel. Dann kam ich auf den Trichter und ging zur Captainskabine. Die Türe war offen, und einige hatten sich bereits um den Tisch versammelt, an dessen Schmalseite Captain Urqhardt Platz genommen hatte. »Sonderkommunikationsabteilung, Sir«, meldete ich mich.

»Setzen Sie sich, Bartlett.«

Harry kam hinter mir herein; Urqhardt stand auf, schloß die Tür und setzte sich wieder. Ich blickte in die Runde und dachte, daß das ein sehr komisches Abteilungsleitertreffen sei. Harry Gates war der einzige Chef, der das auch schon gewesen war, als wir die Erde verließen. Anstelle von Commander Frick war Mr. Eastman erschienen. Mama O'Toole war schon lange tot, aber jetzt war auch Cas nicht mehr, und die Ökologie wurde von Mr. Krishnamurti vertreten, der beim Abflug lediglich für die Klimaanlage und die Hydroponik zuständig gewesen war. Anstelle von Dr. Babcock war Mr. O'Toole da, Mr. Regato statt Mr. Roch. Sergeant Andreeli, der auch als Maschinist in der Ingenieurabteilung tätig war, nahm die Stelle von Onkel Steve ein und war das einzig überlebende Mitglied der Schiffswache – weil man ihn vor zwei Tagen mit einem gebrochenen Arm ins Schiff zurückgeschickt hatte. Dr. Pandit saß dort, wo Dr. Devereaux hätte sitzen sollen.

Und ich selbst natürlich, aber ich war nur Platzhalter; Onkel Alf war noch an Bord. Und am allerschlimmsten – da saß Captain Urqhardt auf dem Stuhl, auf dem der Captain hätte sitzen sollen.

Captain Urqhardt eröffnete die Sitzung. »Es erübrigt sich wohl, unsere Lage zu schildern. Sie kennen sie alle. Wir verzichten auch auf die üblichen Abteilungsberichte. Meiner Ansicht nach ist die Erforschung dieses Planeten so vollständig, wie wir sie mit dem gegenwärtigen Personal und den Einrichtungen durchführen können ... davon abgesehen, daß noch ein zusätzlicher Bericht über die heute aufgetretene Gefahr abgegeben werden muß, damit die erste Kolonistengruppe darauf vorbereitet ist, sich zu verteidigen. Irgendwelche Einsprüche? Dr. Gates, wollen Sie hier zusätzliche Ermittlungen anstellen?«

Harry blickte überrascht auf und antwortete. »Nein, Captain. Nicht unter den vorliegenden Umständen.«

»Irgendein Kommentar?«

Es gab keinen. »Sehr gut«, fuhr Urqhardt fort. »Ich schlage vor, Kurs auf Alpha Phoenicis zu setzen. Wir werden morgen früh um neun Uhr die Gedenkfeierlichkeiten abhalten und um Mittag starten. Möchte jemand etwas sagen? Mr. O'Toole.«

»Äh? Meinen Sie, daß wir die Zahlen bis dahin bereithaben? Ich denke schon, wenn Janet und ich uns gleich daran machen.«

»Tun Sie das, sobald wir uns vertagt haben. Mr. Regato?«

Regato blickte erstaunt. »Ich habe das nicht erwartet, Captain.«

»Ich weiß, daß es knapp ist. Aber ist Ihre Abteilung bis dahin bereit? Ich glaube, Sie haben genügend Stützmasse an Bord.«

»Das ist es nicht, Captain. Sicher, die Fackel wird bereit sein. Aber ich dachte, wir würden einen langen Sprung zur Erde machen.«

»Was veranlaßt Sie zu dieser Meinung?«

»Nun, äh ...« Der neue Chefingenieur stotterte und wäre fast aus der PL-Sprache ins Spanische verfallen. »Ich meine, unser Zustand. Die Ingenieurabteilung wird rund um die Uhr arbeiten müssen. Für die anderen Abteilungen kann ich nicht sprechen, aber die sind bestimmt auch nicht viel besser dran.«

»Nein, das können Sie nicht, und das verlange ich auch nicht von Ihnen. In bezug auf Ihre eigene Abteilung gesprochen – ist die geräteseitig bereit?«

Regato schluckte. »Ja, Sir. Aber Menschen können sich auch abnützen, genau wie Maschinen.«

»Würden Sie bei einem Kurs auf Sol nicht rund um die Uhr Wache stehen?« Urqhardt wartete die naheliegende Antwort nicht ab, sondern fuhr fort. »Eigentlich sollte es nicht nötig sein, daß ich das sage. Wir sind nicht wegen unserer eigenen Bequemlichkeit hier. Wir haben eine Mission zu erfüllen ... wie Sie alle wissen. Vor ein paar Stunden, unmittelbar bevor Captain Swenson das Schiff verließ, hat er zu mir gesagt: ›Übernehmen Sie das Kommando über mein Schiff, Sir. Erledigen Sie unseren Auftrag!‹ Und darauf antwortete ich: ›Aye, aye, Sir.‹ Erlauben Sie mir, daß ich Sie an diesen Auftrag erinnere: Man hat uns ausgeschickt, um diese Forschungsfahrt durchzuführen, mit dem Befehl, die Suche so lange fortzusetzen, als wir in Verbindung mit der Erde sind – sobald die Verbindung abreißt, dürfen wir zur Erde zurückkehren, wenn das möglich ist. Gentlemen, wir sind noch mit der Erde in Verbindung; der nächste uns zugewiesene Punkt ist Alpha Phoenicis. Könnte irgend etwas klarer sein?«

Die Gedanken überschlugen sich förmlich in meinem Kopf, und ich konnte kaum hören, was er sagte. Und dabei dachte ich: ›Für wen hält sich dieser Bursche eigentlich? Für Kolumbus? Den fliegenden Holländer?‹ Von uns waren nur noch etwa dreißig am Leben – in einem Schiff, das mit zweihundert gestartet war. Die Boote waren weg, die Helikopter – fast hätte ich seine nächste Bemerkung verpaßt.

»Bartlett?«

»Sir?«

»Wie steht es mit Ihrer Abteilung?«

Mir dämmerte, daß *wir* die Schlüsselabteilung waren – wir Freaks. Wenn *wir* die Verbindung verloren, *mußte* er umkehren. Ich war versucht zu sagen, wir seien alle taub geworden, aber ich wußte, damit würde ich nicht durchkommen. Also zögerte ich.

»Wie Sie schon erklärten, Sir, wir sind mit der Erde in Verbindung.«

»Sehr gut.« Sein Blick wanderte zu Dr. Pandit weiter.

»Einen Augenblick, Captain«, beharrte ich. »Da ist noch mehr.«

»Eh? Sprechen Sie.«

»Nun, dieser nächste Sprung sind etwa dreißig Jahre, nicht wahr? Greenwich, meine ich.«

»In der Größenordnung. Etwas weniger.«

»›In der Größenordnung.‹ Wir sind noch drei Sonderkommunikatoren, ich, Onk ... ich meine, Mr. McNeil – und Mei-Ling Travers. Ich glaube, Onkel Alf brauchen Sie nicht mitzuzählen.«

»Warum?«

»Weil er noch seine ursprüngliche Telepartnerin hat, und die ist jetzt so alt wie er. Glauben Sie, daß Onkel Alf noch dreißig Jahre leben wird?«

»Aber für ihn werden es keine dreißig Jahre sein – oh, tut mir leid! Ich verstehe. Sie würde über hundert sein, wenn sie dann noch lebte. Vermutlich senil.«

»Vermutlich, Sir. Oder, wahrscheinlicher, tot.«

»Gut, dann zählen wir McNeil nicht. Bleiben zwei von Ihnen. Ausreichend für die wesentliche Kommunikation.«

»Das bezweifle ich, Sir. Auf Mei-Ling würde ich nicht rechnen. Sie hat nur eine Sekundärverbindung, und ihr Partner ist über dreißig, ohne Kinder. Wenn man von anderen Telepaaren ausgeht, würde ich sagen, daß es höchst unwahrscheinlich ist, daß die durch einen weiteren Gipfel hindurch in Verbindung bleiben ... nicht einen, der dreißig Jahre kostet.«

»Dann bleiben immer noch Sie.«

Ich überlegte plötzlich, wenn ich jetzt den Mumm hätte, über Bord zu springen, dürften alle nach Hause gehen. Aber es war nur ein Gedanke; wenn ich einmal sterbe, dann wird es nicht Selbstmord sein. »Mein persönlicher Fall steht nicht viel besser, Sir. Mein Telepartner ist etwa ...«, ich mußte innehalten und zählen, und dann schien mir die Antwort nicht richtig zu sein, »... ist etwa neunzehn, Sir. Keine Kinder. Keine Chance, daß sie Kinder bekommt, ehe wir gipfeln. Und mit einem nagelneuen Baby könnte ich ohnehin nicht Verbindung aufnehmen. Sie wird um die fünfzig sein, wenn wir herauskommen. Soweit ich weiß, hat es in der ganzen Flotte noch keinen Fall gegeben, daß eine so lange Periode überbrückt wird.«

Er wartete ein paar Augenblicke, ehe er antwortete. »Haben Sie Anlaß zu glauben, daß es unmöglich ist?«

»Nun. Nein, Sir. Aber es ist äußerst unwahrscheinlich.«

»Hm ... Betrachten Sie sich als eine Autorität in der Theorie der Telepathie?«

»Hm? Nein, Sir. Ich bin nur ein Telepath, das ist alles.«

»Ich glaube, er hat wahrscheinlich recht«, warf Dr. Pandit ein.

»Sind Sie eine Autorität, Doktor?«

»Ich, Sir? Meine Spezialität ist, wie Sie wissen, exotische Pathologie. Aber ...«

»In dem Fall werden wir die Autoritäten auf der Erde konsultieren. Vielleicht können die irgend etwas vorschlagen, um unsere Chancen zu verbessern. Wahrscheinlich wird die Akademie unter den gegebenen Umständen wieder den Einsatz von Drogen autorisieren, um die Wahrscheinlichkeit zu reduzieren, daß unsere Sonderkommunikatoren während des Gipfels die Verbindung verlieren oder so etwas.«

Ich dachte daran, ihm zu sagen, daß Vicky das Risiko gefährlicher, gewohnheitsbildender Drogen nicht riskieren würde. Dann überlegte ich es mir anders. Pat hatte es riskiert – und Vicky würde es vielleicht auch tun.

»Das wäre dann alles, Gentlemen. Wir starten morgen mittag. Äh, noch etwas. Einer von Ihnen hat angedeutet, die Moral im Schiff sei nicht besonders hoch. Das ist richtig, und ich bin mir dessen vielleicht mehr bewußt als Sie. Aber das wird sich wieder normalisieren, und wir werden die erlittenen Verluste am schnellsten vergessen, wenn wir uns alle wieder an die Arbeit machen. Ich möchte hinzufügen, daß Sie alle als die ranghöchsten Offiziere dieses Schiffes einen großen Einfluß auf die Moral haben, indem Sie ein Beispiel geben. Ich bin sicher, daß Sie das tun werden.« Er stand auf.

Ich weiß nicht, wie sich Neuigkeiten in einem Schiff verbreiten, aber bis ich in die Messe hinunterkam, wußten alle, daß wir morgen starten würden ... und zwar nicht nach Hause. Überall herrschte ein heftiges Stimmengewirr – ich verdrückte mich, weil ich keine Lust hatte, die Entscheidung zu diskutieren; meine Gedanken waren sehr gemischt. Ich dachte, der Captain bestehe auf einem weiteren Sprung, von dem er unmöglich seine Resultate würde berichten können, falls es überhaupt welche gab – mit der hohen Wahrscheinlichkeit, daß keiner von uns je nach Hause kommen würde. Andererseits bewunderte ich die Festigkeit, mit der er sich unserer Verpflichtung stellte und die Panik beiseite wischte. Mumm hatte er.

Aber Mumm hatte auch der fliegende Holländer – und nach letzten Berichten versuchte der immer noch, das Kap zu umrunden, ohne daß ihm das bislang gelungen wäre.

Der Captain – Captain Swenson, verbesserte ich mich – wäre nicht so stur gewesen. Oder wäre er das? Nach Urqhardt hatte der Captain mit seinen letzten Worten Urqhardt daran erinnert, daß es bei ihm lag, den Auftrag durchzuführen. Alle von uns waren sehr sorgfältig ausgewählt worden (mit Ausnahme von uns Freaks), und wahrscheinlich waren der Skipper und der Ersatzskipper eines jeden Schiffes in erster Linie wegen ihrer starrköpfigen Sturheit ausgewählt worden, eben jener Eigenschaft, die Kolumbus veranlaßt hatte, immer weiter zu segeln, als ihm das Wasser bereits ausgegangen war und seine Mannschaft zu meutern begann. Ich erinnerte mich, daß Onkel Steve einmal so etwas erwähnt hatte.

Ich beschloß, zu Onkel Steve zu gehen, um mit ihm darüber zu sprechen ... dann erinnerte ich mich, daß ich das nicht konnte, und dann hatte ich wirklich ein schlimmes Gefühl. Als meine Eltern gestorben waren, vor zwei Gipfeln, hatte ich ein schlimmes Gefühl gehabt, weil ich kein so schlimmes Gefühl hatte, wie ich geglaubt hatte, es haben zu müssen. Als es geschah – oder besser gesagt, als ich davon erfuhr – waren sie schon lange tot, Leute, die ich lange nicht mehr gesehen hatte, und bloß Gesichter auf einer Fotografie. Aber Onkel Steve hatte ich jeden Tag gesehen – *heute* hatte ich ihn gesehen. Und ich hatte mir angewöhnt, meine Schwierigkeiten immer mit ihm zu besprechen, wenn sie mir zuviel wurden.

In diesem Augenblick spürte ich den Verlust, den verzögerten Schock, den man bekommt, wenn man einen schweren Schlag abgekriegt hat. Der Schmerz kommt erst dann, wenn man sich zusammenreißt und erkennt, daß man getroffen worden ist.

Es war ganz gut, daß in dem Augenblick jemand an meine Türe klopfte, sonst hätte ich wahrscheinlich geheult.

Es waren Mei-Ling und ihr Mann Chet. Ich lud sie ein, hereinzukommen, und sie setzten sich auf das Bett. Chet kam gleich zur Sache. »Tom, was nimmst du hier für einen Standpunkt ein?«

»Wozu?«

»Dieser albernen Geschichte, daß der Captain versuchen will, mit einer Rumpfmannschaft weiterzumachen.«

»Welchen Standpunkt ich einnehme, ist nicht wichtig«, sagte ich langsam. »Ich führe das Schiff nicht.«

»Ah, aber genau das tust du!«

»Was?«

»Ich meine das nicht ganz so, aber ich meine, du kannst dem ganzen Unfug ein Ende machen. Schau mal, Tom, alle wissen, was du dem Captain gesagt hast und ...«

»Wer hat denn ausgeplaudert?«

»Was? Laß nur. Wenn es nicht von dir durchgesickert ist, dann wahrscheinlich von jedem anderen, der dabei war; das ist schließlich allgemein bekannt. Was du ihm gesagt hast, war logisch; es läuft darauf hinaus, daß Urqhardt von dir abhängig ist, ganz alleine von dir, um mit zu Hause in Verbindung zu bleiben. Also bist du der Mann mit dem Knüppel. Du kannst ihn aufhalten.«

»Was? Augenblick mal. Ich bin nicht der einzige. Zugegeben, daß er nicht auf Onkel Alf zählt – aber was ist mit Mei-Ling?«

Chet schüttelte den Kopf. »Mei-Ling wird nicht für ihn *denk-reden.*«

Seine Frau sagte: »Hör mal, Chet, das habe ich nicht gesagt.«

Er sah sie liebevoll an. »Sei nicht superdumm, mein

Schätzchen. Du weißt, daß überhaupt keine Chance besteht, daß du ihm nach dem Gipfel noch zu etwas nutze sein wirst. Wenn unser tapferer Captain Urqhardt sich das noch nicht in seinen Schädel eingebläut hat, wird er ... selbst wenn ich es ihm in einsilbigen Worten erklären muß.«

»Aber es *könnte* sein, daß ich in Verbindung bleibe.«

»O nein, das wirst du nicht ... sonst schlag ich dir dein hübsches Köpfchen ein. Unsere Kinder werden auf der Erde aufwachsen.«

Sie sah ihn ernst an und tätschelte seine Hand. Die Travers erwarteten nicht schon wieder Nachwuchs, aber alle wußten, daß sie darauf hofften; ich begann zu begreifen, weshalb Chet so hartnäckig war ... und langsam wurde mir klar, daß Mei-Ling nach dem Gipfel *keine* Verbindung mehr bekommen würde – nicht nachdem ihr Mann mit ihr einmal eine Weile darüber geredet hatte. Was Chet wollte, war ihr viel wichtiger als was der Captain wollte, und auch viel wichtiger als irgendeine abstrakte Pflicht gegenüber einer Akademie auf der Erde.

Chet fuhr fort: »Überleg es dir, Tom, dann wirst du einsehen, daß du deine Schiffskollegen nicht im Stich lassen darfst. Die Reise fortzusetzen, ist Selbstmord, und jeder außer dem Captain weiß das. Jetzt liegt es bei dir.«

»Äh, ich will es mir überlegen.«

»Tu das. Aber brauch nicht zu lange dazu.« Sie gingen.

Ich ging zu Bett, schlief aber nicht. Das Ekelhafte daran war, daß Chet fast hundertprozentig recht hatte ... auch was die Wahrscheinlichkeit anging, daß Mei-Ling nie wieder Verbindung mit ihrem Telepartner bekommen würde, nicht nach einem weiteren Gipfel, denn sie begann bereits jetzt zu schlupfen. Ich hatte seit dem letzten Gipfel alle mathematischen oder technischen Dinge durchgegeben, die eigentlich ihr zugekommen wären, weil ihre Verbindung nicht mehr ganz verläßlich war. Chet würde ihr zugegeben hübsches Köpfchen nicht zu berühren brauchen; sie verlor die Verbindung auch so.

Andererseits ...

Als ich etwa achtzehnmal bis ›andererseits‹ gekommen war, stand ich auf, zog mich an und ging Harry Gates suchen; ich dachte mir, da er ja schließlich Abteilungsleiter war und an der Sitzung teilgenommen hatte, würde es auch ganz in Ordnung sein, wenn ich mit ihm darüber sprach.

Er war nicht in seinem Zimmer; Barbara empfahl mir, im Labor nachzusehen. Dort war er, alleine, damit beschäftigt, Proben auszupacken, die am vergangenen Tag herübergeschickt worden waren. Er blickte auf. »Nun, Tom, wie geht's denn?«

»Nicht besonders.«

»Ich weiß. Sag mal, ich hatte noch gar nicht richtig Gelegenheit, Ihnen zu danken. Soll ich es Ihnen schriftlich geben, oder reicht's auch so?«

»Äh, lassen wir das.« Ich hatte ihn zuerst gar nicht richtig verstanden, denn, um die Wahrheit zu sagen, hatte ich völlig vergessen, daß ich ihn aus dem Wasser gezogen hatte; ich hatte gar nicht Zeit gehabt, darüber nachzudenken.

»Wie Sie meinen. Aber ich werd's nicht vergessen. Das wissen Sie doch, oder?«

»Okay. Harry, ich brauche einen Rat.«

»So, brauchen Sie den? Nun, den hab' ich in allen Größen zur Verfügung. Alles gratis und alles nur soviel wert, was es kostet, fürchte ich.«

»Sie waren doch heute abend bei der Sitzung.«

»Sie doch auch.« Er blickte besorgt.

»Ja.« Ich erzählte ihm alles, was mich beschäftigt hatte, und nach kurzer Überlegung auch alles, was Chet mir gesagt hatte. »Was soll ich tun, Harry? Chet hat recht; die Chance für den nächsten Sprung ist ganz minimal. Und selbst wenn wir einen Planeten finden, der es wert ist, daß man über ihn berichtet – eine Chance, die nicht sehr groß ist, wenn man bedenkt, was die Gruppe als Ganzes bisher geschafft hat – selbst in dem Fall werden wir ganz bestimmt nicht berichten können, indem wir umkehren, zwei Jahrhunderte nach unserer Abreise. Es ist lächerlich und, wie Chet sagt, selbstmörderisch, mit dem, was uns geblieben ist. Andererseits hat der Captain recht; das ist genau das, wofür wir uns verpflichtet haben. Der Einsatzbefehl des Schiffes sagt, daß wir weitermüssen.«

Harry packte langsam ein Paket mit Musterexemplaren aus, ehe er antwortete. »Tommie, Sie sollten mich etwas Leichteres fragen. Fragen Sie mich, ob Sie heiraten sollen, und ich antworte Ihnen unbedingt. Oder sonst etwas. Aber es gibt da etwas, was kein Mann einem anderen sagen kann: worin seine Pflicht besteht. Das müssen Sie für sich selbst entscheiden.«

Ich dachte darüber nach. »Verdammt noch mal, Harry, was haben *Sie* denn dabei für ein Gefühl?«

»Ich?« Er hörte mit dem auf, was er gerade tat. »Tom, ich weiß es einfach nicht. Für mich persönlich ... nun, ich bin in diesem Schiff glücklicher gewesen als je zuvor in meinem ganzen Leben. Ich habe meine Frau und meine Kinder bei mir und ich mache hier genau die Arbeit, die ich gerne tue. Bei anderen mag das anders sein.«

»Wie steht es mit Ihren Kindern?«

»Ah, da kommt jetzt der Haken. Als Familienvater ...«, er runzelte die Stirn. »Ich kann Ihnen da keinen Rat geben, Tom. Wenn ich auch nur andeute, daß Sie das nicht tun sollen, wofür Sie sich verpflichtet haben, würde ich zur Meuterei anstiften ... Ein Kapitalverbrechen für uns beide. Wenn ich Ihnen sage, Sie *müssen* das tun, was der Captain will, dann wäre ich juristisch auf sicherem Boden – aber es könnte Ihren Tod und meinen und den meiner Kinder und den von uns allen bedeuten ... weil der gesunde Menschenverstand auf Chets Seite steht, selbst wenn das Gesetz gegen ihn ist.« Er seufzte. »Tom, es ist reines Glück, daß ich mich heute nicht abgemeldet habe – das habe ich Ihnen zu verdanken – und mein Urteilsvermögen funktioniert noch nicht ganz. Ich kann Ihnen keinen Rat geben; da würde mein persönliches Vorurteil sprechen.«

Ich gab keine Antwort. Ich wünschte mir, Onkel Steve wäre durchgekommen; der hatte immer eine Antwort auf alles.

»Alles, was ich tun kann«, fuhr Harry fort, »ist, einen ganz miesen Vorschlag zu machen.«

»Hm? Und der wäre?«

»Sie könnten zum Captain gehen und ihm unter vier Augen sagen, wie besorgt Sie sind. Das könnte seine Entscheidung beeinflussen. Zumindest sollte er es wissen.«

Ich sagte, daß ich darüber nachdenken würde, dankte ihm und ging. Ich legte mich hin und schlief schließlich ein. Mitten in der Nacht wachte ich auf, weil das Schiff bebte. Das Schiff schwankte immer ein wenig, wenn es im Wasser lag, aber nicht so sehr, nicht auf Elysia.

Es hörte auf, und dann fing es wieder an ... und wieder hörte es auf ... und fing von neuem an. Ich fragte mich, was ... und dann bebte es plötzlich in völlig anderer Weise, auf eine Art und Weise, die ich erkannte; so fühlte sich die Fackel an, wenn sie knapp unterkritisch war. Die Ingenieure nannten das ›Räuspern‹, und das gehörte zu allen Inspektionen und Überholungsarbeiten. Ich entschied für mich, daß Mr. Regato vermutlich Überstunden machte, und beruhigte mich wieder. Das Rütteln fing nicht wieder an.

Beim Frühstück fand ich heraus, was es war: die Meeresungeheuer hatten irgend etwas am Schiff versucht ... worauf der Captain ganz logisch Mr. Regato Anweisung gegeben hatte, die Fackel gegen sie einzusetzen. Und jetzt wußten wir eines sicher, wenn wir auch noch nicht viel über sie wußten. Gegen superheißen Dampf und starke Radioaktivität waren sie nicht immun.

Diese Auseinandersetzung mit den Seeteufeln machte mir Mut; ich beschloß, den Captain aufzusuchen, wie Harry es vorgeschlagen hatte.

Er ließ mich zu sich, ohne mich länger als fünf Minuten warten zu lassen. Dann hörte er mir ganz still zu und ließ mich reden. Ich schilderte ihm das ganze Bild, so wie ich es sah, ohne irgend etwas auf Chet oder Harry zu schieben. Ob ich an ihn herankam oder nicht, konnte ich an seinem Gesicht nicht ablesen, also drückte ich mich recht deutlich aus: Onkel und Mei-Ling waren beide abgemeldet, und die Chance, daß ich nach dem nächsten Gipfel noch zu gebrauchen sein würde, war so gering, daß er sein Schiff und seine Mannschaft mit einer höchst geringen Chance aufs Spiel setzte. Als ich fertig war, wußte ich es immer noch nicht, und er gab auch keine direkte Antwort. Statt dessen sagte er: »Bartlett, Sie hatten gestern abend fünfundfünfzig Minuten lang zwei andere Mitglieder der Mannschaft in Ihrem Zimmer und hatten die Türe verschlossen.«

»Hm? Ja, Sir.«

»Haben Sie mit ihnen darüber gesprochen?«

Ich wollte lügen. »Äh ... ja, Sir.«

»Anschließend haben Sie ein anderes Mannschaftsmitglied aufgesucht und sind bis ziemlich spät bei ihm geblieben ... oder bis ziemlich früh, sollte ich sagen. Haben Sie mit ihm über dasselbe Thema gesprochen?«

»Ja, Sir.«

»Gut. Ich werde Ermittlungen gegen Sie wegen zwei Verdachtsfällen anstrengen: Verdacht der Anregung zur Meuterei und Verdacht auf Absicht zur Meuterei. Sie stehen unter Arrest. Gehen Sie auf Ihr Zimmer und bleiben Sie dort. Keine Besucher.«

Ich schluckte. Dann kam mir etwas zuhilfe, was Onkel Steve mir gesagt hatte – Onkel Steve war ein richtiger Weltraumadvokat und redete liebend gerne darüber. »Aye, aye, Sir. Aber ich bestehe darauf, einen Rechtsberater meiner Wahl empfangen zu dürfen ... und verlange eine öffentliche Anhörung.«

Der Captain nickte, als wenn ich ihm gesagt hätte, daß es regnete. »Sicher. Ihre Rechte werden respektiert werden. Aber das wird warten müssen; wir bereiten uns jetzt auf den Start vor. Gehen Sie also in Arrest und begeben Sie sich in Ihr Zimmer.«

Er drehte sich um und überließ das Weitere mir. Er schien nicht einmal zornig.

Und so sitze ich hier alleine in meinem Zimmer. Ich mußte es Onkel Alf sagen, daß er nicht hereinkommen durfte, und später auch Chet. Ich kann einfach nicht glauben, was mir widerfahren ist.

XVI ›Bloß eine mathematische Abstraktion‹

Jener Morgen schien mir eine Million Jahre zu dauern. Vicky meldete sich zur üblichen Zeit bei mir, aber ich sagte ihr, die Wachliste sei noch einmal geändert worden, und ich würde mich später noch einmal mit ihr in Verbindung setzen.

»Stimmt etwas nicht?« fragte sie.

(»Nein, Süße. Hier wird nur einiges reorganisiert.«)

»In Ordnung. Aber du klingst besorgt.«

Ich sagte ihr nicht nur nicht, daß ich in der Klemme saß, ich sagte ihr überhaupt nichts über die Katastrophe. Dafür war später genug Zeit, nachdem wir uns ein wenig daran gewöhnt hatten – sofern Vicky nicht aus den offiziellen Nachrichten davon erfuhr. Unterdessen gab es wirklich keinen Grund, einem netten Mädchen mit etwas den Kopf schwer zu machen, woran sie nichts ändern konnte.

Zwanzig Minuten später tauchte Mr. Eastman auf. Als er klopfte, sagte ich: »Ich darf keine Besucher empfangen. Tut mir leid.«

Er ging nicht. »Ich bin kein Besucher, Tom; ich bin offiziell hier, im Auftrag des Captains.«

»Oh.« Ich ließ ihn ein.

Er hatte einen Werkzeugkasten bei sich. Er stellte ihn ab und sagte: »Die reguläre und die Sonderkommunikationsabteilung sind zusammengelegt worden, seit wir so knapp an Personal sind. Sieht also so aus, als wäre ich Ihr Chef. Ich bin sicher, das wird keinen Unterschied machen. Aber ich soll hier an Ihrem Recorder eine Schaltung ändern, damit Sie direkt für das Kommunikationsbüro aufzeichnen können.«

»Okay. Aber warum?«

Ihm schien das etwas peinlich. »Nun ... Sie hätten vor einer halben Stunde Ihre Wache antreten sollen. Wir ändern das jetzt so, daß Sie Ihre Wachen bequem von hier aus stehen können. Der Captain ist darüber verärgert, daß ich das nicht schon vorher veranlaßt habe.« Er fing an, die Deckplatte meines Recorders abzuschrauben. Ich war sprachlos. Dann erinnerte ich mich an etwas , das Onkel Steve mir gesagt hatte. »He, einen Augenblick mal!«

»Eh?«

»Oh, machen Sie die Schaltung nur, mir macht das nichts aus. Aber ich werde keine Wache stehen.«

Er richtete sich auf und blickte besorgt. »Sprechen Sie nicht so, Tom. Sie haben schon genügend Ärger; machen Sie es nicht schlimmer. Wir wollen so tun, als hätten Sie es nie gesagt. Okay?«

Mr. Eastman war anständig, und der einzige von den Elektronikleuten, der uns nie Freaks genannt hatte. Ich glaube, er war wirklich besorgt um mich. Aber ich sagte: »Ich kann nicht erkennen, wie es schlimmer werden könnte. Sagen Sie dem Captain, ich hätte gesagt, er sollte sich seine Wachen ...« Ich hielt inne. So hätte Onkel Steve es nicht ausgedrückt. »Entschuldigung. Bitte sagen Sie ihm folgendes: ›Kommunikator Bartlett läßt sich dem Captain empfehlen und bedauert, seine Pflichten nicht unter Arrest erfüllen zu können.‹ Ist das klar?«

»Jetzt schauen Sie mal, Tom, das ist nicht die richtige Haltung. Sicher, vom formalen Standpunkt aus, hat das, was Sie sagen, etwas für sich. Aber wir sind knapp an Personal; da muß jeder einspringen und mithelfen. Sie können sich da jetzt nicht auf den Buchstaben der Dienstvorschrift berufen; das ist den anderen gegenüber nicht fair.«

»Kann ich das nicht?« Mein Atem ging schwer, und ich genoß die Chance zurückzuschlagen. »Der Captain kann seinen Kuchen nicht behalten und ihn gleichzeitig auch essen. Ein Mann, der unter Arrest steht, macht nicht gleichzeitig Dienst. So war es immer und so wird es immer sein. Sagen Sie ihm nur, was ich gesagt habe.«

Er brachte stumm seine Arbeit zu Ende, mit der ihm eigenen Präzision. »Sind Sie auch ganz sicher, daß ich ihm das sagen soll?«

»Ganz sicher.«

»Also gut. So wie dieses Ding jetzt geschaltet ist« – meinte er dann und deutete mit dem Daumen auf den Recorder – »können Sie mich darüber erreichen, falls Sie es sich anders überlegen.«

»Eines noch ...«

»Hm?«

»Vielleicht hat der Captain nicht daran gedacht, da seine Kabine ein Badezimmer hat, aber ich bin jetzt seit einigen Stunden hier. Wer führt mich den Korridor hinunter und wann? Selbst ein Gefangener hat ein Recht darauf, daß man sich gelegentlich um ihn kümmert.«

»Oh, das muß ich wohl machen. Kommen Sie.«

Das war der Höhepunkt des Morgens. Ich rechnete damit, daß Captain Urqhardt fünf Minuten, nachdem Mr. Eastman mich verlassen hatte, in meinem Zimmer erscheinen würde – Asche und Feuer speiend. Also legte ich mir ein paar wohlgesetzte Worte zurecht, sorgfältig darauf bedacht, innerhalb der Vorschriften und ganz respektvoll zu bleiben. Ich wußte, ich hatte ihn.

Aber nichts geschah. Der Captain erschien nicht, niemand erschien. Die Mittagsstunde rückte heran. Als keine Durchsage kam, sich auf den Start vorzubereiten, legte ich mich schließlich fünf Minuten vor zwölf auf meine Pritsche und wartete.

Es waren lange fünf Minuten.

Etwa Viertel nach zwölf gab ich auf und stand wieder auf. Auch kein Mittagessen. Ich hörte den Gong um halb eins, aber immer noch nichts und niemand. Schließlich entschied ich mich dafür, eine Mahlzeit ausfallen zu lassen, ehe ich mich beklagte, weil ich ihm nicht die Chance geben wollte, das Thema zu wechseln, indem er darauf hinwies, ich hätte den Stubenarrest gebrochen. Einen Augenblick lang dachte ich daran, Onkel Alf anzurufen und ihm von der Panne in der Bohnenabteilung zu berichten, aber dann entschied ich, daß der Captain, je länger ich wartete, desto mehr im Unrecht sein würde.

Etwa eine Stunde, nachdem alle anderen mit Essen fertig waren, tauchte Mr. Krishnamurti mit einem Tablett auf. Die Tatsache, daß er es selbst brachte, anstatt denjenigen zu schicken, der gerade Küchendienst hatte, überzeugte mich, daß ich ein VIP sein mußte – insbesondere, nachdem Kris überhaupt keinen Wert darauf zu legen schien, mit mir zu reden, sogar offenbar Angst davor hatte, in meiner Nähe zu sein. Er schob das Tablett nur herein und sagte: »Stellen Sie es auf den Gang, wenn Sie fertig sind.«

»Danke, Kris.«

Aber in dem Essen war ein Zettel versteckt: »Wir halten dir die Daumen! Werd nicht schwach, dann stutzen wir diesem Vogel schon die Flügel. Alle drücken dir die Daumen.« Der Zettel trug keine Unterschrift, und ich erkannte die Schrift auch nicht. Die von Krishnamurti war es nicht. Seine kannte ich von der Zeit, als ich seine Farm durcheinanderbrachte. Es war auch keiner der beiden Travers, und ganz sicher nicht die von Harry.

Schließlich beschloß ich, daß ich eigentlich gar nicht raten wollte, von wem der Zettel war, und ich riß ihn in Stücke und zerkaute ihn, ganz wie der Mann in der Eisernen Maske oder der Graf von Monte Christo. Aber als romantischer Held bin ich wohl doch nicht qualifiziert. Ich schluckte es nämlich nicht hinunter; ich kaute das Papier nur und spuckte es dann aus. Aber daß der Zettel vernichtet wurde, dafür sorgte ich, denn ich wollte nicht nur nicht wissen, wer ihn geschickt hatte, ich wollte auch nicht, daß irgend jemand je davon erfuhr.

Wissen Sie warum? Ich fühlte mich bei dem Zettel nämlich gar nicht gut. Er bereitete mir Unruhe. Oh, zwei Minuten lang gab er mir mächtigen Auftrieb; ich fühlte mich überlebensgroß, der Rächer der Enterbten gleichsam.

Dann begriff ich, was der Zettel bedeutete ...

Meuterei.

Das ist das häßlichste Wort, das es im Weltraum gibt. Jede andere Katastrophe ist besser.

So ziemlich das erste, was Onkel Steve mir gesagt hatte – Pat und mir gesagt hatte, damals als wir noch Kinder waren –, war: »Der Captain hat selbst dann recht, wenn er nicht recht hat.« Es dauerte Jahre, bis ich das begriff. Man muß in einem Schiff leben, um zu wissen, warum das stimmt. Und im Herzen begriff ich es überhaupt erst, als ich diesen aufmunternden Zettel las, begriff, daß jemand ernsthaft daran dachte, die Autorität des Captains in Zweifel zu ziehen. Und daß ich das Symbol ihres Widerstandes war. Ein Schiff ist nicht nur eine kleine Welt. Es ist eher so etwas wie ein menschlicher Körper. Man kann in ihm keine Demokratie haben, zumindest keinen demokratischen Konsens, ganz gleich, wie angenehm und demokratisch das Verhalten des Captains auch sein mag. In einer Notlage läßt man auch nicht seine Arme und Beine und den Magen und alles mögliche andere abstimmen, um herauszufinden, was die Mehrzahl möchte. Den Teufel tut man! Das Gehirn trifft eine Entscheidung, und das restliche Wesen führt es aus.

Ein Schiff im Weltraum ist die ganze Zeit so und muß auch so sein. Was Onkel Steve meinte, war, daß der Captain verdammt gut daran tat, recht zu haben, und daß man selber gut daran tat, zu beten, daß er recht hatte, selbst wenn man nicht seiner Ansicht ist ... weil es nämlich das Schiff nicht rettet, wenn man selbst recht hat und er unrecht.

Aber ein Schiff ist kein menschlicher Körper; ein Schiff, das sind Leute, die mit einem Maß an Selbstlosigkeit zusammenarbeiten, das gar nicht leicht herbeizuführen ist – mir zumindest fällt Selbstlosigkeit gar nicht leicht. Das einzige, was es zusammenhält, ist ein nebelhaftes Etwas, das man seine Moral nennt, etwas, von dem man kaum weiß, daß das Schiff es hat, bis es sie verliert. In dem Augenblick wurde mir klar, daß die *Elsie* schon seit einiger Zeit dabei war, die ihre zu verlieren. Zuerst war Doc Devereaux gestorben, und dann Mama O'Toole. Das waren beides harte Schläge. Jetzt hatten wir den Captain verloren und den größten Teil der anderen. Und die *Elsie* war dabei, in Stücke zu gehen. Vielleicht war der neue Captain nicht besonders intelligent; aber er gab sich Mühe, etwas dagegen zu tun. Ich begann zu begreifen, daß es nicht nur defekte Maschinen oder Angriffe feindlicher Eingeborener waren, die dazu führten, daß Schiffe verlorengingen. Vielleicht war die schlimmste Gefahr irgendein intelligenter junger Idiot, der für sich entschied, daß er klüger als der Captain war, und der genügend andere davon überzeugte, daß er recht hatte. Ich fragte mich, wie viele von den acht Schiffen, die außer Kontakt waren, bei dem Beweis gestorben waren, daß ihre Captains unrecht hatten und daß jemand wie ich recht hatte.

Es reichte bei weitem nicht, recht zu haben.

Ich erregte mich so, daß ich erwog, zum Captain zu gehen und ihm zu sagen, daß ich unrecht gehabt hätte und was ich wohl tun könnte, um zu helfen? Dann wurde mir klar, daß auch das nicht ging. Er hatte mir gesagt, daß ich in meinem Zimmer bleiben sollte – ohne irgendein Wenn und Aber. Wenn es wichtiger war, den Captain zu stützen und seine Autorität zu respektieren – wichtiger als alles andere – dann blieb mir als einziges, genau das zu tun, was man mir befohlen hatte. Und das tat ich.

Kris brachte mir das Abendessen, diesmal fast rechtzeitig. Am späteren Abend plärrten die Lautsprecher die übliche Warnung; ich legte mich hin, und die *Elsie* startete von Elysia. Aber wir flogen nicht weiter, sondern begaben uns auf einen Orbit, denn gleich darauf gingen wir in freien Fall. Ich verbrachte eine unruhige Nacht; ich kann in gewichtslosem Zustand nicht gut schlafen.

Dann wachte ich auf, als das Schiff leichte Fahrt aufnahm, etwa halbe Erdbeschleunigung. Kris brachte mir das Frühstück, aber ich fragte nicht, was vor sich ginge, und er bot sich nicht an, es mir zu sagen. Mitten am Vormittag rief das Schiffslautsprechersystem: »Kommunikator Bartlett, melden Sie sich beim Captain.« Die Durchsage wurde wiederholt, ehe ich begriff, daß das für mich bestimmt war ... dann sprang ich auf, fuhr mir mit dem Rasierapparat über das Gesicht, entschied, daß meine Uniform wohl oder übel so ausreichen mußte, wie sie war, und eilte zur Kabine hinauf.

Er blickte auf, als ich mich meldete. »O ja, Bartlett. Nach genauerer Untersuchung stelle ich fest, daß es keinen Anlaß gibt, Anklage gegen Sie zu erheben. Ihr Arrest ist aufgehoben, und Sie können wieder Dienst tun. Melden Sie sich bei Mr. Eastman.«

Er blickte wieder auf seinen Schreibtisch, und ich wurde böse. Ich hatte zwischen einem Gefühl geheilter Loyalität gegenüber dem Schiff und dem Captain als dessen Haupt und dem ebenso starken Wunsch, Urqhardt einen Tritt in den Magen zu versetzen, hin- und hergeschwankt. Ein einziges freundliches Wort von ihm, und ich wäre, glaube ich, immer der seine gewesen, komme, was da wolle. So war ich jetzt sauer.

»Captain!«

Er blickte auf. »Ja?«

»Ich glaube, ich kann eine Entschuldigung von Ihnen erwarten.«

»So? Das glaube ich nicht. Ich habe im Interesse des ganzen Schiffes gehandelt, aber ich bin Ihnen nicht böse, falls das für Sie von Interesse ist.« Er blickte wieder auf seine Arbeit und entließ mich damit ... als ob es überhaupt nicht wichtig wäre, ob etwa *ich* böse sein könnte.

Also stand ich auf und meldete mich bei Mr. Eastman. Eine andere Möglichkeit schien es irgendwie nicht zu geben.

Mei-Ling war im Fernmelderaum und sandte Codegruppen. Sie blickte auf, und ich bemerkte, daß sie müde aussah. Mr. Eastman sagte: »Hello, Tom. Ich bin froh, daß Sie hier sind. Wir brauchen Sie. Würden Sie bitte mit Ihrem Telepartner Verbindung suchen?«

Das einzig Gute daran, wenn ein Telepath die Wachliste führt, ist, daß andere Leute anscheinend nicht begreifen, daß das andere Ende eines jeden Paars – der erdseitige Partner – kein körperloser Geist ist. Vielmehr ist es ein menschliches Wesen, das ißt und schläft und arbeitet und eine Familie hat und deshalb nicht jederzeit bereitstehen kann, wann immer jemand beschließt, eine Botschaft durchzugeben. »Notfall?« fragte ich nach einem Blick auf die Greenwich- und dann die Schiffsuhr. Vicky würde sich erst in einer halben Stunde bei mir melden. Vielleicht war sie zu Hause und frei, vielleicht auch nicht.

»Vielleicht nicht ›Notfall‹, aber ganz sicher ›dringend‹.«

Also rief ich Vicky, und sie sagte, es würde ihr nichts ausmachen. (»Codegruppen, Sommersprossengesicht«), sagte ich ihr. (»Schalt also deinen Recorder auf playback.«)

»Läuft schon, Onkel Tom. Fang an.«

Drei Stunden lang sandten wir Codegruppen, und es gibt wirklich nichts Langweiligeres. Ich nahm an, daß es wahrscheinlich Captain Urqhardts Bericht von den Geschehnissen auf Elysia war, oder wahrscheinlicher, sein zweiter Bericht, nachdem die ALF von ihm weitere Einzelheiten angefordert hatte. Soweit es mich betraf, gab es keinen Grund, die Nachricht in Code durchzugeben; ich war dabei gewesen – also mußte es deswegen sein, damit unsere Telepartner nichts erfuhren, so lang die ALF sich nicht zur Freigabe entscheiden konnte. Mir war das recht, denn es hätte mir ganz sicher keinen Spaß gemacht, der kleinen Vicky all die blutigen Szenen und das Massaker in Klarsprache durchzugeben.

Während wir an der Arbeit waren, kam der Captain herein und setzte sich zu Mr. Eastman; ich konnte sehen, daß sie weitere Codegruppen aufschrieben; der Captain diktierte, und Eastman arbeitete an der Codiermaschine. Mei-Ling war schon lange gegangen. Schließlich sagte Vicky schwach: »*Onkel Tom, wie dringend sind diese Zahlengruppen? Mutter hat mich vor einer halben Stunde zum Abendessen gerufen.*«

(»Bleib da, dann frag ich.«) Ich wandte mich zu dem Captain und Mr. Eastman und wußte nicht recht, welchen von beiden ich fragen sollte. Aber dann fing ich Eastmans Blick auf und sagte: »Mr. Eastman, wie dringend ist das Zeug? Wir wollen ...«

»Unterbrechen Sie uns nicht«, schnitt mir der Captain das Wort ab. »Senden Sie weiter. Die Priorität ist nicht Ihre Angelegenheit.«

»Captain, Sie verstehen nicht; ich spreche nicht für mich. Ich wollte gerade sagen ...«

»Setzen Sie Ihre Arbeit fort.«

Ich sagte zu Vicky (»Einen Augenblick, Süße«), dann lehnte ich mich zurück und sagte: »Aye, aye, Captain, ich bin bereit, die ganze Nacht durch Zahlengruppen durchzugeben. Aber am anderen Ende ist niemand.«

»Was meinen Sie?«

»Ich meine, daß für meinen Partner die Zeit zum Abendessen schon lange vorüber ist. Wenn Sie auf der Erdseite Sonderdienst haben wollen, dann sollten Sie das mit dem ALF-Büro koordinieren. Mir scheint, jemand hat die Wachliste völlig durcheinandergebracht.«

»Verstehe.« Wie üblich ließ er keinen Ausdruck erkennen. Langsam begann ich zu glauben, daß er ein Roboter war mit Drähten statt Adern. »Gut, Mr. Eastman, holen Sie Mr. McNeil. Veranlassen Sie, daß er Mr. Bartlett ablöst.«

»Ja, Captain.«

»Entschuldigen Sie, Captain ...«

»Ja, Bartlett?«

»Sie wissen möglicherweise nicht, daß Onkels Partner in der Greenwichzone Minus Zwo lebt. Dort ist jetzt Mitternacht – und seine Partnerin ist eine alte Dame über fünfundsiebzig. Ich dachte, Sie würden das vielleicht wissen wollen.«

»Hm. Stimmt das, Eastman?«

»Ich glaube, ja, Sir.«

»Dann widerrufe ich meinen letzten Befehl. Bartlett, ist Ihr Partner bereit, den Dienst nach einer Stunde Pause für das Essen wieder aufzunehmen? Ohne die ALF einzuschalten?«

»Ich will sehen, Sir.« Ich sprach zu Vicky; die zögerte. (»Was ist denn, Sommersprossengesicht?«) sagte ich. (»Mit George verabredet? Brauchst es nur zu sagen, dann sage ich Captain Bligh, daß er dich nicht haben kann.«)

»Oh, schon gut. Ich werde George eben abhängen. Ich würde mir bloß wünschen, daß die nicht die ganze Zeit bloß Buchstabensuppe füttern. Okay, eine Stunde.«

(»Eine Stunde, meine Süße. Geh jetzt deinen Salat essen. Und paß auf deine Linie auf.«)

»Meine Linie ist ganz in Ordnung, vielen Dank.«

»Okay, Captain.«

»Sehr gut. Bitte, sagen Sie ihm, ich ließe danken.«

Er brachte das so gleichgültig, daß ich einfach von mir aus noch etwas draufgeben mußte. »Mein Partner ist ein Mädchen, kein ›ihm‹. Ihre Mutter hat eine zweistündige Pause verfügt. Sonst müßte die ALF eingeschaltet werden.«

»So. Also gut.« Er wandte sich wieder Eastman zu. »Schaffen wir es nicht, diese Kommunikationswachen irgendwie zu koordinieren?«

»Ich gebe mir große Mühe, Captain. Aber für mich ist das neu ... und wir haben nur noch drei Leute.«

»Eine Wache von drei sollte nicht zu schwierig sein. Und doch scheint es da immer irgendwelche Gründe zu geben, daß wir nicht senden können. Haben Sie dazu einen Kommentar?«

»Nun, Sir, Sie haben ja die Schwierigkeit gerade gesehen. Es geht darum, daß wir die Kommunikation mit der Erde koordinieren müssen. Äh, ich glaube, die Sonderkommunikatoren haben das bisher selbst geregelt. Oder einer von ihnen.«

»Welcher? Mr. McNeil?«
»Ich glaube, Bartlett hat das gewöhnlich gemacht, Sir.«
»So. Bartlett?«
»Das ist richtig, Sir.«
»Schön, dann haben Sie den Job jetzt wieder. Sorgen Sie für eine kontinuierliche Wache.« Er schickte sich an aufzustehen.
Wie sagt man es seinem Captain, daß er das nicht kriegt, was er sich einbildet? »Aye, aye, Sir. Aber da wäre noch eine Kleinigkeit, Captain.«
»Ja?«
»Habe ich richtig verstanden, daß Sie mich dazu autorisieren, eine kontinuierliche Wache mit der ALF zu arrangieren? Mit Ihrer Unterschrift und Codenummer?«
»Natürlich.«
»Nun, und was mache ich, wenn die für die alte Dame nicht mit einer so langen Arbeitszeit einverstanden sind? Soll ich dann noch längere Arbeitszeiten für die zwei anderen verlangen? Im Falle meines Partners werden sie mit den Eltern Schwierigkeiten bekommen, sie ist noch ein junges Mädchen.«
»So. Ich kann nicht begreifen, weshalb das Büro zu Hause solche Leute eingestellt hat.«
Ich sagte nichts. Wenn er nicht wußte, daß man Telepathen nicht so wie Bäcker oder Metzger einstellte, dann hatte ich auch keine Lust, es ihm zu erklären.
Aber er ließ nicht locker. »Kommentar?«
»Ich habe keinen Kommentar, Sir. Sie können aus keinem von ihnen mehr als drei oder vier Stunden täglich herausbekommen, abgesehen von extremen Notfällen. Handelt es sich hier um einen? In dem Fall kann ich das arrangieren, ohne das Büro einzuschalten.«
Darauf gab er keine direkte Antwort, sondern sagte: »Arrangieren Sie die beste Wachliste, die Sie zuwege bringen. Sprechen Sie mit Mr. Eastman darüber.« Als er sich zum Gehen umdrehte, sah ich, wie unglaublich müde sein Ge-

sicht wirkte, und da tat er mir plötzlich leid. Zumindest hätte ich keine Lust gehabt, mit ihm zu tauschen.

Vicky übernahm eine Schicht mitten in der Nacht, obwohl Kathleen Einwände hatte. Kathleen wollte die Schicht selbst übernehmen, aber in Wahrheit konnten sie und ich, wenn Vicky nicht mit eingeschaltet war, nicht mehr gut miteinander arbeiten, zumindest nicht bei so komplizierten Dingen wie Codegruppen.

Der Captain kam nicht zum Frühstück, und ich kam verspätet. Ich sah mich um und fand einen Platz neben Janet Meers. Wir saßen jetzt nicht mehr abteilungsweise getrennt – einfach ein einziger großer, hufeisenförmiger Tisch, wobei der Rest der Messe wie ein Aufenthaltsraum angeordnet war, damit es nicht so leer aussah.

Ich hatte mich gerade über meine Synthetik-Rühreier auf Toast hergemacht, als Mr. Eastman aufstand und an sein Glas klopfte. Er sah so aus, als hätte er tagelang nicht mehr geschlafen. »Darf ich um Ruhe bitten. Ich habe eine Mitteilung des Captains zu überbringen.« Er zog ein Blatt heraus und fing zu lesen an:

»Mitteilung an die Besatzung: Auf Anweisung der Akademie für Langzeitforschung ist die Mission dieses Schiffes abgewandelt worden. Wir werden in der Umgebung von Beta Ceti bleiben und auf ein Rendezvous-Manöver mit dem Akademieschiff *Serendipity* warten. Das Rendezvous wird in etwa einem Monat stattfinden. Unmittelbar darauf werden wir den Erdorbit ansteuern.

F. X. Urqhardt, kommandierender Offizier der *Lewis and Clark*.«

Die Kinnlade fiel mir herunter. Dieser verdammte Heimlichtuer! Die ganze Zeit, in der ich mir den Kopf zerbrochen hatte, hatte der das Büro zu Hause dahin gebracht, unsere Befehle umzuwandeln. Kein Wunder, daß er Codes benutzt hatte; man gibt nicht im Klartext durch, daß das Schiff erledigt und die Mannschaft im Eimer ist. Nicht, wenn man es vermeiden kann. Ich nahm ihm nicht einmal übel, daß er uns Freaks nicht vertraut hat, unter den gegebenen Umständen hätte ich mir selbst nicht vertraut.

Janets Augen leuchteten ... wie die einer verliebten Frau oder eines relativistischen Mathematikers, der gerade eine neue Methode für eine Transformation entdeckt hat. »Die haben es also wirklich geschafft!« sagte sie im Verschwörerton.

»Was geschafft?« fragte ich. Die war ja richtig begeistert; mir war gar nicht klar gewesen, daß sie so darauf erpicht war, nach Hause zurückzukehren.

»Tommie, *verstehst du* denn nicht? Die haben es geschafft, geschafft haben die es, die haben die Irrelevanz ausgenutzt. Dr. Babcock hat recht gehabt.«

»Hm?«

»Aber das ist doch völlig klar. Was für ein Schiff kann denn in einem Monat hierherkommen? Ein *irrelevantes* Schiff natürlich. Eines, das schneller ist als das Licht.« Sie runzelte die Stirn. »Ich verstehe nur nicht, daß das einen Monat dauern soll. Es sollte überhaupt keine Zeit brauchen. Weil es nämlich keine Zeit benutzt.«

»Jetzt mal ganz ruhig, Janet«, sagte ich. »Ich bin heute morgen ein wenig blöd – ich habe letzte Nacht nicht viel geschlafen. Warum sagst du, daß dieses Schiff ... äh, die *Serendipity* ... schneller als Licht ist? Das ist doch unmöglich.«

»Tommie, Tommie ... hör zu. Wenn das ein gewöhnliches Schiff wäre, dann hätte das, um hier mit uns ein Rendezvous-Manöver zu fahren, die Erde vor dreiundsechzig Jahren verlassen müssen.«

»Nun, vielleicht hat es das.«

»Tommie! Das kann es doch nicht – vor so langer Zeit wußte doch niemand, daß wir jetzt hier sein würden. Wie könnten sie?«

Ich rechnete zurück. Dreiundsechzig Greenwichjahre ... das wäre irgendwann während unseres ersten Gipfels gewesen. Janet schien recht zu haben. Nur ein unglaublicher

Optimist oder ein Wahrsager hätte damals ein Schiff von der Erde weggeschickt, um sich hier mit uns zu treffen. »Das verstehe ich nicht.«

»Begreifst du denn nicht, Tommie? Ich habe es dir doch erklärt. Ich weiß, daß ich das habe. Irrelevanz. Ihr Telepathen wart doch der Grund, daß diese Untersuchung eingeleitet wurde; ihr habt bewiesen, daß ›Simultaneität‹ ein Konzept war, mit dem man arbeiten konnte ... und die unvermeidbare logische Konsequenz war, daß Zeit und Raum nicht existieren.«

Ich spürte, wie ich anfing, Kopfschmerzen zu bekommen. »Nicht? In was nehmen wir denn gerade unser Frühstück ein?«

»Das ist nur eine mathematische Abstraktion, mein Lieber, sonst nichts.« Sie lächelte und warf mir einen mütterlichen Blick zu. »Armer, sentimentaler Tommie. Du machst dir zu viele Gedanken.«

Wahrscheinlich hatte Janet recht, denn unser Rendezvous mit der *F. S. Serendipity* fand neunundzwanzig Greenwichtage später statt. Wir verbrachten die Zeit damit, mit einem halben g an einen Ort zu kriechen, der acht Milliarden Kilometer im galaktischen Norden von Beta Ceti lag; denn allem Anschein nach, wollte die *Sarah* nicht zu nahe an den großen Stern heran. Trotzdem, auf dreiundsechzig Lichtjahre sind acht Milliarden Kilometer recht sauber gezielt – sehr knapp sogar. Außerdem verbrachten wir die Zeit damit, wie die Irren zu arbeiten, um Probeexemplare zu arrangieren und vorzubereiten und Daten zusammenzutragen. Darüber hinaus entdeckte Captain Urqhardt plötzlich, jetzt, wo wir Besucher erwarteten, daß in letzter Zeit eine ganze Menge Dinge nicht gesäubert und poliert worden waren. Er inspizierte sogar die Kabinen, was ich wirklich für Schnüffelei hielt.

Die *Sarah* hatte einen Gedankenleser an Bord, und das half natürlich, als die Zeit für das Rendezvousmanöver kam.

Sie verpaßte uns um fast zwei Lichtstunden, und dann tauschten ihr Telepath und ich Koordinaten (in bezug auf Beta Ceti) über Relais auf der Erde, und dann stimmte alles. Mit Radar und Funk alleine hätten wir wahrscheinlich eine Woche herumgesucht – wenn wir den Kontakt je geschafft hätten.

Aber als das einmal erledigt war, erwies die *Sarah* sich als ein schnelles Schiff, lebhaft genug, daß einem die Augen dabei übergehen konnten. Sie saß uns praktisch auf dem Schoß und erschien auf unserem Nahbereichsradar, als ich noch dabei war, dem Captain die gerade durchgegebenen Koordinaten zu melden. Eine Stunde später waren unsere Luftschleusen miteinander verbunden. Und sie war *winzig*. Die *Elsie* war mir riesenhaft erschienen, als ich sie zum erstenmal sah. Nach einer Weile hatte sie einfach die richtige Größe, für manche Zwecke sogar ein wenig eng. Aber die *Sarah* hätte nicht einmal ein anständiges Pendelschiff für die Mondverbindung abgegeben.

Mr. Whipple kam als erster an Bord. Er war wirklich ein unglaublicher Typ für den Weltraum; er trug sogar eine Aktentasche. Aber er übernahm sofort das Kommando. Er hatte zwei Männer bei sich und die machten sich in einem kleinen Raum im Frachtdeck zu schaffen. Sie wußten genau, welchen Raum sie wollten, wir mußten schleunigst die Kartoffeln herausräumen. Dort arbeiteten sie einen halben Tag und installierten etwas, das sie einen ›Nullfeldgenerator‹ nannten. Sie arbeiteten dabei in seltsamer Kleidung, die ganz und gar aus haarfeinen Drähten bestand, welche sie wie Mumien bedeckten. Mr. Whipple blieb unter der Türe stehen und sah ihnen beim Arbeiten zu und rauchte dabei eine Zigarre – das war die erste, die ich seit drei Jahren zu Gesicht bekommen hatte, und ihr Geruch machte mich übel. Die Relativisten hielten sich dauernd in seiner Nähe und tauschten erregte Kommentare und ebenso die Ingenieure, nur daß die verblüfft und ein wenig angewidert wirkten. Ich hörte, wie Mr. Regato sagte: »Mag schon sein. Aber eine

Fackel ist etwas, worauf man sich verlassen kann. Wirklich.«

Captain Urqhardt war stummer Zeuge, mit richtig versteinerter Miene.

Dann drückte Mr. Whipple endlich seine Zigarre aus und sagte: »So, das wär's, Captain. Thompson wird hierbleiben und Sie reinlotsen. Bjorkensen fliegt mit der *Sarah*. Ich fürchte, mich werden Sie auch ertragen müssen, denn ich komme mit Ihnen zurück.«

Captain Urqhardts Gesicht wurde grau. »Soll ich daraus entnehmen, Sir, daß Sie mich meines Kommandos entheben?«

»Was? Du lieber Gott, Captain, wie können Sie so etwas sagen?«

»Sie scheinen die Leitung meines Schiffes übernommen zu haben ... im Auftrag der Akademie. Und jetzt sagen Sie mir, daß dieser Mann ... äh, Thompson, uns zurückbringen soll.«

»Du liebe Güte, nein. Tut mir leid. Ich bin die Feinheiten der Arbeit draußen nicht gewöhnt; ich war zu lange im Büro. Aber sehen Sie in Thompson einfach einen ... hm, eine Art Lotsen. Das ist es, er wird Ihr Lotse sein. Aber niemand enthebt Sie Ihres Kommandos; das behalten Sie, bis Sie nach Hause zurückkehren und Ihr Schiff übergeben können. Und dann wird man es natürlich verschrotten.«

Darauf meinte Mr. Regato mit seltsam hoher Stimme: »Sagten Sie ›verschrotten‹, Mr. Whipple?« Ich spürte, wie sich mir der Magen umdrehte. Die *Elsie* verschrotten? *Nein!*

»Wie? Vielleicht habe ich etwas voreilig gesprochen. Es ist noch nichts entschieden. Möglicherweise wird sie auch als Museum aufbewahrt. Das wäre übrigens eine gute Idee.« Er holte ein Notizbuch heraus und schrieb sich etwas auf. Dann steckte er es weg und sagte: »Und jetzt, Captain, wenn es Ihnen recht ist, würde ich gerne zu Ihren Leuten sprechen. Wir haben nicht viel Zeit.«

Captain Urqhardt führte ihn stumm ins Messedeck.

Als wir alle versammelt waren, lächelte Mr. Whipple und sagte: »Ich versteh mich nicht besonders gut darauf, Reden zu halten. Ich möchte Ihnen allen nur im Auftrag der Akademie danken und Ihnen erklären, was wir tun. Ich will nicht auf Einzelheiten eingehen, weil ich kein Wissenschaftler bin; ich bin ein Verwaltungsmann und mit der Liquidation von Projekt Lebensraum beschäftigt, dem Sie angehören. Solche Bergungsoperationen wie diese sind notwendig; nichtsdestoweniger ist die Akademie daran interessiert, die *Serendipity* und ihre Schwesterschiffe, die *Irrelevant*, die *Infinity* und die *Zero* für ihre eigentliche Arbeit freizubekommen, das heißt, die Erforschung der Sterne im umliegenden Weltraum.«

Jemand fiel ihm ins Wort. »Aber das haben *wir* doch getan!«

»Ja, ja natürlich. Aber die Zeiten ändern sich. Eines der Nullfeldschiffe kann in einem Jahr mehr Sterne besuchen als ein Fackelschiff in einem ganzen Jahrhundert. Es freut Sie vielleicht zu erfahren, daß die *Zero* alleine im letzten Monat sieben Planeten genau vom Erdtyp ausfindig gemacht hat.«

Mich freute es nicht.

Onkel Alfred McNeil lehnte sich vor und sagte mit leiser, tragischer Stimme, die unser aller Gefühle ausdrückte: »Einen Augenblick, Sir. Wollen Sie uns sagen, daß das, was wir getan haben ... *nicht notwendig war?*«

Mr. Whipple sah ihn erschreckt an. »Nein, nein, nein! Es tut mir schrecklich leid, wenn ich den Eindruck vermittelt habe. Was Sie getan haben, war äußerst notwendig, sonst würde es heute keine Nullschiffe geben. Das wäre genau, als wollte man sagen, daß das, was Kolumbus getan hat, nicht notwendig war, einfach, weil wir heutzutag Meere überspringen, als wären sie nur Schlammlöcher.«

»Danke, Sir«, sagte Onkel leise.

»Vielleicht hat Ihnen noch niemand gesagt, wie unerläßlich notwenig Projekt Lebensraum gewesen war. In letzter Zeit hat in der Akademie ziemlicher Aufruhr geherrscht. Ich weiß, daß ich selbst so wenig Schlaf bekommen habe, daß ich nicht einmal weiß, was ich getan und was ich nicht getan habe. Aber Sie begreifen doch sicher, daß all dieser Fortschritt ohne die Telepathen in Ihrer Mitte nicht stattgefunden hätte?« Whipple sah sich um. »Wer sind sie? Ich würde ihnen gern die Hand schütteln. Jedenfalls – ich bin kein Wissenschaftler, damit Sie mich richtig verstehen; ich bin Rechtsanwalt – jedenfalls, wenn nicht völlig zweifelsfrei bewiesen worden wäre, daß Telepathie wahrhaft zeitlos ist, und wenn das nicht über viele Lichtjahre hinweg bewiesen und gemessen worden wäre, dann würden unsere Wissenschaftler vielleicht immer noch nach Fehlern in der sechsten Dezimalstelle suchen und behaupten, daß telepathische Signale sich nicht gleichzeitig ausbreiten, sondern einfach mit so großer Geschwindigkeit, daß ihre genaue Größenordnung durch Instrumentenfehler verdeckt ist. So habe ich das verstanden, und so hat man es mir gesagt. Sie sehen also, Ihre Arbeit hat wunderbare Ergebnisse erbracht, viel größer als man sie erwartet hat, selbst wenn es nicht ganz die Resultate waren, die Sie gesucht haben.«

Ich dachte, wenn sie uns das ein paar Tage früher gesagt hätten, wäre Onkel Steve noch am Leben.

Aber er hatte nie im Bett sterben wollen.

»Aber die Früchte Ihrer Mühen«, fuhr Whipple fort, »haben sich nicht sofort gezeigt. Wie so viele andere Dinge in der Wissenschaft mußte die neue Idee lange Zeit wachsen bei den Spezialisten ... und dann wurde die Welt plötzlich mit den phänomenalen Resultaten konfrontiert. Was mich betrifft, wenn jemand mir vor sechs Monaten gesagt hätte, ich würde hier draußen inmitten der Sterne einen populären Vortrag über die neue Physik halten, dann hätte ich ihm nicht geglaubt. Ich bin nicht einmal sicher, daß ich es jetzt glaube. Aber hier bin ich. Und unter anderem bin ich hier, um Ihnen dabei zu helfen, wieder klarzukommen, wenn wir nach Hause zurückkehren.« Er lächelte und verbeugte sich.

»Äh, Mr. Whipple«, fragte Chet Travers, »wann werden wir denn nach Hause kommen?«

»Oh, habe ich Ihnen das nicht gesagt? Sofort ... sagen wir, kurz nach dem Mittagessen.«

XVII Von Zeit und Wandel

Ich sollte diese Aufzeichnungen wohl zu Ende führen und dafür sorgen, daß sie ein anständiges Begräbnis bekommen. Zeit zum Schreiben habe ich bestimmt nie mehr.

Sie hielten uns in Rio eine Woche in Quarantäne fest. Wenn wir den Mann von der ALF nicht bei uns gehabt hätten, dann säßen wir vielleicht heute noch dort. Aber sie waren nett zu uns. Kaiser Dom Pedro III. von Brasilien verlieh jedem von uns im Auftrag des Vereinigten Systems die Richardson Medaille und hielt eine Rede, die erkennen ließ, daß er nicht ganz sicher war, wer wir waren oder wo wir gewesen waren, aber nichtsdestoweniger wußte man unsere Verdienste zu schätzen.

Aber eigentlich blieb die Aufmerksamkeit, die uns erwiesen wurde, hinter meinen Erwartungen zurück. Oh, damit will ich nicht sagen, daß die Nachrichtenagenturen uns ignorierten; sie machten Bilder von uns und interviewten jeden einzelnen. Aber der einzige Bericht, den ich je zu Gesicht bekam, trug die Überschrift: DRITTE LADUNG VON RIP VAN WINKLES TRIFFT HEUTE EIN.

Der Reporter, oder wer auch immer sonst die Geschichte schrieb, hatte seinen Spaß daran, und ich kann nur hoffen, daß er daran erstickt. Anscheinend war unsere Kleidung etwas seltsam, und unsere Art zu reden auch. Und wir alle waren auf pikante Art altmodisch und ein wenig einfältig. Unter dem Bild stand: »Hüte ab, Chuchies! Opa Stadt kommt.«

Ich sah mir die Geschichte gar nicht an.

Onkel Alf machte es nichts aus; ich bezweifle, ob er es

überhaupt bemerkt hat. Er hatte nichts anderes im Sinn, als Celestine zu sehen. »Ich hoffe nur«, sagte er halb im Ernst zu mir, »daß das Kind so kochen kann wie ihre Mutter das konnte.«

»Wirst du bei ihr wohnen?« fragte ich.

»Natürlich. Das war doch immer so.«

Das war so logisch, daß ich keine Antwort darauf wußte. Dann tauschten wir die Adressen. Das war ebenfalls logisch, aber mir kam es seltsam vor – die einzige Adresse, die wir alle gehabt hatten, war die *Elsie* gewesen. Aber ich tauschte mit allen die Adressen und machte mir eine Notiz, daß ich Dustys Zwillingsbruder aufsuchen wollte, falls er noch lebte, um ihm zu sagen, daß er stolz auf seinen Bruder sein konnte – vielleicht würde ich ihn durch die Akademie ausfindig machen können.

Als die uns schließlich gehen ließen, und Celestine Johnson auftauchte, erkannte ich sie nicht. Da kam diese hochgewachsene, gut aussehende alte Dame und umarmte Onkel Alf, hob ihn beinahe in die Höhe, und ich fragte mich schon, ob ich ihm zu Hilfe kommen sollte.

Dann blickte sie auf und sah, daß ich hinsah und lächelte, und ich schrie: »Sugar Pie!«

Sie lächelte noch mehr, und ich fühlte mich förmlich von Süße und Liebe durchspült. *»Hello, Tommie. Schön, dich wiederzusehen.«*

Ich versprach, sie so bald wie möglich zu besuchen, und ließ sie allein; die brauchten mich für ihr Wiedersehen nicht. Niemand war gekommen, um mich abzuholen; Pat war zu alt und hatte sich das Reisen abgewöhnt. Vicky war zu jung, als daß sie allein hätte reisen dürfen, und was Molly und Kathleen anging, so glaube ich, daß ihre Männer eigentlich keinen Anlaß dafür sahen. Schließlich mochte mich keiner von beiden. Unter den gegebenen Umständen kann ich ihnen das nicht verübeln ... obwohl es schon lange her war (für sie waren es Jahre), seit ich ohne Vickys Hilfe mit ihren Frauen telepathiert hatte. Ich wiederhole, ich nehme es ihnen nicht übel. Wenn die Telepathie sich je allgemein durchsetzt, dann könnten solche Dinge eine Menge Reibungen in der Familie erzeugen.

Außerdem war ich, immer wenn ich das wollte, mit Vicky in Verbindung. Ich sagte ihr, sie sollte das Ganze vergessen und kein Theater machen; ich zog es vor, nicht abgeholt zu werden.

Tatsächlich wurde auch mit Ausnahme von Onkel Alf keiner von uns abgeholt – abgesehen von den Agenten der ALF. Nach mehr als siebzig Jahren gab es einfach niemanden mehr, der sie hätte abholen können. Am meisten tat mir Captain Urqhardt leid. Ich sah ihn alleine dastehen, während wir alle außerhalb der Quarantänestation auf unsere Kurier-Dolmetscher warteten. Von den anderen war keiner allein; wir waren alle damit beschäftigt, uns zu verabschieden. Aber er hatte keine Freunde – ich denke, er konnte es sich nicht leisten, an Bord des Schiffes Freunde zu haben, selbst während er noch darauf wartete, Captain zu werden.

Er sah so niedergeschlagen und einsam und unglücklich aus, daß ich auf ihn zuging und ihm die Hand hinstreckte. »Ich möchte Wiedersehen sagen, Captain. Es war eine Ehre, unter Ihnen Dienst zu tun … und ein Vergnügen.« Letzteres war keine Lüge; in dem Augenblick meinte ich es ernst.

Er blickte überrascht, dann brach sein Gesicht zu einem Grinsen auf, daß ich Angst hatte, es würde in Stücke gehen. Sein Gesicht war es nicht gewöhnt. Er packte meine Hand und sagte: »Für mich war es auch ein Vergnügen, Bartlett. Ich wünsche Ihnen alles Glück der Welt. Äh … was haben Sie für Pläne?«

Das kam interessiert, eifrig, und plötzlich begriff ich, daß er sich unterhalten wollte. »Ich habe keine festen Pläne, Captain. Zuerst fahre ich nach Hause und dann werde ich wohl zur Schule gehen. Ich möchte aufs College, aber da muß ich wohl zuerst ein wenig nachholen. Hier hat sich ja vieles verändert.«

»Ja, es hat sich einiges verändert«, pflichtete er mir feierlich bei. »Wir werden alle einiges nachholen müssen.«

»Äh, was haben Sie für Pläne, Sir?«

»Ich habe keine. Ich weiß nicht, was ich tun kann.«

Er sagte das ganz einfach, eine Tatsachenfeststellung; und ich begriff plötzlich mit warmem Mitgefühl, daß es wahr war. Er war ein Fackelschiffcaptain – einen spezialisierteren Beruf hat es wohl nie gegeben –, und jetzt gab es keine Fakkelschiffe mehr. Es war so, als wenn Kolumbus von seiner ersten Reise zurückgekehrt wäre und nichts als Dampfschiffe vorgefunden hätte. Würde er wieder auf See fahren können? Er hätte nicht einmal die Brücke finden können, geschweige denn wissen, was dort zu tun war.

Es gab keinen Platz für Captain Urqhardt; er war ein Anachronismus. Ein feierliches Dinner, und dann danke, gute Nacht.

»Ich könnte wahrscheinlich in den Ruhestand treten«, fuhr er fort und blickte weg. »Ich habe mir ausgerechnet, was ich noch an Gehalt zu bekommen habe, und da kommt eine verrückte Summe heraus.«

»Ja, wahrscheinlich, Sir.« Ich hatte mir mein Gehalt nicht ausgerechnet; Pat hatte es für mich in Empfang genommen.

»Verdammt noch mal, Bartlett! Ich bin zu jung, um mich pensionieren zu lassen.«

Ich sah ihn an. Ich hatte ihn nie als besonders alt empfunden, und das war er auch nicht im Vergleich mit Captain Swenson. Aber um die Vierzig nach Schiffszeit mußte er wohl sein. »Sagen Sie, Captain, warum gehen Sie nicht auch wieder auf die Schule? Sie können es sich doch leisten.«

Er blickte unglücklich. »Vielleicht sollte ich das. Ich meine, ich müßte das tun. Oder vielleicht sollte ich einfach alles hinwerfen und auswandern. Es heißt, man hätte jetzt eine große Auswahl.«

»Das werde ich am Ende wahrscheinlich auch tun. Wenn

Sie mich fragen, hier ist es so voll geworden. Ich habe an Connie gedacht, und wie hübsch die Babcock Bay doch ausgesehen hat.« In der Woche, die wir in Quarantäne verbracht hatten, hatte ich wirklich daran gedacht. Wenn Rio ein Beispiel für den Rest war, dann gab es auf der Erde nicht genügend Platz, um umzufallen; wir waren ganz unten im Santos District, und doch sagten die, es sei Rio. Wenn wir zur Babcock Bay zurückgingen, wären wir die ältesten Siedler.

»Vielleicht werde ich das. Ja, vielleicht werde ich das.« Aber er wirkte immer noch verloren.

Unsere Kurier-Dolmetscher hatten Anweisung, uns alle nach Hause zu bringen oder wo wir sonst hinwollten. Aber ich ließ die meine gehen, als ich mein Ticket hatte. Sie war schrecklich nett, aber sie ging mir auf die Nerven. Sie behandelte mich wie eine Kreuzung aus einem Großvater, auf den man im Verkehr aufpassen muß, und einem kleinen Jungen, der dauernd Anweisungen braucht. Nicht daß ich die nicht gebraucht hätte.

Aber sobald ich einmal Kleider hatte, bei denen einem nicht die Leute nachstarrten, wollte ich auf eigenen Füßen stehen. Sie hatte mir in einer Woche genügend Systemsprache beigebracht, daß ich in einfachen Dingen durchkommen würde, und ich hoffte, daß man meine Fehler irgendeinem lokalen Akzent von irgendwo zuschreiben würde. Tatsächlich hatte ich festgestellt, daß die Systemsprache, wenn sie nicht tränenvoll aufgewippt war, einfach das gleiche wie PL-Sprache war, nur daß man noch mehr Ecken abgeschliffen und ein paar neue Worte hinzugefügt hatte. Englisch mit anderen Worten, zugestutzt und ein bißchen gedehnt, um eine Art Handelssprache daraus zu machen.

Also dankte ich Senhorita Guerra, sagte ihr Lebewohl und zeigte einem verschlafenen Torhüter mein Ticket. Er antwortete mir in Portugiesisch, und ich muß ihn wohl dumm angesehen haben, und so übersetzte er es mir.

»Aushinuntergehe rechtswärts. Alljeden frage.« Und das war's.

Irgendwie schien jeder in dem Schiff zu wissen, daß ich ein Rip Van Winkle war, und die Stewardeß bestand darauf, mir beim Umsteigen in White Sands behilflich zu sein. Aber sie waren freundlich und lachten mich nicht aus. Einer wollte etwas über die Kolonie hören, die gerade auf Capella VIII eröffnet wurde, und begriff nicht, weshalb ich nicht dort gewesen war, wo ich doch die ganze Zeit im Raum gereist war. Ich versuchte, ihm zu erklären, daß Capella auf der anderen Seite des Himmels war, mehr als hundert Lichtjahre von den Sternen entfernt, die ich besucht hatte, aber er hat es wohl nicht kapiert.

Aber ich begann zu begreifen, weshalb wir keine Schlagzeilen gemacht hatten. Kolonieplaneten waren der letzte Schrei, und es gab jeden Tag einen neuen. Weshalb sollte jemand sich also über einen aufregen, den wir vor sechzig Jahren gefunden hatten? Oder auch nur über einen, der ein paar Monate alt war und kein Vergleich mit solchen war, die im Augenblick dazukamen? Und was Sternenschiffe betraf – nun die täglichen Abflüge konnte man ja überall lesen.

Wir würden ein kurzer Absatz in den Geschichtsbüchern und eine Fußnote in den Annalen der Wissenschaft sein; in den Nachrichten war kein Platz für uns. Ich entschied schließlich, daß selbst eine Fußnote guter Durchschnitt war, und vergaß das Ganze.

Statt dessen fing ich an, über meine Wiederausbildung nachzudenken, die, wie ich zu begreifen begann, sehr umfangreich würde sein müssen; es hatte sich mehr geändert als ich erwartet hatte. Die Frauenmode zum Beispiel. Schauen Sie, ich bin kein Puritaner, aber als ich ein Kind war, haben die sich nicht so angezogen, wenn man es so nennen will. Mädchen, die herumlaufen, ohne irgend etwas auf dem Kopf zu haben, nicht einmal oben. Die Köpfe nackt wie ein Tier.

Gut, daß Dad das nicht mehr erlebt hatte. Er ließ unsere Schwestern nie ohne Hut an den Tisch kommen, selbst wenn Pat und ich die einzigen unverheirateten Männer am Tisch waren.

Oder nehmen Sie das Wetter. Ich hatte gewußt, daß die ALF daran arbeitete. Aber ich hatte nie erwartet, daß sie weiterkommen würden. Finden die Leute es denn nicht ein wenig langweilig, daß es nur nachts regnet? Oder nehmen Sie die Fernlaster. Natürlich erwartet man von seinem Lkw nur, daß er Dinge von hier nach dort schafft. Aber ohne Räder sehen sie so unstabil aus.

Ich frage mich nur, wie lange es noch dauert, bis es auf der ganzen Erde überhaupt kein Rad mehr gibt?

Ich hatte gerade beschlossen, daß ich mich an alles das würde gewöhnen müssen, als die Stewardeß vorbeikam und mir etwas in den Schoß legte, und als ich es aufhob, *redete* es zu mir. Es war einfach ein Souvenir für den Flug.

Pats Stadthaus war achtmal so groß wie die Wohnung, in der wir früher einmal zu siebt gelebt hatten; ich schloß daraus, daß er es fertiggebracht hatte, wenigstens einen Teil des Geldes zu behalten. Sein Robutler nahm mein Cape und meine Stiefel und führte mich zu ihm.

Er stand nicht auf. Ich war nicht sicher, daß er aufstehen konnte. Ich hatte gewußt, daß er alt war, aber daß er *alt* war, war mir nicht klargeworden. Er war – mal sehen, neunundachtzig. Ja, das stimmte; unser neunzigster Geburtstag stand bevor.

Ich versuchte beiläufig zu bleiben. »Tag, Pat.«

»Tag, Tom.« Er berührte die Armlehne seines Sessels, und er rollte auf mich zu. »Beweg dich nicht. Bleib dort stehen und laß dich ansehen.« Er sah mich von oben bis unten an und sagte dann staunend: »Intellektuell habe ich natürlich gewußt, daß du dich in all den Jahren nicht verändern würdest. Aber es zu sehen, es zu realisieren, ist etwas völlig anderes, wie? ›Das Bildnis des Dorian Gray.‹«

Seine Stimme war alt.

»Wo ist die Familie?« sagte ich ein wenig unsicher.

»Ich hab' den Mädchen gesagt, daß sie warten sollen. Ich wollte meinen Bruder zuerst alleine sehen. Wenn du Gregory und Hans auch meinst, dann wirst du sie ohne Zweifel heute abend beim Dinner kennenlernen. Aber laß die jetzt, Junge; laß uns eine Weile alleine sein. Das war eine lange Zeit.« Ich konnte Tränen in seinen Augen sehen, die allzeit bereiten Tränen des Alters, und es machte mich verlegen.

»Ja, das war es wohl.«

Er lehnte sich vor und hielt sich an seinen Armlehnen fest. »Sag mir nur eines. Hat es Spaß gemacht?«

Ich dachte darüber nach. Doc Devereaux ... Mama O'Toole ... die arme kleine Pru, die das Erwachsenwerden nie erlebt hatte. Onkel Steve. Dann schaltete ich ab und gab ihm die Antwort, die er wollte. »Ja, es hat Spaß gemacht. Sehr viel Spaß.«

Er seufzte. »Das ist gut. Ich hab' vor Jahren aufgehört, es zu bedauern. Aber wenn es keinen Spaß gemacht hätte, wäre es schreckliche Verschwendung gewesen.«

»Nein, es hat Spaß gemacht.«

»Das ist alles, was ich von dir hören wollte. Ich ruf jetzt gleich die Mädchen. Morgen zeig ich dir die Fabrik und stell dich den wichtigsten Leuten vor. Nicht daß ich von dir erwarte, daß du gleich alles übernimmst. Nimm dir einen langen Urlaub, wenn du magst. Aber nicht zu lange, Tom ... denn ich werde wohl alt, schätze ich. Ich kann nicht mehr so nach vorne schauen wie früher einmal.«

Plötzlich wurde mir klar, daß Pat schon alles geplant hatte, so wie das bei ihm immer gewesen war. »Einen Augenblick, Pat. Es wird mir eine Freude sein, wenn du mich in deiner Fabrik herumführst – und eine große Ehre. Aber rechne auf gar nichts. Zuerst gehe ich zur Schule, und anschließend – nun, wir werden sehen.«

»Hm? Sei nicht albern. Und nenn es nicht ›meine‹ Fabrik;

sie heißt ›Bartlett Brothers, Incorporated‹. So hat sie immer geheißen. Das ist deine Verantwortung genauso wie die meine.«

»Jetzt mal ganz ruhig, Pat. Ich wollte nur ...«

»Still!« Seine Stimme war dünn und schrill, aber sie klang befehlend. »Ich will von dir keinen Unfug hören, junger Mann. Du konntest machen, wozu du Lust hattest, und hattest eine lange Vergnügungsreise – ich will gar nicht kritisieren, wie du das alles gemacht hast. Das ist vergangen. Aber jetzt mußt du dich gefälligst zusammenreißen und deine Verantwortung im Familiengeschäft übernehmen.« Er hielt inne, atmete schwer und fuhr dann mit leiser Stimme fort, wie im Selbstgespräch. »Ich habe keine Söhne gehabt, ich habe keine Enkel; ich mußte die Last alleine tragen. Wenn jetzt mein Bruder, mein eigener Bruder ...« Seine Stimme verhallte.

Ich ging auf ihn zu und nahm ihn bei den Schultern – und dann ließ ich los. Er fühlte sich wie Streichhölzer an. Aber dann entschied ich, daß es wohl am besten war, das jetzt gleich alles zu bereinigen, ein für allemal; ich sagte mir, daß es so freundlicher sein würde. »Hör mir zu, Pat. Ich will nicht undankbar erscheinen. Aber wir müssen das einmal klarbekommen. Ich werde mein eigenes Leben leben. Versteh mich richtig. Vielleicht schließt das ›Bartlett Brothers‹ ein; vielleicht auch nicht. Wahrscheinlich nicht. Aber *ich* werde das entscheiden. Niemand wird es mir befehlen, niemals wieder.«

Er wischte das weg. »Du weißt ja noch gar nicht, was du willst. Und du bist ja bloß ein Junge. Laß nur, wir reden morgen darüber. Heute ist ein Tag der Freude.«

»Nein, Pat. Ich bin kein kleiner Junge. Ich bin ein Mann. Das wirst du akzeptieren müssen. Ich werde meine eigenen Fehler machen und werde mir nicht sagen lassen, was ich tun soll.«

Er wollte mir nicht in die Augen sehen, aber ich ließ nicht locker. »Das ist mein Ernst, Pat, das ist so sehr mein Ernst, daß ich jetzt sofort hier weggehe, wenn du das nicht akzeptieren kannst. Für immer.«

Erst jetzt blickte er auf. »Das würdest du mir nicht antun.«

»Doch, das würde ich.«

Er suchte in meinen Augen. »Ich glaube, du würdest das wirklich tun. Du warst immer gemein. Du hast mir eine Menge Ärger bereitet.«

»Ich bin immer noch gemein. Wenn du es so nennen willst.«

»Äh ... aber du würdest es doch den Mädchen nicht antun? Nicht der kleinen Vicky?«

»Das werde ich, wenn du mich dazu zwingst.«

Er hielt meinen Blick eine Sekunde lang fest, dann sackten seine Schultern zusammen, und er vergrub das Gesicht in den Händen. Ich dachte, er würde gleich weinen, und kam mir ein wenig wie ein Schurke vor, der einen alten Mann so unter Druck setzt. Ich tätschelte seine Schultern und wünschte, ich hätte das Ganze ein wenig hinausgezögert, statt gleich die Entscheidung zu erzwingen.

Ich erinnerte mich daran, daß dieser gebrechliche, alte Mann seine Gesundheit und seine Zurechnungsfähigkeit riskiert hatte, um beim ersten Gipfel mit mir in Verbindung zu kommen, und dachte: Wenn es ihm so wichtig ist, sollte ich ihm vielleicht den Gefallen tun. Schließlich hatte er nicht mehr lang zu leben.

Nein!

Es war nicht richtig, daß eine Person seinen Willen einem anderen aufzwingt, sei es durch Stärke oder selbst durch Schwäche. Ich war ich ... und ich würde wieder hinausfliegen zu den Sternen. Plötzlich wußte ich es. Oh, vielleicht würde ich zuerst aufs College gehen, aber ich würde es tun. Ich schuldete diesem alten Mann Dankbarkeit ... aber mein Leben und die Form, die es annehmen würde, schuldete ich ihm nicht. Das gehörte nur mir.

Ich nahm seine Hand und sagte: »Es tut mir leid, Pat.«

Er sagte, ohne aufzublicken: »Schon gut,Tom. Tu, was du willst. Ich bin jedenfalls froh, daß du wieder zu Hause bist ... so wie du es willst.«

Wir tauschten ein paar Augenblicke lang Allgemeinplätze, und dann ließ er mir von seinem Robutler Kaffee bringen. Er nahm Milch. Am Ende sagte er: »Ich rufe die Mädchen.« Er berührte die Armlehne seines Stuhls, ein Licht leuchtete auf, und er sprach zu dem Licht.

Molly kam herunter, und Kathleen hinter ihr. Ich hätte sie beide überall erkannt, obwohl ich sie noch nie gesehen hatte. Molly war eine Frau Ende der Sechzig, immer noch hübsch. Kathleen war um die Vierzig, aber man sah es ihr nicht an – doch, aber sie trug es wie eine Königin. Molly stellte sich auf Zehenspitzen, hielt meine beiden Hände und küßte mich. »Wir sind froh, daß du wieder zu Hause bist, Tommie.«

»Ja, das sind wir«, stimmte Kathleen ihr bei, und ihre Worte hallten in meinem Geist nach. Sie küßte mich ebenfalls und sagte dann, diesmal mit ihrer Stimme: »Das ist also mein gealterter und altersloser Großonkel. Tom, wenn ich dich sehe, wünsche ich mir einen Sohn. Du bist gar nicht onkelhaft, und ich werde dich nie wieder ›Onkel‹ nennen.«

»Nun, ich fühl mich nicht onkelhaft. Höchstens Molly gegenüber vielleicht.«

Molly sah mich verwirrt an und kicherte dann wie ein Mädchen. »All right, Onkel Tom. Ich werde an deine Jahre denken ... und dich mit Respekt behandeln.«

»Wo ist Vicky?«

»Hier bin ich, Onkel Tom. Bin gleich da.«

(»Beeil dich, Süße.«)

Kathleen sah mich scharf an, ließ es dann aber auf sich bewenden – ich bin sicher, sie wollte nicht lauschen. Sie antwortete: »Vicky kommt gleich, Tom. Sie mußte sich nur noch etwas zurechtrichten. Du weißt ja, wie die Mädchen sind.«

Ich fragte mich, ob ich das wußte. Aber Vicky war im nächsten Augenblick da.

Sie hatte keine Sommersprossen im Gesicht, keine Zahnspangen. Ihr Mund war nicht groß; er war einfach perfekt richtig für sie. Und das karottenfarbene Haar, das ihr so viel Kopfzerbrechen bereitet hatte, war einfach eine Flammenkrone.

Sie küßte mich nicht; sie kam einfach geradewegs auf mich zu, als ob wir alleine gewesen wären, ergriff meine Hände und blickte zu mir auf.

»Onkel Tom. Tom.«

(»Sommersprossengesicht ...«)

Ich weiß nicht, wie lange wir Statuen spielten. Und dann sagte sie: *»Sobald wir einmal verheiratet sind, gibt es das von wegen Lichtjahre entfernt nicht mehr. Verstehst du? Ich werde dahingehen wo du hingehst. Zur Babcock Bay, wenn du das willst, aber ich komme mit.«*

(»Hm? Wann hast du denn beschlossen, mich zu heiraten?«)

»Du scheinst zu vergessen, daß ich deine Gedanken gelesen habe, seit ich ein Baby war – und viel gründlicher, als du glaubst. Ich tue es immer noch.«

(»Aber was ist mit George?«)

»Nichts ist mit George. Der war bloß Ersatz, als ich dachte, du würdest erst zurückkommen, wenn ich eine alte Dame bin. Den kannst du vergessen.«

(»Gut.«)

Unser ›Werben‹ hatte ganze zwanzig Sekunden gedauert. Jetzt sagte Vicky, ohne meine Hände loszulassen mit ihrer Stimme: »Tom und ich fahren jetzt in die Stadt und heiraten. Wir möchten, daß ihr alle mitkommt.«

Und das taten wir.

Ich sah, wie Pat mich nach der Zeremonie ansah, versuchte, die neue Situation in den Griff zu bekommen, und überlegte, wie er sie ausnutzen konnte. Aber Pat versteht noch nicht, wie die Dinge jetzt liegen. Wenn jemand bei mir den

Boß spielt, wird er es nicht sein. Vicky sagt, sie würde schon dafür sorgen, daß ich bald ›durch und durch klapprig‹ sein würde. Hoffentlich nicht, aber wahrscheinlich wird es ihr gelingen. Und wenn, dann hoffe ich nur, daß ich mich anpassen kann ... ich habe mich schon an seltsamere Dinge gewöhnt.

HEYNE SCIENCE FICTION

Romane und Erzählungen internationaler SF-Autoren im Heyne-Taschenbuch.

06/3914 - DM 5,80

06/3999 - DM 9,80

06/3800 - DM 7,80

06/4023 - DM 9,80

06/3977 - DM 3,80

06/3916 - DM 12,80

06/3900 - DM 6,80

06/3945 - DM 5,80